沪警风云丛书

三个嫌疑人

冯世荣 主编

群众出版社·北京

图书在版编目（CIP）数据

三个嫌疑人 / 冯世荣主编 . —北京：群众出版社，2024.1
（沪警风云丛书）
ISBN 978-7-5014-6321-3

Ⅰ.①三… Ⅱ.①冯… Ⅲ.①推理小说—小说集—中国—当代 Ⅳ.①I247.7

中国国家版本馆 CIP 数据核字（2023）第 216169 号

三个嫌疑人

冯世荣　主编

出版发行：	群众出版社
地　　址：	北京市丰台区方庄芳星园三区 15 号楼
邮政编码：	100078
经　　销：	新华书店
印　　刷：	天津盛辉印刷有限公司
版　　次：	2024 年 1 月第 1 版
印　　次：	2024 年 1 月第 1 次
印　　张：	10.375
开　　本：	880 毫米×1230 毫米　1/32
字　　数：	270 千字
书　　号：	ISBN 978-7-5014-6321-3
定　　价：	49.00 元
网　　址：	www.qzcbs.com
电子邮箱：	qzcbs@sohu.com

营销中心电话：010-83903257
读者服务部电话（门市）：010-83903257
警官读者俱乐部电话（网购、邮购）：010-83901775
文艺分社电话：010-83901350

本社图书出现印装质量问题，由本社负责退换
版权所有　侵权必究

沪警风云丛书编委会

顾　　问：叶　辛　杨　斌　易孟林
主　　任：冯世荣
副 主 任：许炉生　高海兵　浦建明
编　　委：杨中学　荣元良　殷　黎　田　良
　　　　　王黎明　赵进一　朱玉琪

主　　编：冯世荣
执行主编：浦建明
副 主 编：高海兵　许炉生

目 录

"自燃"的劳斯莱斯…………… 孙建伟 / 1

冷 血 ……………………………… 范晋川 / 39

三个嫌疑人 …………………… 范晋川 / 77

非杀人的杀人 ………………… 范晋川 / 109

那天晚上 ……………………… 范晋川 / 137

佛龛下的疑云 ………………… 雷 毅 / 165

警察、萨克斯乐手和老人 ………… 刘 翔 / 189

出 鬼 ……………………………… 王建幸 / 209

特殊"朋友" …………………… 王建幸 / 245

溅血的风衣 …………………… 王建幸 / 291

「自燃」的劳斯莱斯

孙建伟

一

又是酷暑。这种火烧眉毛般的煎熬令生活在这个城市中的某些人越发焦躁不安起来。

长渭市地处长江中游,近年来贸易和城市建设进展很快,今年更是进入一个高发展期。

位于市区近郊的新中别墅区是长渭市刚于去年年底完成的一处一流高档社区。市内政要、学界艺界名流、商界大款都以在此拥有一套住宅而感到自豪。

傍晚,一辆劳斯莱斯轿车沿着河海大街向别墅方向驶来。车内坐着两个年龄相隔近三十岁的男人。后座的长者器宇轩昂,有一种舍我其谁的气势,与正在驾车的年轻人对他的矜持和唯唯诺诺正好形成一种反差。

这正是长者满意这个年轻人的原因。长者叫康竹平,长渭市房产协会理事长、金源房产开发有限集团公司董事长兼总经理,前不久,还传出他可能要进入下一届市政协班子。年轻人金培浩是康竹平的下属,公司常务副总经理。从金培浩进入金源房产的第一天起,他们之间的关系就这样维持至今。金培浩的能力加上康竹平对他的欣赏,两个因素叠加,使他获得了这个职位。当然,在公司,"一人之下"的金培浩就完全是另一副面孔了。

他们讨论的是公司正在进行的开发计划,在离市区更远一些的江岸风景胜地天水海滩与外商洽谈联合投资开发"海岸枫景线"一期工程事宜。两人刚与外商进行了第三次洽谈。康竹平对这个计划的操作指点江山,具体执行者是金培浩,这也是在外界看起来情同父子的董事长和常务副总的一贯做法。

这次洽谈,康竹平感觉尚可,他对这个项目志在必得。不久前,金培浩跟他说的一件事似乎并未见端倪。当时,金培浩告诉他,有个市里的朋友告诉他,康竹平的专职司机小吴不知道什么时候与竞争对手李木森私下有接触。康竹平对这个他亲自选定的司机很信任,给他的薪酬也很优厚,觉得不可能,就轻描淡写地说了句:"传闻罢了,捕风捉影的事。"金培浩就不再提这事了,但就在这次参加洽谈的十五分钟前,康竹平打电话给他,简短地说了一句:"今天你开车。"不容他问,就挂了电话。金培浩兀自摇摇头,康董的这个做派他习以为常了。不过也可以认为,虽然康竹平对关于小吴的传闻不以为意,但他临时起意让他开车,显然是为了以防万一,不走漏半点儿与外商洽谈的消息,这不正是把他当自家人的意思吗?这样一想,金培浩就释然了。

一路上,关于小吴与李木森的传闻,康竹平没提,金培浩也没问,算是心照不宣了。

这天气温将近四十摄氏度,康竹平患有高血压和慢性心功能不全,身形庞大,即便车内开足冷气,还是热汗淋漓。金培浩说:"康董,马上就到家了,我把温度调高一点儿吧,否则下了车温差太大,我怕您受不了。"

康竹平说:"没关系。哎呀这老天爷,今年夏天真是开锅了,一天比一天热。"

"是啊,天气预报说,今天已经是第八天连续高温了,我看了一下预报,明天还是这样。康董,要不您在家里休息几天,等稍微降温了再去公司吧。"

康竹平连连摆手："不行不行。现在正是'海岸枫景线'的紧要关头，我不在公司怎么行？不要到时候老天降温了，我们的项目也凉下来。趁热打铁，我们也是蹭这高温的热度嘛。把它拿下了，公司的前景就更好了。"

金培浩应诺："还是董事长气魄大，我绝对没这个格局。"

"该出手时必须毫不手软，否则就会给对手机会。小金啊，你还要好好历练。"

"我一定按康董说的做。"

"小金，给我支烟。"

"董事长，不是说医生要您戒烟吗？"

"今天谈得高兴，抽一支。"

金培浩拿出一支烟，在点烟器上点燃，递给康竹平。康竹平接过来，很享受地吸了一口。

香烟燃到一半，车已到别墅区康竹平的家门前。就在这时，康竹平突然捂住心脏，金培浩听到一句："小金，我……"

金培浩转过头，见康竹平脸色煞白，嘴唇青紫，那支烟还衔在他嘴里。他赶紧从驾驶位一步跨到康竹平面前，拿下香烟，喊道："康董，康董，我马上送您去医院。"

康竹平摇着手："不要，快……去叫老纪。"然后紧闭双眼。

老纪是康竹平家里的保洁工，好几年了，康竹平一直没换过。虽然是保洁工，因为勤恳忠厚，所以，康竹平对他很不错，工钱也翻倍。康竹平在外面的时候多，还三天两头出差，就叫他经常住在家里，相当于他的管家。金培浩来过几次康竹平家，也认得老纪。他三步并作两步走到别墅前敲门，老纪应声而出，见金培浩这样子，忙问怎么啦。金培浩指了指车："纪师傅，快，康董找你。"

老纪疾步到车前，见康竹平难受的样子，明白了："康先生，别着急，我给你拿药。"说着从车内杂物箱里拿出一个小盒子，迅速取出药片，又想起什么，把药递给金培浩，"我去拿水杯，你轻轻拍打一下康先生的后背。"老纪很快拿来水杯，扶着康竹平把药吃下去。康竹平渐渐缓过神来，对两人说："谢谢你们。嗨，我这个病，说发就发，一点儿征兆都没有。"

金培浩知道康竹平有心脏病，但还是第一次遇到这样的情况。刚才他看了一下小药盒，是地高辛。他想，为啥康董不叫自己拿药，还要叫老纪呢？他正想的时候，康竹平说话了："小金，刚才我是一口气憋住了，说不出话，这个药的吃法有讲究，老纪晓得。"老纪说："是啊，万一吃错可不得了。"又对金培浩说，"金先生，你以后要在车里放几瓶饮用水，康先生平时喜欢喝浓茶，但是用茶水喝药不好。"金培浩点头称是。他又拿过药物使用说明书仔细看，才知道地高辛用药不当会导致中毒，过量可导致心室纤颤而死亡。他禁不住"哎哟"了一声。康竹平说："其实呢也没什么，就是发作起来有点儿吓人。你看，过去了，什么事都没有。"金培浩说："康董，您要当心身体，您还是休息几天吧。也许今天突然发作跟大热天有关系。"康竹平有点儿无奈："这样，明天呢，你到老外的那个经纪人那里跑一趟，关照一下。就说代表我。""明白了，董事长。"

金培浩和老纪一起把康竹平送到家里。

这是一个错层住宅。七八十平方米左右的大厅，精致的欧式镂花楼梯，再进入内室，装饰豪华、风格不同的四间卧室，雕琢精美的高档紫檀木椅。这一切都让金培浩暗暗吃惊，又十分羡慕，脑子里翻腾的却是他的二室租赁房，显得极度不协调。

出了门，金培浩心里好像堵着一团东西，想吐又吐不出。夕阳下沉，蓝灰与暗红混沌一片，黏稠而滞重，就像他此刻的心绪。他做了几个深呼吸，然后狠狠踩下劳斯莱斯的油门，一路疾驶，也不知道去哪里，似乎只有疾驶才能驱走心中不快。

二

　　一周后，康竹平终于遂愿，"海岸枫景线"一期工程草签。

　　热气腾腾的暑气丝毫不退，反而飙升到罕见的四十二摄氏度。这天的酒会上，康竹平与合作方开怀畅饮，完全忘了自己是一个心脏病患者。金培浩也喝得忘乎所以，康竹平屡屡对他叮嘱："接下来就要看你的了。"金培浩大着舌头回答："康董放心，我一定，会，全力以赴的。"

　　回家的路上，康竹平让金培浩坐在后座，告诉他，项目谈下来了，他真的要休息几天了。因为酒性，两个人说话都有点儿前言不搭后语。渐渐地，金培浩感到身上越来越重，他人精瘦，明显觉得经不住压力。他听到了长啸一般的呼噜，带着浓重的酒味。原来康董整个身体几乎都搭在他身上，他成了一个靠垫。他当然还清醒，只能微微调整一下身体的角度，以便能更多地承受住重量。突然，鼾声像被什么东西撕扯一般，发出丝丝拉拉的奇怪的音节。金培浩伸手摇了摇康竹平的肩胛："康董，康董。"没反应。再看他的脸色，潮红中混杂着蜡一般白刺刺的色块，令人联想起京剧脸谱。他又喊道："康董，康董……"依然没反应。金培浩突然冷汗直流，对小吴说："你把前面那个盒子里的药给康董吃。"小吴停车，翻出药，问金培浩怎么吃。金培浩说："我也是上次看老纪给康董吃过一次。我现在稀里糊涂的，你给他吃吧。"小吴打开药盒，说这药怎么吃啊，怎么没说明书啊。金培浩说："这病发作起来要赶快吃药，你快点儿啊。"小吴手忙脚乱地把水送到康竹平嘴里，把药灌了下去。

　　车开到离新中别墅区不远处的一个超市，金培浩让小吴停下车，他去买一箱水。小吴停好车，金培浩很快买来了水，放进后备厢。进入车内，他再次叫康竹平，康竹平嘴唇翕动着，但就是说不出话，接着口水从嘴角淌了出来。

金培浩和小吴面面相觑，不知所措。一会儿，金培浩掏出手机，打"120"。刚拨了一个"1"，轰隆一声巨响，轿车突然爆炸了。金培浩和小吴本能地从车里跳了出来，两人身上已经带着火势，可是康竹平一动不动地在车里，两人又想把他拉出来，紧接着又是一声巨响，把两个人震出老远。天窗玻璃被巨大的爆炸气浪掀到路面。车辆燃起大火，两人不敢再往前冲了。康竹平出不来了。这时他们才感觉自己被火灼痛着，赶紧把衬衫脱下来，发现已经烧出破洞了。皮肤上已经串起被火舔过的猩红，钻心的痛瞬间蔓延全身。

消防员闻讯赶来，先救人，但里面那个人已成了火人。水枪把明火浇灭后，劳斯莱斯并未烧得面目全非。那人已经气息全无。

酷热引发汽车自燃。这是对这场突如其来的火灾的初步判断。死者被火势所困，窒息而亡。

金培浩和小吴入院治疗。两人都很痛苦、自责。他们对前来核实自燃发生前后的消防员说，后悔没拼尽全力把康董事长拉出来。消防员安慰他们，按当时两次爆炸的情形，如果他们硬去拉的话，也可能被火势吞噬。

康竹平被送去尸检，结论不久就出来了：地高辛过量中毒而死。也就是说，在车辆自燃前，康竹平就已经死了。

法医说，地高辛是治疗窦性心律心力衰竭的洋地黄类药物，过量可导致心脏供血不足甚至心脏骤停。成人致死量是10毫克。尸检表明康竹平血液中所含洋地黄严重超标，足以致死。

警长巩正和助手秦勇维接报后迅速勘查了汽车爆炸地点，然后赶到新中别墅康竹平家，向老纪了解康竹平生前的身体状况。老纪难受地把自己平时知道的情况一五一十地告诉了他们。

金培浩和小吴出院后接受了巩正和秦勇维的询问。

两人把当时过程向警察陈述了一遍。至少可以认定，这两个人都不是专业人士，当然不知道地高辛这个药的用法，金培浩也只接触了一次，而且事发仓促，他和康竹平都喝得酩酊大醉，让小吴给药也符合情理，如此说起来纯粹是个意外。那汽车自燃呢，也是意外？这两个意外为什么偏偏撞到一起了呢？

巩正和秦勇维去了消防队。参加现场救火的中队长杨宇栋接待了他们，巩正询问导致车辆自燃的原因和概率问题。杨宇栋说，导致车辆自燃的因素五花八门，汽车油路出现问题造成漏油、漏液，电线老化或者接驳不当造成短路或产生火花，等等。既有车辆内部原因，还与气候环境相关。比如，在高温暴晒下，车内香水玻璃瓶饰品的形状产生类似放大镜聚光的效果也可能被点燃。对有吸烟习惯的车主来说，打火机内液化的丁烷，也是易燃易爆物。点烟器发生故障，暴晒之下也会爆炸，听起来匪夷所思吧。

巩正想了想说："这辆车已经烧坏，还能查出它在自燃前的情况吗？"

杨宇栋说："因为我们赶到及时，所以汽车并没有烧得很厉害，应该还能看出来。我们正准备进一步勘查呢。正好你们来了，我们一起去。"

在烧坏的劳斯莱斯里发现，这辆车经过了改装，换置了某些部件，汽车的线路被重新排布过，电路、油路也发生了变化，大概率是在高温下引发了自燃。

在一堆焦黑的灰烬里，秦勇维找到一个蓬头垢面的充电宝，外观尚且完整。巩正小心翼翼地将它提取到事先准备好的物证储存袋里，心想，还是有点儿收获。

是谁改装的车，那个充电宝又是谁留下的，都需要去查证。巩正和杨宇栋商定，消防配合公安介入，寻找改装劳斯莱斯的汽车维修店，充电宝则由公安提取相关人员指纹后进行比对。

三

康竹平的金源房产业务蒸蒸日上，颇得各界好评，也受市里肯定，加上"海岸枫景线"已开始实质性启动，据说某部委领导也予以关注，可谓事业有成、春风得意。康竹平个人性格张扬，善于经营，与市里高层关系热络。巩正认为，这样一个成功的地产开发商即使有严重心脏病的折磨也不至于自择死路。为他治疗的医生也证实了这一点。康竹平三年前开始患病，他十分配合医生，严遵医嘱，三年多来用药一直控制在安全范围内，从未发生不测，而且此次突发也不是自己给药，因此可以排除自杀嫌疑。

巩正向金培浩了解了有关康竹平的一些情况后，又向他交代了需要调查配合的事宜，让他先回公司。金培浩悲痛之余表示一定全力协助警方，随叫随到。他哽咽着告诉巩正，当初他从一个应聘的博士来这里工作，十年内从普通员工一步步升任常务副总经理，完全是康董的知遇之恩，康董为本市房地产开发和住宅建设呕心沥血，突然离世，实在不能接受。康董亲自抓的"海岸枫景线"一期工程谈判刚草签，接下来他准备大干一场，可就在这节骨眼儿上……

巩正安慰金培浩节哀，先回公司安定大家的情绪，不要出现太大的波动，影响项目开发。

金培浩回到公司立即召开常务董事会，包括持有金源房产40%股份的投资人之一的华之临和另一名副董事长、副总经理兼财务总监江俪等五名公司常务董事会成员参加了会议。其中有一项议程，按康竹平与董事会的约定，他不在公司时，由常务副董事长代行他的职权。现在，为了公司的正常运转，需要常务董事表决。江俪认为，康董的死亡属意外事件，与在不在公司完全是两码事。金培浩并无明显的表示，他语气凝重地说："现在不是讨论权力移交的时候。至于康董的突然离世是不是一个意外事件，还得由警方下结论，我们必须配合警方进一步的调查。目前最重要的是，常务董事会要保持公司运转的稳定，避免出现上下波动，继续'海岸枫景线'一期工程的运作。这也是康董生前最关心的事。做好了，也是更好地告慰董事长的在天之灵。"

华之临沉吟着说："我同意金副总的意见，无论出现什么情况，无论是谁执掌公司，大政方针都应该是开发经营为先，不要受到其他的干扰，发展是硬道理嘛。"显然他更关心投资收益。

董事会基本达成共识。

长渭市这几年经济的高速发展，康竹平在房地产开发上功不可没。几年内接二连三利用外资开发了一部分高档住宅区，还按市政府要求建成了一批廉租房，解决了一大批市民的住房困难，为政府排忧解难，减轻压力，在领导层和社会各界都有不错的口碑。他的突然离世，也惊动了分管政法和市政的两位副市长。他们在听取了汇报后，都觉得事情看似意外，蹊跷在于细节上颇为费解，要求尽快查明真相。虽然新闻界按上级指示未予公开披露，但消息还是不胫而走，在市里引起不小的议论和躁动，市里力求把此事可能对投资环境的影响降到最低。

各种情况在两天内迅速汇总到巩正和秦勇维这里。

毕业于刑警学院的巩正三十出头，善于思考，案子办得清爽。连检察官都感叹，要是警察都有巩正这样的素质，我们就轻松喽。康竹平事件发生后，局长亲自点了他的将，巩正觉得真正的挑战来了。

从背景资料看，在康竹平的关系人中扫描一番，似乎很难找出一个与他存在激烈争斗的利害冲突者。

五十七岁的康竹平十几年前从商业系统辞职下海后历经拼搏，终于功成名就，个人资产达几个亿，在长渭市可进入前十名，他的公司也为这个城市贡献巨大，觊觎者当然不会少。但康竹平的人缘和口碑都不错，只听说与同在圈内的大宏房产董事长李木森因地产开发归属问题存有芥蒂，但内幕不清。康竹平已于一年前离异，至今未再婚，目前私人感情问题不清楚。有传闻说他曾与前妻裘慧卿因财产分割问题闹得不可开交。而在公司内部，据金培浩所说，康竹平具有很高的威信，也很服众，无论在核心层还是普通员工，都不存在明显的利害冲突。

巩正突然问秦勇维："你说哪种情况可以致人疯狂？"

秦勇维张口就来："这种情况太多了，比如遇到天灾人祸，比如万贯家财一夜之间丧失殆尽，又比如突遭飞来横祸，再比如失恋，等等。你想说什么？"

"我也不知道想说什么。压力太大，第三天了。"

"我还好吧。"

"你可以的。局里给了我们两周时间，到时候要是出不了明确结论，岂不坏了我一世英名？哦，还有你。"

秦勇维瞄了巩正一眼："英名是你的，别扯上我，我只是小跟班。"

"兄弟你是不服气啊。告诉你，这件事查清楚了，你也就能带上个跟班喽。好了，闲话少说，你认为我们应该从谁开始？李木森还是裘慧卿，还是金源房产内部？"

"这是头儿考跟班吧？好，说错了反正我也不负责任，对不对？康竹平死之前，金培浩和江俪是跟他接触最多的人。金培浩是这个项目的执行人，江俪呢，副总兼财务总监，管钱的。他们一直陪着康竹平考察'海岸枫景线'一期工程。这就是说，他们俩可以互相证明。与外商合作方草签那天晚上，康竹平和金培浩都喝多了，这应该是导致康竹平心脏病再度突发的主要原因。然后是司机小吴听了金培浩的话给康竹平吃药，尸检证明是药物过量，但他们俩也是忙乱中仓促应对，根本不知道会发生这样的后果。至于李木森嘛，现在就去找他似乎显得贸然，这样就只剩下裘慧卿一个人了。不管怎么讲，她与康竹平离异不久，也许能提供一些我们所需的线索。"

"分析得头头是道。好，就按你的这个思路开始，事情查清了一定给你报头功，到时候别赶鸭子不上架啊。"

"你心情好多了吧，拿我开心？错了也是你负责。"

两个小时后，裘慧卿到了公安局。之前她说，不要到她单位去，免得引起误会。她在一家会计师事务所当副主任，是一个既有主见又谨小慎微的女人。警察在电话里对她说，想了解一些有关她前夫的情况，她本能地就想拒绝，但警方的态度表示这是她应尽的义务。她只得无奈前往，但裘慧卿的表情似乎告诉警方她对前夫的突然离世缺乏心理准备。她惊讶地睁大着眼睛，嘴巴半天没合上。她情不自禁吐出的一句话让巩正大感兴趣："你说事情发生在前天晚上七点左右，怎么会呢？六点多的时候我还接到一个电话让我去他那儿呢。不过，这声音我不太熟悉。"

"你去了吗？"巩正给她倒了一杯水。

"我当然没去，否则你们早就来找我了吧。"她拿起水喝了一口。

"为什么没去？"

"我觉得奇怪，问他是谁，那人却把电话挂了。我吃不准是怎么回事，所以就没去。我们毕竟已经离婚一年多了。再说他一直没兑现他说过的话。"她显然已经恢复了平静，说这句话时有一种轻松解脱之感，也许是为自己当时的判断感到欣慰。

"那声音是男的还是女的？"

"是男声。不过听起来有点儿含糊。"

"康竹平向你承诺过什么？"

"按照离婚协议，他的一半财产应该归我。但就是这样一个在本市富豪榜上赫赫有名的大老板，很多人眼里大名鼎鼎的房地产开发商，竟然对他的前妻连这个承诺都不兑现。"她叹了一口气，"所以我可以为他的死而难过，但为他的人品而悲哀。"

"裘女士，谢谢你的合作。有一个问题不太好问，你们因为什么离的婚呢？"

"唔，"她沉吟了一下，"离婚的原因说长可长，说短可短。故事很老套，归根结底一句话，他在外面有人了，我不能忍受。就这样。"

"你所指的外面有人能说具体点儿吗？"

"种种迹象表明就是他公司的人，但目前还没有成为他的妻子。也许永远不会。我的意思是说，一个对自己负责任的女人是决不会嫁给他的。"

"可以告诉我们是谁吗？"

"不能。"裘慧卿很干脆地拒绝了，"这种事关系到人家的声誉，如果她不承认，反过来告我造谣诽谤，我没这闲工夫去应付那些事。"她回答得无懈可击，巩正只得作罢。

"还有一个问题，你知道康竹平生前与谁结怨吗？或者说与谁关系很僵？"

"这个我真不清楚。我们一般很少过问对方的事，各过各的。我不知道他是不是把我当成他的仇人。"

"恕我直言，你似乎正在把自己描述成他的仇人。"巩正表情怪兮兮地说。

"是吗？"裘慧卿神色十分坦然，"那你们可以把我作为嫌疑人调查嘛。"

"不，我说的不是这个意思。谢谢你的配合和坦率，希望你说的情况对我们有帮助。"

送走裘慧卿后，巩正对秦勇维说："觉得如何？这个女人很沉得住气。不过她还是提供了不少线索。一是她接到的那个神秘电话，二是康竹平的婚外恋，三是……"

秦勇维接过话来："是康竹平的仇人。你说裘慧卿是故弄玄虚还是故作姿态，她说接到过一个神秘电话，意味着什么呢？"

"不管她是故弄玄虚还是故作姿态，都是一条线索。"

"问题是,如果裘慧卿真要谋财害命,她也不可能知道康竹平什么时候突然发病,什么时候汽车自燃吧。若真如此,她应该在事情发生后很快出现,为何现在反而对协助我们调查不情不愿呢?她说过与康竹平离婚后没有得到她应该得到的财产。"

"这样,你迅速查清有关康竹平、裘慧卿之间财产争执的过程。"

电话铃声打断了他们的谈话。巩正拿起电话,是金培浩的声音。他对巩正说,他有重要情况告诉他,一个小时后面谈。

金培浩告诉巩正,因为康竹平突然去世,"海岸枫景线"的外方投资人表示总部董事会要重新考虑投资事宜,同时开始与李木森的大宏房产接触起来。这几天大宏房产也在媒体上加强了广告攻势,大有与金源房产争夺地盘之意。这几天他们正在筹划新闻发布会,动作很大,而金源房产与外商的合同也只是草签,所以究竟花落谁家还真不好说。

巩正把打火机打开,又熄灭,然后再打开,却不点烟,像是在研究打火机的点火装置,然后问金培浩:"你知道康竹平的私人情况吗?"

金培浩愣了一下,不明白巩正对他说的事避而不谈,却问了这样一个问题,令他一时来不及反应。他斟字酌句地说:"不怎么了解,康董在下属面前很少谈个人的家庭、情感之类的事,我们也从来不打听。巩警长的意思是……"

"噢,我什么意思也没有,总是要多方了解,你如果知道或了解到什么就随时告诉我们。你刚才说的事我明白了,我能理解你的心情。康竹平的死对'海岸枫景线'必定会有影响,外方投资人有些想法也是在所难免。大宏房产作为你们最有力的竞争对手肯定会在这件事上做些文章。作为局外人,我对金源房产深表同情,谢谢你及时向我们通报情况。"

巩正的话表示今天的谈话可以结束了。他不经意地说着,看得出金培浩对这个情况没能引起他足够的注意而有些沮丧。

巩正心里其实觉得这个情况还是有价值的，只是他的工作风格几经历练已变得十分沉稳，他认为不应让别人，尤其是与这起突发事件的关联者窥探他的态度或意图，他力求使自己做到不露声色。

这次谈话之后，他的思维始终盘桓着这样一个疑问，商业对手在竞争中为挤垮对方而不惜置对方于死地从逻辑上讲得通，但这件事发生在两个著名企业家之间又不太合情理。而且大宏房产在这种时候大做广告，还策动媒体攻势，就不怕惹火上身？不过，与李木森的一席长谈，又使他对这个康竹平的对手有了独特的看法。

四

李木森的架子还真不小。秦勇维真想把他痛骂一顿，但还是忍住了。他在电话里对秦勇维排了他这一周的时间表，其中就有与外商洽谈"海岸枫景线"的开发事宜。言下之意，本周内根本无法接待警方来访。秦勇维很不高兴，在他不长的办案生涯中，还没碰到过敢如此藐视警方的人。更令他生气的是，李木森在跟他说这些话时一副志存高远指点江山的腔调，弄得秦勇维差点儿就跟他说，你可别太得意了，你可是个重点嫌疑对象，可话到嘴边却成了这样："李董事长公务繁忙，我们完全可以理解，但您也知道，康竹平突然离世这件事市里很关注，我们是诚心诚意希望得到您的帮助，因此您就是再忙，也得为您已经逝去的同行做点儿什么吧？"秦勇维说这番话的时候直骂自己，还真从没这么文绉绉地说过话，他是谁呀，不就是个狗屁董事长吗？不就是钱多了点儿吗？不过我这话还真是说得有点儿水平。

这番软中带硬的话终于使李木森无奈就范。他把时间定在了第二天下午四点，但只能给他们一个小时，还特别说明，因为他已约了一家著名广告公司老总前来策划，对方也很忙，更改时间不方便，请警方见谅。他还说，一个小时足够了。

秦勇维狠狠地放下电话，觉得就像与一个狡诈的对手进行一次艰难的谈判。他对李木森充满了怨气，恨不得立即将其制伏。

巩正和秦勇维走进李木森的董事长办公室时，映入眼帘的是与康竹平的奢逸豪阔迥然不同的风格，它所追求的是一种高贵中的简约直白，这引起了巩正的审美共鸣。对环境空间尤其是私人空间的如此表露，能代表李木森的行事风格吗？果真如此就好了。李木森事先已经得到值班文秘的报告，见他俩进来，礼貌地欠了欠身，做了一个请二位就坐的手势，让秘书端上刚沏的龙井，看得出是今年采摘的上好新茶，巩正和秦勇维的嗅觉里立刻洋溢起清逸沁心的茶香来。巩正先来了句客套："谢谢李董事长百忙之中'接见'我们，打扰了。我先申明一下，这次谈话纯属拜访，没其他意思，还请李董不要误会。"

这"接见"二字说得有点儿怪异，让李木森略显尴尬，不过他还是迅速做出了调整："配合警方也是我应尽之责嘛，再说市里也这么关心。咱们开门见山吧，你们想要了解的，只要我知道的一定毫不保留。"

"既然李董事长这么坦率，我们也就不客气了。我们就在这一个小时内提三个问题吧。第一，外界传闻李董事长与康竹平纠葛甚重究竟是怎么回事？李董能告知一二吗？"

李木森拿起精致的陶瓷茶杯喝了一口，眼光与巩正直视："其实，这种事在行业内部司空见惯。少数几个业绩突出者往往会成为焦点人物，我想在你们那里也不会例外吧。我不否认我与康竹平之间确实有竞争甚至较劲，都是为了生意嘛。但到了别人的眼里，却使事情的本来面目变了味儿，再加上以讹传讹，就更邪喽。"

"李董事长的意思是说你们之间并无个人恩怨，可以这样理解吗?"

"竞争激烈而已,也在正当范围内。说句难听点儿的,都要赚钱嘛,总想把自己做大,把别人挤下去。我觉得我和他之间没有胜负,但这样的状态很容易成为社会的谈资,也是某些不怀好意的传播者感兴趣的。这样事情就变得越来越复杂。如果你们把这作为我的嫌疑理由,就显得牵强了。所以,当你们打电话给我的时候,我的反应就是反感,就凭这种道听途说的东西来找我?"李木森侃侃而谈。

巩正还是按原定思路进行:"关于这一点,我刚才已经向李董解释过了,我们今天是拜访,仅仅是向你了解有关情况而已。第二个问题,李董事长最近是不是正与外商洽谈'海岸枫景线'工程?"

李木森猛吸了一口烟,再狠狠吐出:"我不隐瞒,这曾经是我的五年规划之一,但因种种原因,开发权落到了康竹平手中。我很清楚他的为人和背景,思考再三,就对自己说死了这条心吧。不过这一次是人家自己找上来的,他们说康先生突然死亡,让他们很担心项目的运作。我们也才刚刚开始制作项目计划书,眼下就要进行第二轮谈判,所以,这两天我忙得焦头烂额,整天为这事奔波,还不知道是个什么结局等着我呢。"他顿了顿,"不管怎么说,'海岸枫景线'牵着我的心哪。人家既然来了,我没有理由拒绝啊。"他说得合情合理,无可挑剔。

"第三个问题,是我们纯专业角度的,请李董事长不要介意,康竹平出事那天你在哪儿?"

"我不介意。请你们提醒一下具体日子。是8月2日?唔,我想应该是我在香港考察的最后一天吧。我是在事发后第二天才获悉这个消息的。我深感震惊。"说着,他抬手看了看表,还剩五分钟,"我也只能向你们提供这些了。"

"非常感谢李董事长,根据刚才所说的,我尝试做一个逻辑推理,可能使李董事长处于一个尴尬的境地,也就是说你与康竹平的死存在某种联系。我是说推理，李董事长愿意听一听吗？"

"我不感兴趣。推理是你们的手段，推理再有逻辑，总归还是要证据说了算。我的理解对吗，巩警长？"

"既然这样，今天就到此为止吧。正好一个小时。"巩正戛然而止。

李木森意味深长地一笑："巩警长，你是个守信用的人，我喜欢和这样的人交朋友，也是我的为人原则。当然，生意上的竞争很残酷，为了使自己立于不败之地，大家都会采取一些手段，但也有信用在里面。至于你的推理，我以后再洗耳恭听吧。"

出了大宏房产公司，秦勇憋不住了："巩领导，"也不知道他什么时候改口了，巩正也随他，"这李木森还真行，问题没谈出什么，倒和你交起朋友来了。"

"我在想，如果我们换个角度，康、李两人间的纠葛只是一种表象，是否还隐藏着另外一层东西呢？毕竟我们离内幕还太远。哎，裴慧卿的事搞清楚了吗？"

"眉目基本上清楚了，恐怕会使我们失望。我找到了他们的儿子，正念高一。他对康竹平的死并未表现出特别的痛苦。父母离婚后他在法律上跟康竹平，其实却很疏远。他也知道母亲讲的事，为这事他们争吵过多次，康竹平并不想兑现自己当初的承诺，却给他的情人买了套豪华房，这给他儿子的印象很不好。他认为这与一个房产巨头和一个男人的身份不符，他甚至有些鄙夷他老子。他还说，妈妈绝不会为这件事去报复爸爸，他说他可以用人格担保。"

"这小家伙还挺有意思。但有一条仍然值得我们注意，康竹平死于地高辛中毒，他发病初期，他们的婚姻还在存续期间，裴慧卿起码是知道他的病情的，也是最容易以此置前夫于死地的，然后将财产归于儿子名下，再由她来控制。这样的解释似乎也合乎情理啊，你认为呢？"

"推理毕竟是推理,所以我才说让我们失望嘛。我从裘慧卿单位里也了解了,她在单位是业务骨干,事业心很强,康竹平出事期间她正忙着审核财务报表,值班记录也可以证明。如果要加害,她早就动脑筋了。所以,巩领导刚才的推理不能成立。我还是觉得李木森的疑点最多。"

"说来听听。"

"李木森在生意上与康竹平积怨已久,'海岸枫景线'无疑又成了他们之间角逐的目标。李木森发现自己明显处于下风,这步棋他又输了。'海岸枫景线'一旦建成,他李木森在长渭就更不是康竹平的对手了。为了阻止这个目标的实现,他只能出此招来挽回败局。至于他自己在不在现场,跟裘慧卿是两码事。裘慧卿是单枪匹马,而他可以设计雇凶杀人。这个过程中,他足以了解康竹平的生活规律,然后选择时机下手。"

"听起来有板有眼,可有一条我还是不太明白,请你解释一下。"

"哪一条,请巩领导明示。"

"康竹平死后才一个星期,李木森就与外商谈判,难道真的不怕引起更大的嫌疑?还有,他对外商说,其实'海岸枫景线'本来就该是他的,康竹平走的是上层路线,他凭借的是实力。我想不通这样一个自信的人会出此下策。"

"这不更证实他的大胆和野心吗?你们不是有议论吗,我就偏做给你们看。这也许就是他的心理设定。"

"说得这么肯定?"

"巩领导,敢跟我打赌吧,把他交给我了,我会证明给你看。"

"好啊,不过我提醒你,时间很紧,你可别做无用功哦。"

五

江俪四十出头,仍然风姿迷人,从骨子里透出的成熟和智慧,不是公司里那帮二十几岁的小姐可以相比的。那些刚来公司时趾高气扬，或以容貌或以外语或以电脑技能赢得一时风光张扬的小姐们随着时间的推移都自叹不如。

现在，她慵懒地从宽敞的欧式水床上爬起来。时针已指向九点，这是她通常的起床时间。阳光明媚，可她的心情好不起来，为她自己也为康竹平。当初她到金源房产，也许是命运的安排。无论怎么说，她在这个圈子里也算混出了点儿名堂，但现在时时感到一种难以言传的恐惧袭击着她的身心。药物过量、汽车自燃都是意外事件，怎么又惊动警察了呢？她与康竹平的那种关系，警察肯定会掌握。如果警方询问，无非就是两种解释：往好里说，作为他的婚外情人兼她的靠山，她不可能这么干；往坏里说，也可以认为因为觊觎他的财产才当他的情人。怎么神经兮兮的？她忽然笑出声来，搞得自己像个侦探一样，但感觉的确有些苦涩。苦涩中她又忆起了与康竹平在一起的一幕幕。最冲击她神经的是康竹平近年来由于得了严重的心脏病，与她的床笫之欢已不复存在，他痛苦而又执拗地要满足她，但都以力不从心而告终。但她却没有背叛他，这使他对她更加呵护有加，她知道他想用这来弥补他的遗憾。

意乱情迷之间，她的手机短消息铃声猝然响了一下。她打开一看，荧屏上显示的只有一句话："与警方合作无疑引火烧身，切记。"那个发信的号码是她从未见过的。是威胁还是恐吓她不知道。警方又发现什么新的情况了？这个人是谁？他怎么知道警方要找我？

巩正不会对金源房产上下对江俪的议论充耳不闻，虽然她自己对这事采取"鸵鸟政策"。当然，巩正和秦勇维对这事绝不会停留在他们之间的"桃色关系"上，这只是一个导入口。再说，由于江俪在公司分管的又是财政大权，如此关键的位置对谁都具有不可抗拒的诱惑力，对江俪也不会例外。裘慧卿和医生都已证明康竹平的心脏病已有几年，作为他的情妇，江俪产生一些想法也是完全可能的，但也有另一种说法认为江俪只是康竹平的"红颜知己"，绝不会做这种事。

　　几周前。
　　斜阳把空旷安静的海滩间隔成一条充满诗意的明与暗的分界线，令人遐思无限。康竹平踌躇满志地对金培浩和江俪说："明年我们将在这里看到金源房产新的楼宇拔地而起，就像镶嵌在这条美妙海岸线上的明珠。"
　　江俪笑出了声："我还是第一次听到董事长作诗呢。"
　　金培浩接过话头："董事长是有感而发呀。我敢预言，'海岸枫景线'不仅是我们金源房产，同时也将成为东部沿海城市房产开发史上的一个里程碑。康董，我这么说不言过其实吧？"
　　"说得好。恰到好处。"康竹平拍着金培浩的肩，"哎呀，上午跟老外啰唆了半天，下午又跑了半天，今天对你们两位照顾不周啊。等会儿，带你们去喝咖啡。你们知道吗？别看这儿偏僻，可还有个咖啡馆，搞得蛮有情调的。那个老板娘是个大学生，很不错呀。据说咖啡馆是个做证券的家伙投资的，很有眼光啊。等我们一建成，它也就跟着一起发啦。走，我带你们见识见识去。"
　　江俪对康竹平闪电似的飞去明眸，轻轻启齿："董事长是想去看那个女大学生吧，您要是看中了，我就把她挖过来。"
　　"哈哈，我可不敢要她。不过，真把她要过来了，你也不会没这个气量，对不对？"康竹平并不掩饰自己花心依旧。江俪当然也很明白这一点，不过她自忖能把握住这个老家伙。
　　康竹平又憋着嗓子干咳了两声："今天真他妈的累死我了，口干舌燥的。"金培浩立即跑到车后备厢里摸出一瓶矿泉水，"董事长，您喝口水，润润嗓子。"康竹平接过矿泉水喝了一大口。一旁江俪笑吟吟地说："金培浩，你这手我可永远也学不会哦，好像董事长肚子里的蛔虫一样，怪不得董事长这么倚重你。"金培浩的表情有些不自然："江俪，你这是批评我吧，看来我以后得收敛一些了。"康竹平对他们的斗嘴不置一词。

从咖啡馆出来，康竹平突感身体不适，就对金培浩说："我今晚回别墅休息。"

江俪在观察着康竹平的神色，忙问："董事长，您没事吧，要不要留下来陪您一会儿？"

"不用了。今天忙了一天，我也正好安静地休息一天，你们各办各的事去吧。"

金培浩看了一眼康竹平："董事长，您今天真的太累了，您的心脏……没什么问题吧？"

康竹平不像刚才那么大嗓门了："不要紧，自从这病查出来以后，我一直在积极治疗，问题不会太大的，你们放心好了。"

到了别墅，金培浩和江俪一起将康竹平送到他的卧室才离去。江俪说："董事长，有什么事立即打我手机。"康竹平答应着坐在紫檀红木椅上，向他们挥了挥手。

巩正和秦勇维曾分别询问了金培浩和江俪，他们对此事的叙述几乎完全一致。唯一可以使江俪感到欣慰的是她也陪伴了康竹平人生的最后一段时光。对这个男人，她说不上爱，但可以接受他的爱。以她的思维理念，两情并非一定相悦，就好像这世上许多事本无多少道理，不必非去弄它个子丑寅卯不可。可这两天警方怎么突然对公司的账务情况感兴趣起来了？还有一件令她十分奇怪的事是，在她与警方谈话时，一阵急促的短消息再次出现在她的手机屏幕上："适可而止，否则你会难堪的。"电话号码当然又是个新的。如此神出鬼没，她觉得自己就像被偷窥一般，恐惧从心底油然而起。在这种情况下，她又完全不敢跟警方说，她甚至想，难道自己会落得与康竹平一样的命运吗？

巩正同样在想，这个女人究竟是怎么回事呢？虽说到目前为止还没有发现她与康竹平的"桃色关系"和他的死有直接联系，但总觉得她的背后牵着一条看不见的线，线头是谁呢？

这时，杨宇栋发来一条短信，改装劳斯莱斯的查询结果出来了。巩正立刻与秦勇维前往消防队去看那段视频。那是一家开在接近郊区的汽车维修店，规模不大也不小。店内探头显示，7月24日22点48分左右，一辆劳斯莱斯停在门外。一个戴着棒球帽的精瘦男人进入店内，和店长说着什么。由于帽舌很长，加上夜深，所以脸形模糊，难以辨认。

陈科仁进入警方的视线有些偶然。

陈科仁从金源房产公司出来的时候显然不会注意到停在马路对面的那辆帕萨特，秦勇维已经观察他两天了。自从那天与李木森谈话后，秦勇维就很执着地认为此人嫌疑最大，再说他已经在巩正那里立下了军令状，真是全身心投入了。

前天，他没打招呼又去了大宏房产公司，李木森显然很不欢迎，连茶都不给他倒一杯，一直自顾自打电话。秦勇维耐着性子抽开了烟，听李木森跟他的客户讲那些有的没的话。李木森打完电话后还没有跟他对话的意思，简直是视若无睹。刚想发火，手机响了起来，他就走出了李木森的办公室。是巩正找他，说下午四点，局长要听汇报。秦勇维答应了一声就关了机，心里这团火还窝着。迎面走来一人，高个儿，目测三十多岁，很能干的样子，径直走进了李木森的办公室。怎么这么面熟呢？把将要燃烧殆尽的烟猛抽了两口，秦勇维想起来了，那次在金培浩的办公室见到过他。但金培浩没介绍，只说是朋友。秦勇维想，这个人与两家公司的老总都这么熟悉，看来不简单。他忽然想，李木森难道和金培浩联手搞工程，还是其他的什么……他决定不再进去了，就下了楼，一头钻进了帕萨特。

咦，怎么回事？刚才走的时候就我一人，是谁在里面？一张报纸竖着遮住了脸,他没好气地大喝一声:"谁呀?"

"我呀,怎么啦?"

"哎,巩领导,你什么时候来的,还搞得挺神出鬼没的,什么意思?不想想怎么向局长汇报?"

"怕你跟人家发火嘛。"巩正轻描淡写地说。

"你盯我的梢呢,真怕我把案子破了,没你什么事了吧。"

"闲话少说。看你这副样子,肯定是发现什么了。这次我当你的跟班,该怎么做怎么做。"

"嗨,别装了。你坐在这里,说明你老早就进入角色了,快说接下去的事吧。"

"我已经了解过了,这人叫陈科仁,公开身份是大宏房产新近招聘的项目经理,路道粗,交际广,据说深得李木森赏识。最近,他频繁来往于两家房产公司,是为携手开发一个新项目进行具体事宜的落实。"

其实巩正也是只知其一不知其二,虽然他不久就会弄清楚其中的关系。昨天,李木森告诉巩正,他提出了一个新方案,由"金源"和"大宏"携手开发市郊接合部四号地块,以推动全市房产的新一轮开发,也可带动周边地区经济发展,寻找新的发展商机,此举也许可以看作李木森对"海岸枫景线"落入囊中之后对昔日对手的一个补偿。这对目前实质上主持金源房产的金培浩无疑是一种起死回生的诱惑。这是康竹平死后金源房产的第一个大动作,也是显示他的能力的一个绝佳机会,事情进展之快是出乎金培浩预料的。他决定接受李木森抛过来的这个橄榄枝。在象征性地征求了董事会的意见后,他就着手操作起这件事来。

约半个小时后,陈科仁从大宏房产公司出来了,一副志得意满的样子。随后叫了一辆出租车疾驶而去。秦勇维一路尾随。一个多小时后出租车果然在金源房产公司停了下来。

六

已经到下班时间了，秦勇维还坐在办公室里摆弄着电脑。巩正拍了拍他的肩："你没事吧，呆头呆脑的样子。"

"我琢磨着今天会有进展，我有直觉。万一有什么事，你再找我，不是浪费时间吗？"

"那好，你跟我回家吧。"

"正合我意。今天我老婆出差，正愁没地方吃饭呢。"

"搞了半天，你是蹭饭啊。不过，我可只会蛋炒饭啊。"

"也正合我意。"

到了家，巩正习惯地先打开电脑，然后就去了厨房。

还没几分钟，就听秦勇维叫："你看，还真让我给说着了。快来看。"巩正急忙走了过来。

收件箱里有一条新的帖子："金源房产现在是死撑着市面，虚张声势，其实公司资金已经大量流失。"下面的话更有冲击力，"早在2015年公司已陷入金融危机，负债经营。'金房股份'曾一再下挫，业绩早已为圈内诟病。"

康竹平死后社会上说什么的都有，这个说法倒还是第一次听到。可以肯定，这条帖子应该出自内部人员。巩正沉思着问秦勇维："你说这条帖子想要告诉我们什么？"

"我不能确定这条帖子是不是与康竹平的死有关，但是不是想告诉我们这里大有文章可做呢？"

"按说应该是这样，可我怎么觉得这帖子发得不是时候呢。"

"你的意思是……企图干扰我们的目标？"

"我也没想好。不过，我的直觉告诉我，这两天恐怕还会出事，我们明天得把陈科仁控制起来，这个人可能会提供一些对我们有用的情况。"

金培浩觉得应该与江俪单独谈一次，就约她到市内著名的星月大酒店一叙。对金培浩来说这不是第一次邀请江俪，可江俪的确是第一次答应他的邀请。

金培浩与江俪平时互相直呼其名，只是在公司开会的场合才以职务相称。当时金培浩应聘来公司时，江俪已是财务主管，她的风采和能力、阅历和资质绝非那些年轻"美眉"可比。金培浩不久就为这个女人倾心了，但他很快发现她对他的用心不屑一顾。他知道她与康竹平的那种关系，他也觉得很正常，像这样才貌双全的女人是男人就都会倾心的。他相信，江俪其实也是欣赏他的，如果他有康竹平的位置，他同样会有机会。康竹平将他从销售经理一路提拔到副董事长兼常务副总经理，他还是心存感激的，不过他更多地认为这主要是基于自己的才干。

江俪比他早到了五分钟。他一坐下就对她说抱歉。江俪笑笑："你总是那么惜时如金，我可做不到这一点。"

"你这么说我就更无地自容了。我们两人单独吃饭还是头一次吧。"

"你是不是对我怀恨在心？"江俪还是笑着说。

"我哪敢怀恨在心，最多就是心怀不满吧。你能答应我，感觉真的很好。"金培浩也打着哈哈。

"我印象中你一直是不苟言笑的，今天发挥得这么好，恐怕不是一日之功吧。你是要与我共谋大局还是发泄不满？"

"说实话我自己也没想好，只是想与你聊聊。康董遇难后，我们也没有好好交流过，公司的业务这么忙，真把我弄得精疲力尽啊。"

"不是又有新项目要上马了吗？你可以一展宏图了。"

"说心里话，我还不想接这个烂摊子呢。但不管怎么说，这个项目是我们现在的头等大事，你这个财务大臣可要助我一臂之力啊。"

江俪没有立即答话，过了一会儿说："你真这么认为？"她心里很清楚，金培浩是惦记着那笔钱，康竹平让她掌管的那笔钱，五百万美金。现在他是找到一个名正言顺的好由头了。老头子还是有点儿深谋远虑啊。想到这儿，她不禁叹了口气："我其实也是有名无实啊，替死人背着骂名，幸亏我想得开。哎，那个华之临什么意思啊，他不是说香港还有一笔钱要汇过来吗？怎么到现在还没踪影啊？"江俪把问题岔开了。

金培浩睃了她一眼："这个人可是老奸巨猾呀，我们都玩不过他。他就想什么风险都不担，舒舒服服地赚钱，让我们替他护驾。这次他也不明确表态。跟这种人打交道太吃力，我们不能把希望寄托在他身上。在合适的时候，我要向董事会提议，不能让他占着茅坑不拉屎。在这种关键时刻，我们还得依靠自己啊。"他顽强地又把话头扭了过来。

江俪知道他是不会死心了，干脆点破："我跟你明说了吧，那笔钱是康董的私房钱，我只是代为保管。所以，我也不知道它的来路，也没问过，我怎么能随便给你呢？你就别打这个主意了。"

"可据我了解，情况并非如此啊。董事会也有不少议论。你说你给死人背着骂名，人家还说你是借死人发财了呢。你想得开可以，可别人想不开啊。这事情只会越来越麻烦，你说呢？"话里已经有了明显的意味。

江俪也是见过大世面的，仍然不卑不亢："那就交董事会决议好了，我倒要看看究竟是谁兴风作浪。康董在的时候，一个个大气都不敢出，现在是墙倒众人推，劣根性真是暴露无遗啊。"这话明显是说给金培浩听的，他不会听不出来。

"我还是希望你能了解我的苦衷啊。"金培浩强忍着说，"我这不都是为公司前途和利益嘛，我想康董如果在的话，即使是私房钱，也会慷慨解囊的。知道吗？市里对我们一直很关心，再怎么说，'金源房产'这块牌子也是长渭市的门面，也不会说倒就倒的。"

"市里是关心你金副董事长吧。领导对你期望很高啊，你可别为了某些事让领导下不了台啊。"江俪话里有话，并无退让的意思。

金培浩突然用一种奇怪的口吻说道："其实你也清楚，这个公司也就是你我说了算，我们两人唇枪舌剑对公司不利，这叫内耗。不过我们之间总会有个结果，得不到你的帮助，我也许会采取一些非常措施来使公司渡过难关，还请你要多体谅啊。告辞了。"金培浩没等江俪再接话茬儿就欠身离座了。

江俪似无什么反应，冷冷地看着金培浩离去的背影，若有所思。

陈科仁对警方找他似乎早有预感，他没有表现出丁点儿的惊慌。他对他目前从事的工作很有成就感，当谈话进入正题时，他对巩正说："我现在就像一个两面间谍，当然我主要是为李木森服务。不过，金培浩也很想拉拢我，我既不推辞也不接受，我感到很好玩。"他忽然刹了车。

"说下去。"秦勇维催促道。

"我可以提条件吗？如果你们对我采取强制手段，那是另一回事，但你们今后可能会面临某种尴尬，因为我并没有妨碍你们执行公务。"说完他挑衅似的看着巩正。

巩正静静地看了陈科仁一会儿，对他说："到目前为止，我们确实没有你妨碍公务的任何证据。也就是说，你现在是我们请来的客人，但也是负有向警方提供与本案相关情况的义务的公民，因为你已具备这个条件，这一点你自己也不否认。当然，我也可以向你承诺，如果你提供的情况的确对我们有价值，我们也将按有关规定对你给予物质上的奖励。"

"谢谢巩警长的教诲，我会与警方合作的。"

在陈科仁谈的情况中，有两点引起了巩正的重视：第一，金源房产董事会成员目前已失去向心力，金培浩并不足以服众，尤其是与江俪不和，而江俪控制着金源房产的经济和融资渠道。康竹平死后，这种情况依然没有改变，金培浩无力扭转，对此他深感不满。第二，虽说金培浩对市郊接合部开发项目很热心，但他能控制的资金远不足投资规模需求，因此很恼火，也流露出退意。

送走陈科仁，秦勇维对巩正说："他刚才说的这些与我昨天去银行了解到的金源房产目前的资金情况基本相符，而且银行方面认为，它极有可能成为不良资产。还有迹象表明，部分资金可能已流向境外。如果真是这样的话，这又将是金源房产一个爆炸性的金融新闻。"

"准确地说是丑闻。不过，我们的视线不应该被它干扰。如果我们顺着金源房产金融丑闻这条思路查下去的话，直接结果就可能使我们陷于长时间的公司财务调查中，而那个隐藏的家伙就可以趁这机会继续实施他的计划。这就是他把这条信息发出来的目的。还记得江俪收到的前后两个短消息吗？你想想，谁能确切知道江俪在公司上班的行踪呢？谁又能知道江俪将接受我们的询问呢？江俪掌握着公司的财务大权，对谁构成最大的妨碍呢？如果我上述分析成立的话，那么我们现在的注意力应该聚焦在哪儿呢？"

"金培浩？"

"虽然金培浩现在名义上还操控着公司经营，其实早已对自己在公司的情况不满了，也许他确有苦衷。最使他恼火的是，康竹平死后，江俪仍不把他放在眼里。所以，控制公司资金成了他最紧迫的事情。"

"然后呢？"

"然后……"巩正忽然做了个手势，"这个陈科仁没说实话。"

七

秦勇维把陈科仁叫了过来。

陈科仁仍是一副笃定的样子,秦勇维决定晾一晾他。可能觉得晾得有点儿过,陈科仁绷不住了,问秦警官昨天刚找过他,今天是……

秦勇维自己整理着桌上一堆文件,不搭理他。

沉默了几分钟,秦勇维说:"今天找你还是昨天的事。"

陈科仁顿了顿说:"昨天,不是都讲清楚了吗?"

秦勇维反问:"讲清楚了吗?再想想,还有什么没讲清楚的?"

"真的……讲清楚了呀。没什么可讲的了。"

这时巩正走了进来,陈科仁看了他一眼,这一眼中一闪而过的慌乱被巩正捕捉到了。巩正在他对面坐下来。陈科仁欠了欠身:"巩警长早。"

巩正问:"要不要来支烟?"

"哦,算了。这两天抽得有点儿多。"

"那好。秦警官刚才说今天还是昨天的事,我帮你把昨天你说的再捋一下。第一,康竹平死了,可金培浩并没有因此控制住金源公司的局面,他的常务副总经理形同虚设。所以,他有所不满。第二,他希望市郊新项目能给他带来新机遇,但没钱运作。是不是这样?"

"是的,巩警长说得一点儿不错。"

"那好,我现在的问题是,你觉得他接下来会怎么做?"

"这个,他也不可能跟我讲。"

"我觉得他应该跟你讲。你说过,金培浩也很想拉拢你,你既不推辞也不接受。是吗?"

"是的,我说过。"

"秦警官找李木森核实了你讲的情况，跟你对我们说的差距很大啊。所以你再想想，还有什么没跟我们说的。"

陈科仁立即说："我说的都是真的，你们也可以跟金培浩核实啊。"

秦勇维说："你们三个人讲的都要核实，现在是找你核实。核实了才能得到真实情况。不过陈科仁，我有必要提醒你一下，你的老板是李木森，不是金培浩。当然，事实究竟是怎么回事只有你自己清楚了。"

陈科仁语塞了。秦勇维递过去一支烟："来，抽一支，我知道你瘾头大，我也是。就是我的领导要痛苦地忍受二手烟了。"

巩正发现陈科仁接过烟的手有点儿迟疑，这种肢体动作和刚才眼神的慌乱属于一个系列，戳到他的点了。他对陈科仁说："资本的力量很大，也很虚幻。有时候，温情脉脉兑现承诺，有时候也毫不留情扯下脸皮。你要想清楚，别把自己陷进去。不管是李木森还是金培浩，他们现在正在做什么，你心里比我们更清楚。在这个关键时刻，火中取栗，或者暗度陈仓，都是赌博。我不否认有赌赢的可能，但一旦输了，后果很惨。希望你三思。"

一支烟抽完，陈科仁继续沉默。

巩正和秦勇维对视了一下："马上到午饭的点儿了。勇维，你去叫三份客饭，我们陪着陈先生一起吃，也让他再好好想想，权衡一下。"

陈科仁站起来，下了决心："巩警长，秦警官，我说实话。"

金培浩给出的价码给了陈科仁更大的诱惑。金培浩通过神秘渠道把他控制的金源公司资金转移到境外，条件是由陈科仁实际操作，事成后按约定的比例分成。陈科仁自然要问神秘渠道神秘在哪里，金培浩说既然神秘就天机不可泄了，大家都懂的。反正这是一个机会，就看你做不做了，陈科仁最终决定赌一把。

江俪在自己家中被杀。而金培浩则在将要走上飞往比利时的国际航班的最后一刻被抓获。在此之前，巩正获得了刑事技术部门的指纹鉴定结果，充电宝的持有人是金培浩。汽车维修店视频里的男子的身形、步态、举止等判定也是他。

江俪被绑在卧室里的一张椅子上，穿着整齐，上身是一件羊绒中褛，下着羊毛裙，现场没有搏斗痕迹，推测案发时间是发现时的三个多小时前，唯一可以提供死亡征象的只有脑颅凹陷。经法医鉴定，系钝器打击致死。死者在死亡前一个小时内发生过性行为，现场未发现任何凶器。令人百思不得其解的是：江俪的脖子被一条快要干裂的牛皮绳死死地勒着，地上还有一摊水。巩正掩饰不住自己的遗憾，对秦勇维说，我们还是晚了一步，这案子破得不是味道啊。

昨天晚上下班前，江俪关照她的秘书，明天下午一点公司有重要会议，要她提前做好会前准备。同时还交给了她一张纸条，上面写着一串数字，让她妥为保存。现在快到下午两点了，江俪却还没来，在女秘书的印象中江俪从未有过类似情况，莫非发生了什么事？她就给江俪家里打电话，却没人接，手机也不接。女秘书感到有点儿反常。联想起昨天江俪给她的纸条，女秘书突然紧张起来，就找金培浩，金培浩也不在。问其他公司领导，也都不知道。情急之下，她拨了"110"。

巩正立刻让秦勇维按纸条上的数字取出了江俪存放的东西，原来是一盘录音磁带。里面是江俪与金培浩在星月大酒店见面时的对话。听过之后就什么都明白了。

金培浩对这一幕应该是可以预见的，他已经设法避免了，但终究没有成功。做就做了，没什么愧惜的。唯一使他在最后的失败中获得些许安慰的是，他终于与江俪共度了一次鱼水之欢，虽然对方迫于无奈，但那个情形成了他美妙的回忆。现在，他更有足够的时间静静地回忆他在金源房产走过的路。

被提拔为副董事长兼常务副总经理后,他才发现这并不是他大展宏图的平台,反而却要承担更大的风险,严格地讲是一种犯罪的风险。公司存在巨大的亏损,而且凭着他的敏感,他还察觉康竹平涉嫌一桩金融欺诈,而他却在常务副总经理的位置上被康竹平驱使着冲锋陷阵,康竹平却如隐身一般。他还在康竹平一次酒后失言中听到市里某高层暗中支持金源房产。不过,康竹平也埋怨这家伙胃口太大,给他输送的利益层层加码。想到这里,他常常冷汗直流,又伴随着一股愤怨之火。他知道康竹平是在利用他,否则他哪来常务副总这个职位。明知如此,他也无法放弃,也无处发泄,只能忍着,随机应变。另一桩更使他惊讶的事,出现在他的视线范围。公司有一大笔钱不明不白地存于国外银行,掌管这笔钱的就是康竹平的情人、身为公司副董事长兼财务总监的江俪。这一男一女把他玩得团团转,让他一人在外拼杀,他们坐享其成,岂有此理?这个世界真是太令人愤慨,也太可怕了。金培浩时时觉得他就像在玩一个让他足以疯狂的游戏,他想摆脱却无法拔脚,他常常在夜深人静时反复思索他的未来,每一次都是狼奔豕突,结局可悲。有一天,他突然想通了,与其让他人驱使,倒不如自己主宰自己。你康竹平和江俪凭什么?我要把你们这对狗男女的命运控制在手里。

那次康竹平在车上突发心脏病,而后老纪给他吃的地高辛一下子激活了困惑他已久的那个念头。当时老纪跟他说药量的时候,他正看着地高辛说明书,然后偷偷把说明书拿走了。出了新中别墅,他愤懑地驾着劳斯莱斯,似乎康竹平仍坐在后座。他把车都开得快飞起来,差点儿跟一辆迎面驶来的卡车"接吻"。一阵冷汗湿透了之后,灵感突然而至。开到一家帽子店,他停下车,选了一顶黑色长舌棒球帽,然后他把车开进了一家修车铺。这时候,天幕全黑,他把帽子压得很低,跟一个店员商讨起改装某些部件的问题。他只有一个要求,要快,第二天就要来取,他可以付加快费。

草签协议酒会上,康竹平兴奋异常,放开酒量,金培浩巴不得康竹平多喝几杯,跟他交杯换盏。这点儿酒对金培浩来说根本不在话下,他清醒得很。直觉告诉他,这顿酒可能会成为康竹平的一道生命之坎。至于劳斯莱斯会出什么问题,他无法预测,也不想预测,反正他尽力而为了,就让它顺其自"燃"吧。如果他遇上了算他倒霉,否则就与他无关了。

他总算出了这口恶气,但最后一步还是把自己搭进去了。认命吧。他对自己说。他曾经认为,凭自己的智商,对付几个警察应该不在话下。康竹平死后,他也做了一些故布疑阵之类的事,但最终还是落在了警察手里。他现在最想知道警方是如何将他锁定为这两起杀人案的真凶的。对巩正的解释,他听得很认真,不得不承认对方分析得丝丝入扣。

"你在金源房产可谓功勋卓著,可你很快发现,你其实陷进了一个深不见底的泥潭。但这个泥潭对你还是有巨大的诱惑力,虽然它充满了肮脏和欺诈。康竹平在你眼里狗屎不如,你的才智成了满足他私欲的枪头,你于心不甘,当然,换了别人也是如此。你数年来的奋斗仅仅换来一个只知耕耘不问收获的实干家,得不到回报却还可能要背负法律制裁的包袱。你始终觉得巨大的压力绞磨着你的神经和躯体,你不知道是摆脱还是被它缠得更紧。老天真是太不开眼呀。于是你动了杀机,唯此才可使你的内心获得安宁和平衡。草签酒会这个时机太好了。如你所愿,康竹平突然发病,你让小吴给药,因为你喝醉了。对了,你还制造了一个小吴与李木森的传闻,李木森后来听说这个所谓的传闻,也哑然失笑。而这个铺垫有利于解脱你自己。而你改装的劳斯莱斯也恰在这时'自燃'了。一起药物过量致死事件被包裹在精心谋划的汽车自燃事故中，一个意外却又合理的悲剧，但是慌乱中你忘了把充电宝拿走，留在了车上。

"至于江俪嘛，你是爱恨交加。你对她用心，她却从没当回事。这不是问题的关键，关键在于她掌握的那笔钱。那笔钱对你来说很重要，它可以使你另起炉灶。你其实早有到海外发展的想法，你试图说服江俪和你一起共谋事业，但她不为所动。星月大酒店里不愉快的交谈到了这份儿上，你就没有退路了，这使你放弃了对她最后一丝的情感，既然得不到也就不再留着她，于是你实施了另一套方案。你的威胁和恐吓终于起了作用，如愿找到了那笔钱的源头。至于让江俪怎么死，你也已深思熟虑。你设计得这么精致，甚至富有创意，真是让我也开了眼界。你还是遵循着上一次的思路，不在现场留下痕迹。你先用冰块将她击晕，然后用麻绳将她紧紧地捆在椅子上，再用你事先准备好的浸泡了水的湿牛皮绳绑在她的颈部。干完这一切，应该是离开的时候了，一个国际航班在等着你，这是你计划中的最后一件事。你非常庆幸达到了目的，而且做得似乎无懈可击，但并非天衣无缝。"

"巩探长的想象力真是精妙绝伦啊，原来我金培浩在你眼里还有如此手段，听起来就像一个工于心计、步步为营的职业杀手。但就算如你所说，我用冰块击晕了江俪，但我并没有杀她，敢问巩大侦探，江俪究竟是怎么死的呢？"金培浩"胸有成竹"，轻蔑地瞥了对手一眼。

"是啊，我也觉得已经把我的想象力发挥到极致了，但我想你找不出漏洞来，因为我已经把它堵死了。我相信不会冤枉你。你耐心一点儿，让我再将你的杀人事实描述一遍，否则你是不会死心的。你将牛皮绳在她脖子上绕了三圈，此时还未致其死，但江俪已失去了反抗能力，她已经完全晕了过去。为什么要使用牛皮绳呢？现在正是酷暑，而下午两点正是一天中气温的顶点，牛皮在暑热的蒸发下，会慢慢干燥，一点一点地缩紧，自动将她勒死。

这段时间你也算好了，大约在四十分钟。正是你将踏上国际航班的时候。我说得不会有太大出入吧？说句实话，令我担忧的是，如果你把你的全部智慧都用到了犯罪上去，后果真的不堪设想，那将对我们构成极大的挑战。所幸你还是初犯，但的确花了我们不少心思。还有值得一提的是，你始终关注着破案的进展，并且想方设法影响我们，好让你有更充裕的时间去做你所需要做的事。接下来让秦警官告诉你。"

秦勇维接着说："你先给裘慧卿打了那个神秘电话，意图让她出现在现场，但她多了一个心眼，没去。随后李木森出现了，一个商业宿敌的争斗故事既煽情又合情合理，可有一点你疏忽了，李木森同样也在暗中窥视你，这就使你早晚会把自己亮相在台前。我们当然没按你的思路去做。这招失效，你又企图把我们的视线引向金源房产的金融诈骗案，使江俪浮出水面。如果她束手就擒，你就借我们之手搬掉了又一块石头，接着顺理成章地把公司财务抓在自己手中。关键是控制公司的资产，然后转移到境外。反正这个丑闻早晚会引爆。按你的设计，这件事也不用你自己操作，你成功地策动了陈科仁，就像让小吴给康竹平吃药一样。但我们没按你的设想掉头，你沮丧地发现我们并未对你'提供'的信息有所动作，还在一如既往地调查康竹平之死。为了尽快获得江俪控制的那笔资金，你用不同的手机卡对她发出威胁，又很真诚地向她诉苦，期待她与你同心同德，但她还是软硬不吃，当然同样是为了这笔钱。你真的绝望了。于是，你只剩下一个选择，她既然不仁，就别怪我无义了。当然，你不会知道江俪把你们那次谈话录了音。遗憾的是，我们没能及时阻止你对她下手。"

金培浩十分专注地听着，脸上浮出苦笑。也许悔恨在某个细节的失手导致了他在最后一刻功亏一篑，也许还在寻找内心的平衡。

出了审讯室，巩正对秦勇维说："等金培浩冷静下来后，我们得把他那个神秘渠道捋一捋了。"

秦勇维说:"真要碰啊?我们碰得过吗?"

巩正还是一如既往地似笑非笑:"没碰过你怎么知道?"

> （孙建伟，1960年10月生，上海人。曾供职于上海海关缉私局，高级警长。中国作家协会会员，全国公安文联会员，上海市作家协会会员。已出版长篇历史纪实文学《开禁：海关诉说》、长篇小说《芒刺》、中篇小说集《魔都侨影》等。《芒刺》荣获金盾文学奖。另有非虚构、随笔、小说等百余万字发表于《解放日报》《作家文摘》《新民晚报》《啄木鸟》《上海滩》等报刊。）

冷血

范晋川

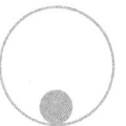

1

季建设接到妻子王美丽电话的时候，还没意识到，他的平静生活将被这个电话打得粉碎。

季建设在一家通信设备公司工作，年龄刚过45岁，薪水虽然不算高，但处于这个城市的收入平均线之上。他妻子在一家超市当会计，收入一般，但不时能带点儿打折商品回来，所以日子也过得挺滋润。

季建设唯一担心的是，儿子季明能考上什么样的大学。季明的学习成绩在班上排第20名，班主任说，季明这个成绩，能考上"二本"就不错了。让季建设恼火的是，离高考只有一年了，但儿子没有一点儿紧迫感。为了调动儿子的学习积极性，他不顾妻子反对，给儿子报了个30天的美国游学夏令营，虽然价格不菲，但他认为这是一种价值投资。

这天是6月27日下午5点钟，学校已经放假了，离儿子去美国也只剩三天，季建设在电脑上查美元汇率，正在考虑换多少美元，手机响了。

是妻子打来的。

王美丽的声音慌张："你赶快回来吧。"

"什么事？我正忙呢。"

"你妈出事了。"

季建设的父亲两年前去世后，他母亲一个人住在响水路的房子里。季建设本来想把母亲接来一起住，但母亲不想和儿媳妇在一个屋檐下生活，季建设也就没勉强，隔三岔五去看看。但今年春节过后，王美丽就鼓动季建设把响水路的房子卖了，添点儿钱在市中心再买一套。季建设说："把房子卖了，妈住哪里？"王美丽说："接来一起住。"季建设说："你过去不是嫌烦吗？！"王美丽说："不嫌了还不行吗？"王美丽说，房价涨得越来越厉害，要赶快给儿子预备一套，否则将来媳妇都找不到。提到儿子，季建设没话说了。于是，他在三个月前半动员半强迫地把母亲接到了家里。

季建设听王美丽在电话里说"你妈出事了"就有点儿不太高兴，才搬来三个月，但婆媳矛盾不断。家里是个三居室，季建设和王美丽一间，儿子一间，还有一间是书房，母亲来了后就住在书房里。上个月，王美丽在新疆工作的妹妹打电话，说想让六岁的女儿也就是王美丽的外甥女小芒来过个夏天，王美丽就答应了。小芒来了后安排和季建设的母亲住一个房间，老太太不高兴，整天嘟囔，王美丽也就不高兴了，这让季建设很伤脑筋。

季建设说："又吵架了？"

王美丽说："你胡说什么呀，是你妈不行了。"

季建设大吃一惊，中午他打电话回去母亲还是好好的，怎么突然就不行了呢？

2

季建设挤进地铁里。

下班高峰时段，车厢里十分拥挤，他前面站了个穿牛仔裤的年轻女人,身上有股淡淡的香味。他妻子年轻的时候身上也有这种香味,不知为什么,结婚以后不但香味消失了而且像换了个人。

他们是通过朋友介绍认识的,交往了快两年,季建设一直犹豫着要不要和王美丽结婚。他奇怪王美丽的父母怎么给她起了个这么俗的名字,但名字俗不是不结婚的理由,那么理由是什么呢?其实,他也不知道。没有马上结婚的理由,但是也没有分手的理由,直到有一天,王美丽告诉他说怀孕了,他才不得不下决心结婚。

有了孩子以后,王美丽的全部注意力都在孩子身上,季建设感觉在这个家庭里,他就是个多余的人。

地铁到站了,季建设从车厢里挤出来,长出了一口气,如果不是前两天儿子偷偷把他的帕萨特轿车开出去撞到电线杆上,他怎么会受这种罪?

王美丽替儿子开脱,说学车总有个代价吧。他说修理费要花2000元钱,这代价也太大了吧。王美丽说,你应庆幸没撞到人,否则代价就更大。他苦笑,无论儿子犯多大的错,她都会出面袒护,反正他也习惯了。

从地铁站出来,到他住的小区步行大约需要十分钟。

路边的商店有刚出锅的肉饼,他想买几个带回去当晚餐,后来想想改了主意,他不知道家里到底发生了什么事。王美丽说"你妈不行了",这个女人就爱胡说八道。前两个星期,因为卫生间马桶冲水问题发生婆媳矛盾,王美丽打电话,让季建设回家处理。季建设说公司开会,没什么重要的事下班回家再说。王美丽说你妈不行了,这事重要不?结果他回家后,母亲好好的。这次两个人不知又为什么事闹矛盾,但无论多大矛盾,也不能说"你妈不行了"这种混账话。

王美丽今天上班,可能提前下班早早回家了。季建设推测,肯定是提前回到家里发现什么不如意的事,又和婆婆吵起来了。

两个女人把他夹在中间，让季建设很为难，他不善于处理这类复杂问题。他进小区，乘电梯到八楼，推开门，回到家里。

儿子季明坐在沙发上看电视，外甥女小芒趴在餐桌上看图画书，王美丽从卧室出来，脸色苍白，说："你怎么才回来？"

季建设说："接到电话就回来了。"他问，"到底发生了什么事？"

王美丽指着书房说："你自己看吧。"

书房不大，为了给母亲腾出放床的位置，季建设把书桌搬到了客厅，在以前放书桌的地方勉强塞进去了一张单人床，外甥女来了以后又在书房放了一张折叠床，晚上打开，白天收起来。

书房拉着窗帘，有些暗。季建设看见母亲一动不动地躺在单人床上，毛巾被一直盖到下巴上。

季建设预感不妙，弯腰推母亲："妈，你怎么了？"

王美丽在他身后说："人走了……"

季建设有些发蒙："走了？"

王美丽说："去世了，还不懂？就是死了。"她声音有些尖，季建设不明白她为什么发飙，更不明白母亲为什么突然去世，早上他离开家时母亲还是好好的。

"为什么不送医院？"

"我回来已经去世了。"

"怎么会这样？是心脏问题吗？"季建设的母亲五年前做过心脏搭桥手术，但恢复得不错，这两天说有点儿胸闷。他还说抽时间带母亲到医院检查，看是不是心脏出了问题。

"问你儿子吧。"王美丽说话的时候面无表情。

儿子？他不明白母亲去世和儿子有什么关系。

"他给你妈的杯子里放安眠药了。"

季建设张口结舌。

"你说放……放安眠药？"

王美丽说："你看怎么办吧。"

季建设冲着客厅大吼了一声："季明你过来。"

季明畏畏缩缩地走进客厅，说："我也不知道她喝了以后会死。"

"你给杯子里放了多少？"

"就几片。"

"哪来的药？"

"网上买的。"

"为什么？她是你奶奶呀！"

季明嘟囔说："可是她在家里很吵，我想玩游戏，就想让她睡一会儿，就给她杯子里放了药。"

季建设明白了事情的原委：吃过午饭后母亲在客厅里看电视，但儿子想在电脑上玩游戏，嫌电视声太吵，就给奶奶水杯里放了安眠药。这个主意儿子已经想了好几天，儿子认为奶奶占了书房，他只好在客厅上网玩游戏，但奶奶又老看电视，他就想如果奶奶睡觉就不会干扰他了，于是上网买了安眠药。奶奶喝了安眠药以后想上厕所，结果刚站起来就跌倒了，儿子连抱带扯把奶奶抱到书房床上。到下午3点看奶奶没有醒过来，有些害怕，于是给王美丽打了电话。

季建设说："你在水里放了多少药？"

季明说："多半瓶。"他分辩说，"我也不知道她喝了会死。"

季建设感觉身子发软，脑袋嗡嗡响，他不明白自己是造了什么孽，养了这么个儿子。

"滚！"他说。

他见儿子没动，大吼了一声："滚出去！"

儿子扭头出去了。

王美丽问："现在怎么办？"

"报警吧。"

"你疯了？"王美丽歇斯底里地发作了，"你就这一个儿子，你是想把他毁了是不是？如果你敢报警，我就死给你看。"

季建设愣在那里，停了片刻说："那你说怎么办？"

王美丽说："你妈心脏不好这个小区很多人都知道，再说你妈都这么大年龄了，说心脏病犯了突然去世也没人会怀疑的。就这一个儿子，你能忍心把他送进监狱？再说，儿子进监狱了你母亲能活过来？"

季建设没说话。王美丽明白，丈夫妥协了。

3

王美丽下午6点30分的时候给120打电话，说婆婆在卫生间上厕所，忽然晕了过去。

救护车不到十分钟就停在楼下，王美丽把医生领上楼。

医生挺年轻的，他问季建设，说人早就不行了，怎么才打电话？王美丽在旁边解释说当时就孩子在家，把老太太扶上床以为没事了，等他们下班回来发现情况不好，才急忙打了120。

医生说："她以前有什么病吗？"

"心脏搭过桥，血压也高。"

医生点头说可能是上厕所太用力引起的猝死。他说你们开个死亡证明，然后把人送殡仪馆吧。

死亡证明是第二天开出来的。救护车离开后王美丽给居委会主任打电话，说婆婆去世了。居委会主任经常找王美丽买打折商品，知道王美丽的婆婆投奔儿子，也看到救护车停在季建设住的楼下，虽然有点儿怀疑，但还是为他们做了见证。

当天晚上，尸体就送到了殡仪馆。

季建设是独子，在这个城市没什么亲属，所以丧事办得很快，三天后就火化，紧接着季明跟着游学团去了美国。

季建设生儿子的气，但又担心儿子一个人出门受委屈，因此他的主要精力还是放在打点儿子的行装上。

母亲的丧事办完了，儿子也启程了，季建设这才松了一口气。没有人对他母亲的去世提出疑问。

晚上躺在床上，他对妻子说："事情终于过去了。"

王美丽睁着眼睛盯着天花板，低声说："我可不这么想。"

季建设不明白妻子的意思。

"小芒。"王美丽说。

小芒？季建设忽然明白妻子的意思了。这几天忙来忙去，他几乎把王美丽的这个外甥女忘了。

小芒是这件事的唯一目击者。

王美丽说，就在晚饭后她和小芒进行了一场可怕的对话。她问小芒："你知道奶奶到哪去了吗？"小芒边看电视边说："奶奶死了。"她问："奶奶怎么会死呢？"小芒说："哥哥给奶奶喂药，奶奶就死了。"王美丽板起了脸："小孩子不要胡说。"小芒小脸涨得通红，说："我没胡说，我看见了，哥哥让我把杯子端给奶奶的，奶奶喝了就睡着了。"

季建设坐了起来："可不敢让她到外面胡说。"

王美丽也坐起来："她才六岁，能管住自己的嘴吗？这事迟早会让别人知道，如果那样……"

王美丽后面的话没说，但季建设明白，她的意思是儿子就可能有牢狱之灾。想到这里，他背上一阵发凉。

季建设说："当时就不该答应你妹让她把孩子送来，你不听嘛。"

王美丽提高了声音："我怎么知道后面会发生这么些事？"

季建设说："现在怎么办？"

卧室门被推开了，小芒穿着睡裙，赤着脚走进来，揉着眼睛说："姨父姨妈不要吵架了。"又说，"我想回家。"

王美丽对着季建设耳朵小声说："这孩子胡说八道会把这个家毁了。"

4

王美丽的话很快就被印证了。

季建设所在公司的工会主席到家里慰问。工会主席是位50多岁的女人，到家里后亲切地问长问短。

工会主席说："早就应该来了，前几天总工会来公司调研，实在抽不开身。"

季建设说："公司挺忙的，我都说了就不要来了。"

工会主席说："那怎么行？"她端起茶杯喝了口水，关心地问，"老太太是患什么病去世的？"

小芒坐在旁边的餐桌上画图画，扭头忽然说一句："哥哥给奶奶喝药……"

季建设吓得直冒冷汗。

王美丽对小芒呵斥道："大人说话小孩子别胡插嘴，到里屋玩去。"

把小芒赶到里屋后，王美丽赔着笑脸给工会主席解释说："老太太行动不便，有时候孙子帮着他奶奶服药。"

工会主席说："儿子挺懂事的嘛。"又问，"读高中了吧？"

王美丽说："是啊，马上高考了，为了强化训练，送到美国参加夏令营。"

工会主席说："是吗？我孩子也在美国上学呢。"

就这样，话题自然而然转到了美国的教育制度和教学质量上。

季建设偷偷擦了擦头上的汗，他想，真悬啊。

工会主席聊了会儿家常，留下慰问品，就告辞了。

季建设把工会主席送下楼，乘电梯上楼，在楼道里，就听见小芒的哭闹声音。推开门，小芒坐在地板上，扯着嗓子号："我要回家。"

王美丽气得脸色都变了,她说:"还没说她就成这样了。"

季建设想起刚才的事直冒火,真他妈的熊孩子。

王美丽把季建设拉到卧室,脸色铁青地说:"不能再这样下去了,要想一个彻底解决问题的办法,否则迟早要出事的。"

5

季建设不明白怎么彻底解决,王美丽说只有让小芒从此以后不要说话。季建设更不明白了,小芒怎么可能不说话?王美丽说:"如果她失踪了呢?"

"失踪?"

"比如说,上街后再也没有回来,现在人贩子拐小孩儿的多了,再或者是玩的时候掉到水里面……"

季建设大惊:"你怎么会有这种想法?她可是你妹妹的孩子呀!"

"外甥女重要还是儿子重要?"

季建设坐在床上,半天没说话。

小芒坐在地板上大概是哭累了,见没人理她,自己起来到厨房找吃的,看见王美丽从卧室出来,说:"姨妈,我饿了。"

王美丽和颜悦色地说:"好,姨妈马上做饭。"

季建设哪里有心情吃饭,他给王美丽打了个招呼,说到外面走走。王美丽说:"你不吃饭?"

季建设苦笑,此时他还哪里有心情吃饭。

已经是晚上8点了,外面灯火辉煌,夜风吹在身上,有种很清凉的感觉。卖烤串的餐厅把桌子摆到了人行道上。穿裙子的年轻女子站在路边扬手招呼出租车。电影院的广告牌上"硝烟四起",持机关枪的男子摆出冲锋的架势。一对中年男女站在商店的落地玻璃窗外,研究模特身上穿的阿拉伯长裙。

这个城市按照固有的节奏不慌不忙地向前运行,一切都没有变，唯有他的生活变了。

　　季建设对生活的突变没有任何心理准备，仿佛在做梦。他坐到路边的一张长椅上，脑子里始终在转王美丽说的那句话："外甥女重要还是儿子重要？"

　　当然是儿子重要了。

　　但让小芒失踪，他感觉这个计划太残忍。

　　他耳边响起王美丽的声音："那你想个两全的计划吧。"

　　季建设吓了一跳，抬起头，哪里有王美丽的身影？又是幻觉。虽然是幻觉，但按照王美丽的性格，她一定会这么说。季建设想不出来什么两全主意，在家里，大事往往都是王美丽拿主意，他是执行者。

　　夜色深了，他依然坐在椅子上，如果能抛开所有烦恼，他宁愿就这么一直坐下去。

6

　　季建设晚上只睡了两个多小时。清晨5点的时候他再也睡不着，望着天花板，长长地出了一口气。

　　王美丽转过身，轻声说："睡不着是吧？"

　　他说："你不也是一样？"

　　"到底怎么办？"

　　他没回答。他不知道答案。

　　她从被单里伸出手，放在季建设的肩膀上，说："我想了一晚上，为了保住这个家，只能用那个办法。"

　　那个办法就是让小芒"失踪"。

　　季建设感到嗓子发干，想到客厅里倒杯水。

　　王美丽说："你把小芒带出去玩……"

　　"然后呢？"

"开发区那边靠近凤凰山山庄有个水库,以前咱们带孩子到那里去玩过。"

季建设身上发冷,他把薄被子拉过来盖到下巴上。

季建设说:"会被人发现的。"

"到时候就说是失足掉到水里了。"她想了想,补充说,"或者说在开发区的公交站走失了,也不知道她一个人怎么跑到水库的。"

"会引起别人怀疑的。"

"只要不留下证据,怀疑也没用。"

"我还是担心……"

王美丽生气了:"你是个男人,怎么这样没用?"

季建设不说话了,王美丽也沉默下来,房间里安静得让人窒息。

闹钟"叮当当"响了起来,这是季建设设置的起床时间。

王美丽推了一下季建设:"说话呀。"

季建设狠了狠心,说:"好吧,就按你说的办。"

7

季建设进办公室,打开电脑,这几天请假,积累的事情不少。

坐在他对面的马秀娟走进办公室,说:"老季,你来得好早呀。"

马秀娟比他小十岁,平时"老季""季老师"乱叫。

季建设看了看墙上的挂钟,刚到9点钟,他说:"反正在家里也没事,就提前出来了。"

马秀娟说:"其实你不用这么急着来上班,公司里也没什么事。"她边说边从马甲袋里取出在上班路上买的早餐,包括一杯豆奶和两个菜包。她问:"老季,早上吃过饭了吗?"

季建设点点头,眼睛盯着电脑屏幕,心里却想着清晨和王美丽的谈话。他感到恐惧，想不如现在发生地震，把他埋在这个大楼里，就一了百了，不会有这么多烦恼了。

手机响了，是王美丽打来的。

王美丽说："现在说话方便吧？"

正好马秀娟端着杯子出去接开水，季建设说："你说吧。"

王美丽说刚才她妹妹来电话，说这几天要过来出差，顺便把小芒接回去。

季建设说："噢。"

王美丽说："你噢什么？马上回来。"她又补充，"你对公司人说家里有事。"

8

季建设上午 10 点钟回到家里，对小芒说带她到公园去。小芒很高兴，背上小背包，拉着季建设的手出门。在电梯上，碰到在九楼住的刘阿姨。刘阿姨笑眯眯说："好漂亮的小姑娘，这是要去哪儿？"小芒说："姨夫要带我去公园。"

季建设带着小芒出去以后，王美丽就在家中焦急地等待，她安慰自己，不会出什么事的。

她不知道丈夫此时到了什么地方。

她是通过朋友介绍认识季建设的，处了两年就结婚了。其实她对季建设不是十分满意，季建设有些懦弱，处理问题不果断，但她思虑再三，没有发现有更合适的结婚对象，她担心年龄大了嫁不出去，于是就嫁了。

外面阳光灿烂，室内温度随着气温逐渐升高，王美丽感觉身上汗腻腻的。她打开空调，冷气很快灌满了房间，但她一点儿不觉得凉爽。

丈夫现在到什么地方了？

按照她的意思，让丈夫开车把小芒带到郊区水库。最好让小芒自己掉到水里去，这样就说小芒是在水库边戏水的时候失足掉了下去。她感觉这是唯一可行的办法。

季建设问，如果她自己没掉到水里怎么办？

王美丽说你又不是死人。

季建设勉强接受了她的方案，出门的时候说："你妹妹会难受的。"她想过这个问题，妹妹肯定接受不了小芒出事的现实，姐妹情分从此就断绝了。

不知为什么，她心慌得厉害，眼前老出现漂在水里的死小孩儿画面。王美丽想，自己是不是有点儿太残忍了？这样会受报应的。她再也忍不住，给季建设打电话，想告诉他把孩子领回来算了，以后的事再想办法，但季建设手机关机了。

这个混蛋，为什么要关机？

会不会被警察抓走了？

王美丽想象着丈夫在警方的审讯室里，警察问一句，他回答一句。这个想法让她感到恐惧。

墙上的挂钟指针慢慢向前移动，下午2点了，她仍然联系不上季建设。

当墙上的挂钟指示时间到了下午5点的时候，王美丽仍然没有季建设的消息。就在她感觉要发疯的时候，季建设回来了。

和季建设回来的还有小芒。

他们还没进门王美丽就听到了小芒"要回家"的哭闹声。

王美丽松了一口气。

9

季建设和王美丽隔着餐桌面对面坐着，墙上的挂钟显示时间是晚上9点25分。

餐桌上盘子里的烧三鲜和红烧鱼块已经凉了。

王美丽没心思做晚饭,打电话叫了外卖。外卖送来以后季建设说没胃口,不想吃。王美丽往嘴里扒了两口米饭,也放下了筷子。她看着小芒用筷子在菜里捣来捣去,心里就冒火,这孩子来了以后家里发生了多少事,简直是个扫帚星。她对小芒说,赶快吃,吃完就回房间睡觉。小芒不乐意,她想看电视里的动画片,但看到王美丽板起的面孔,不敢说话,放下筷子后就回到了书房。

王美丽到书房看了看,回到客厅说:"睡着了。"

钟表嘀嘀嗒嗒往前走,季建设觉得嗓子发干,他想不出现在该说什么。

回家以后他就给王美丽解释,出门以后小芒说要吃肯德基,他就把车停在了肯德基门口,谁知道从肯德基出来,发现车被交警拖走了。

他带着小芒到交警大队,交罚款,然后到停车场取车,在这期间小芒哭闹,要回新疆找妈妈,他差点儿被怀疑是人贩子。

就这样折腾了一天,他讲过程的时候不停地看王美丽的脸色,担心妻子发火,骂他什么事都干不成,但王美丽只是轻轻叹了一口气,说这也是命吧。

"也许,这孩子不会到处乱讲话吧,再说了,她家离这个城市老远,没人认识咱们……"季建设实在无法接受把小芒沉到水里的计划,他下不了手。所以,白天他开车带着小芒在城市里乱转,晚上回家后编了个假话。现在他最担心的就是王美丽明天又逼他带着小芒出去。

王美丽知道丈夫的心思,她说:"我也不想把这孩子怎么样,毕竟是我妹妹的孩子啊,但事情逼到这份儿上了。"

"没有个两全齐美的办法吗?"季建设小声说,"如果人贩子把她拐走就好了。"

王美丽心里一动,人贩子?丈夫提醒她了,超市有个女员工叫赵立金,是西水县的,有一次在一起闲聊,赵立金说老家在山区,有几个亲戚都想抱养孩子。赵立金说,王姐,如果你有合适的,一定要给介绍,会有报酬的。后来,超市里就有风言风语说这个赵立金参与拐卖人口,这个传言刚出来赵立金就辞职了。

她记得赵立金给她留过电话号码。

手机上没有赵立金的电话,赵立金走了以后她换过两个手机了。

王美丽在抽屉里翻,终于从电视柜的抽屉里发现了一个揉皱了的通讯录,在上面找到了赵立金的号码。

几年过去了,但愿她还没换手机。

王美丽拨电话,忙音。又拨,通了。

10

第二天晚上9点钟,王美丽到派出所报案。

接待她的是位看上去30多岁的警察,叫丁壮。

王美丽一脸惊慌,说六岁的外甥女小芒失踪了。

丁壮叫她不要急,把情况讲清楚。

王美丽说早晨她在卫生间洗衣服的时候,小区保安打来电话,说是看见小芒一个人背了个小包从小区门口出去,问她知道不知道。她一听就慌了,赶紧下楼追,跑到小区门口,哪里还有小芒的人影啊?她给丈夫打电话,让丈夫赶快到火车站找,因为小芒闹了几天要回新疆找妈妈和爸爸。丈夫把火车站包括周边都找遍了,也没看见小芒。

王美丽说:"这可怎么办呀?我妹妹让孩子到我这儿玩,结果跑丢了,我没法儿交代呀。"

丁壮说:"这孩子身上带钱了吗?"

王美丽说:"上周给过她零花钱,大概100多元吧,也不知现在还有多少。"

丁壮从抽屉里取出一张纸放到王美丽面前,说:"先把这张表填了吧。"

11

王美丽回到家里,感到精疲力竭,坐到椅子上,不想说话。

季建设惶惶不安,凑到王美丽面前,低声下气问:"警察没怀疑吧?"

王美丽怨恨地瞪了丈夫一眼:"都是你,把好好的计划搞砸了。"

按照计划,王美丽早晨起来,给小芒准备了一份丰盛的早餐,然后告诉小芒,今天就送她回家。

王美丽交代,让小芒到小区门口的公交车站,搭2路公交车到终点站五原路。王美丽说:"你姨夫会在那儿等你,带你到火车站。"王美丽叮嘱,说在路上不要和别人说话,现在坏人多。

在小芒出门的时候,季建设也到了五原路的2路公交车终点站。附近中平路有个停工的建筑工地,地基坑有三米多深,季建设把车藏在旁边已经没人住的活动板房后面,这个地方很隐蔽,马路上是看不见的。

怕被别人认出,季建设戴了墨镜,结果小芒也差点儿没认出他。

按照王美丽和赵立金的约定,季建设要把小芒送到开发区的电子路上,赵立金乘一辆白色面包车在路边等。赵立金说,到时候把孩子哄到面包车上就行了,别的事不用管。

问题发生在建筑工地的活动板房后面,季建设发动车准备倒车时,有只老鼠钻到了车底下,小芒去抓,刚好车发动,结果车轮从小芒的脖子上碾了过去。

季建设吓坏了,给王美丽打电话。季建设问:"怎么办?"王美丽表现得很冷静,说:"别慌,赶快找个地方把尸体处理了吧。"她又急忙说,"不不不,到晚上再处理,现在搞不好会被人发现的。"

季建设方寸已乱:"现在怎么办?"

王美丽没说话,过了片刻,说:"现在你去火车站,就说孩子离家出走,多问几个人,小芒就放在后备厢里吧,车就放在原地不要动了。"

季建设按照妻子的吩咐,慌慌张张到火车站,又到火车站附近打听走失的小孩儿,到傍晚才回到建筑工地。他在活动板房里找了个铁锹头,确信附近没人,才抱着小芒的尸体小心翼翼地下到坑底。

季建设感到坑里阴气逼人,怕得要命,草草埋了就爬了上去。

坐进车里的时候,季建设感到身体发软。回到家里,他告诉王美丽,当时感觉连转动方向盘的力气都没有了……

季建设端了杯水放在王美丽面前,问:"你说小芒失踪的时候,警察到底有什么反应?"

王美丽没力气说话,她挥了挥手,意思是让季建设滚远点儿。她现在想的是给妹妹打电话时怎么说,但无论怎么说,妹妹都一定会歇斯底里的。

季建设走到窗边,挑起窗帘,夜幕像怪兽一样张着黑洞洞的大口,仿佛要把他吞进肚子里。

此时的时间是7月12日,距离他母亲去世已经过了15天。

12

季建设所在的公司对他这些天的遭遇很同情,母亲去世,接着外甥女又失踪了,特批他带薪休假。

按照王美丽的吩咐,季建设除了到报社联系刊登寻人启事,还打印了许多寻人启事在街道中张贴。

王美丽的妹妹王梅花和丈夫听说女儿失踪,乘飞机从乌鲁木齐赶来。王梅花皮肤白,长得比姐姐漂亮。当王美丽表现出非常对不起妹妹、悲痛欲绝的时候,王梅花反而安慰姐姐,让她不要太自责了,谁也不愿发生这种事。

季建设不敢和王梅花两口子对视,他甚至不敢和街道中的陌生人对视,他总感觉别人看他的眼神不对。他整夜整夜睡不着觉,闭上眼睛就看到小芒躺在车轮下的情景。

他也不知道自己怎么就一步步地成了杀人犯。

王美丽也睡不着觉。

两人就坐起来分析后边会发生什么事。

季建设说:"万一警察发现了怎么办?"

王美丽说:"警察怎么可能发现?"

季建设说:"什么事情都可能发生啊。"

王美丽有些沉不住气了:"你确定埋的时候没人发现?"

季建设回忆当时的情况,工地虽然离马路不远,但有隔板挡着,再加上他动手的时候天也慢慢黑下来了,不会有人看见。

"你不是把车停在活动板房后面吗?里面会不会有人?"

"我检查过了,房子里只有一堆空啤酒瓶。"

"空啤酒瓶?"王美丽马上想到流浪汉,会不会有流浪汉住在里边?

王美丽问:"把小芒埋了以后你检查过房子吗?"

季建设说没有,当时他怕得要命,只想着赶快离开。他说:"不会有什么问题吧?"

王美丽想,也许是多心了,她说:"没问题就好。"

季建设换了个话题:"你妹妹怎么样?"

王美丽叹了口气:"还能怎么样,天天往派出所跑打听消息。"

王美丽本来让王梅花两口子住在家里,但王梅花不肯,一定要在外面找宾馆，说这样方便。

王美丽知道，这是妹妹在记恨她。

季建设感觉身上发冷，在被单里缩成一团。现在他越来越害怕和王梅花单独见面，在王梅花面前感觉就是罪人。

13

三天后下了一场大雨，小芒的尸体被雨水冲了出来。

这天早上，几个孩子在中平路的街道中奔跑戏耍，其中一个躲到了工地里，发现坑底下有个半掩埋的小孩儿，于是回家叫来了家长，半个小时后，几辆警车开进了工地。

刑侦支队的吴克元刚休假回来就碰上了这起杀人案。

35岁的吴克元虽然年龄不算大，但是在重案队里也属于老资格探员了。

他乘坐汽车到达现场的时候，旁边已经聚集了不少看热闹的居民。

吴克元从人群中挤过，越过警戒线，走进建筑工地。

这是个停工的建筑工地，外墙上刷的标记是"106工地"，原本是要盖写字楼，但开发资金链断裂，因此停工两年了。地基坑深度有三米多，还没开始钻孔灌注，沿边坡可以下到坑底。

尸体在坑底里，勘查组的几个人在下边泥泞中寻找，希望能找到些线索。吴克元想，昨夜大雨，可能很难找到凶手留下的痕迹了。

法医鉴定组的马长生告诉吴克元，死者是个女孩儿，年龄在六岁左右，掩埋时间是在七天以前，这个地基坑应该不是第一案发现场。

马长生说，最终结果还要等到尸体解剖后才能出来。

打电话报案的是位60多岁的李姓女人，住在工地附近的小区里。李姓女人说正在小区的空地上跳舞，11岁的孙子跑来，说是在工地大坑里发现了死人，她和几个人到工地，看到坑里的死小孩儿，吓了一跳，马上就报警了。李姓女人说，这个工地已经停工很长时间了，好像是开发商出了什么问题，平时附近的人担心这个地基坑伤人，都严禁孩子到工地玩，因此这里基本上没什么人。

地基坑旁边有一排活动板房，里面很暗，有股很难闻的气味，在墙角扔了一堆空瓶子，似乎是有人特意收集放在这里的。

中平路派出所姓刘的管治安的副所长告诉吴克元，没有接到辖区居民谁家丢孩子的报案，但是在电脑中查到城东区的下河沿路有居民报孩子失踪，是个六岁女孩儿，报案时间是7月12日，已经通知报案人来辨认尸体了。

当务之急是先查明受害女孩儿的身份。

14

季建设站在窗口往楼下看，在他的想象中，警察随时都可能来把他带走。

看见躺在工地基坑旁边的小芒尸体时，他脸色苍白，差点儿瘫倒在地上，他根本没想到警察这么快就发现了小芒的尸体。幸好当时王梅花昏了过去，这样没人注意到他的反常。

接到警察的电话，他本来不想去，但又担心这样反而会暴露，就硬着头皮去了。

尸体辨认结束后，警察把王梅花两口子送回宾馆休息，把王美丽两口子留下来，询问小芒失踪时的情况。

问话是在中平路派出所进行，房间不大，王美丽感觉像是审讯室。那个叫吴克元的警察倒了两杯水放在他们面前，解释说派出所条件不好，又说只有掌握了详尽的材料，才有可能在最短的时间内破案。

吴克元说:"你们也想早点儿抓住凶手对不对?"

王美丽说:"当然想早点儿抓住凶手,你想知道什么就尽管问好了。"

吴克元的问题涉及面很广,包括小芒来这个城市的时间、生活习惯、失踪前有没有反常表现、在小区有没有朋友以及发现小芒失踪后的寻找过程。

季建设脑子很乱,回答问题就有些迟钝,王美丽解释说丈夫还没从小芒惨死的震惊中恢复过来,吴克元点头说理解。

让季建设害怕的不仅仅是小芒的尸体被发现,更是他在现场看见的一个男人。

这个男人像老熟人一样咧嘴冲着季建设笑。

季建设觉得这个男人的笑容很诡异。

王美丽也注意到了这个男人,7月的天气,身上穿了件破棉袄,胡子拉碴,头发蓬乱,看不出有多大年纪,她判断此人是个流浪汉。

王美丽低声问季建设:"你见过这个人?"

季建设说没有。

当时现场情况很乱,王美丽也就没多想,但离开派出所回到家里后这个男人又从她脑子里冒了出来。

她看着季建设站在窗口的猥琐样子,心里就来气,没错,是她最先提出来让小芒消失,但最后她有了更稳妥的主意,没想到男人把这一切都搞砸了。

王美丽再次问季建设到底能不能确定当时工地有没有人。

季建设说:"应该没人吧,那么晚,谁会跑到那种地方去?"

王美丽有些生气,什么叫"应该"。她问:"刚才在工地的时候,为什么有个人冲着你笑?"

"你是说那个拾破烂儿的?"

"对。"王美丽说,"会不会他晚上就住在板房里,回来的时候正好看到你在坑底下……"

季建设的回答有些迟疑:"没有那么巧吧。"

世界上的事情往往就是越怕什么就越来什么,王美丽相信这个定律。

如果万一这个流浪汉那天看见了丈夫怎么办?

警察不会放过这条线索的。

恐惧像夜幕一样涌进房间,把她包围了。

15

发现女孩儿尸体时间是 7 月 19 日,因此成立了"7·19"杀人案专案组。专案组的办公地点设在刑侦大楼八楼靠电梯的一个房间。

吴克元的办公桌上放着电脑、茶杯、笔记本和一个相框,相框中是他妻子和孩子坐在公园草地上的合影。有同事笑他在办公桌上摆老婆孩子照片太娘娘腔。吴克元反击,说不热爱家庭的人怎么能热爱事业?

这天上午 9 点钟,吴克元进办公室,打开电脑,尸检报告和现场勘查报告昨天晚上就出来了。

死者叫李芒果,六岁,家庭住址在乌鲁木齐。今年 6 月 5 日探亲住在本市和家花园,7 月 12 日离家出走。

死者尸体是在中平路的建筑工地基坑发现的,发现时尸体已经开始腐烂,推断死亡时间是 7 月 12 日中午 12 点至下午 3 点。根据体内多器官损伤的情况,判断死亡原因是遭车碾轧。

在距基坑不远的空置活动板房后面发现了汽车轮胎花纹,由于雨水冲刷,痕迹已经很模糊了,但通过反复比对,是一款型号为 195/65R15 的轮胎,为帕萨特轿车的轮胎。

同时还在活动板房的门边提取了半个鞋印，经比对是李芒果的鞋印。

在和家花园调查，7月12日在门口值班的保安小王提供情况，说那天早晨9点左右，发现小芒一个人背了个双肩包出门往街道上走，曾打招呼问小姑娘到哪去，但小芒没理，于是他给季建设家打电话，是季建设老婆王美丽接的，王美丽跑出来后，小芒已经没了踪迹。

和家花园住户反映，季建设夫妇平时为人低调，母亲才去世不久，7月11日听见有小姑娘在楼下哭闹喊着要回家，声音很大。

和家花园外面街道上有2路公交车到火车站，司机对7月12日有个小姑娘独自在和家花园站上车还有印象，当时司机还在想，这么小的孩子怎么一个人出门？家长的心真大。小姑娘是在中平路站下的车，下车前还跑到前面来问他到站了没有，他问你家长怎么没来，小姑娘没回答。至于小姑娘下车以后跟什么人走了，司机说他没注意。

吴克元竭力想把这些线索归拢到一起。

·小芒上午9点离开居住的小区，在12点至下午3点死在中平路上的建筑工地。

·死亡地点距离2路公交车中平路站800米。

·小芒住的和家花园门口300米处就是2路公交车站。

·小芒是被一辆轿车碾轧致死的，根据车轮花纹痕迹推断，是一辆老款的帕萨特轿车的后轮碾轧到小芒的身体上。

·在小芒体内没有发现性侵痕迹。

·小芒死后被转移到地基坑中掩埋。

和家花园距中平路有11站路，小芒不可能步行到中平路，王美丽说小芒走时身上没带多少钱，因此也不可能搭出租车，只能是搭2路公交车到中平路，因此吴克元断定公交车司机说的独自上车的小姑娘就是小芒。根据王美丽的说法，小芒出走的目的是到火车站搭车回家，中平路站距火车站还有一站路的距离，小芒为什么在这里下车？

王姓保安说，他看见小芒背了个彩花儿童双肩包走出院子，但在现场没有发现双肩包。

吴克元判断，小芒在中平路下车后，有人把她领到了工地的活动板房后面。

小芒为什么会跟这个人走？答案只有一个，是熟悉的人。

在现场调查的警察王永利在报告中证实，建筑工地的活动板房里住了个55岁的流浪汉，白天出去讨生活，晚上回来睡觉。流浪汉说有一天晚上他回来看见一辆灰色轿车从工地开出去，至于车牌号码、开车的是男是女，他提供不出来。

但这份报告遗漏了一个关键点：流浪汉看见轿车的日期。

吴克元拨通了王永利的电话，王永利说："流浪汉记不得了，只记得那天鸿宾楼开业，保安不让他靠近，还把他打了。"

吴克元挂上电话后，在电脑中搜索"鸿宾楼"，电脑显示，鸿宾楼是市饮食集团旗下的一家港式餐厅，开业时间是7月12日。

吴克元盯着电脑屏幕，陷入沉思。

16

季建设没想到警察周末会到家里来。

这是发现小芒尸体的第三天。

这三天，季建设是在惶惶不安中度过的，反倒是王美丽显得比较冷静。王美丽骂季建设："你怎么还不如女人？"

季建设从监视器的屏幕中看到楼下按门铃的是两名警察，慌了，扭头问王美丽："怎么办？"

王美丽认识这两个警察，一个是吴警官，另一个是她到派出所报小芒失踪时接待她的丁警官。

"开门吧。"王美丽说。她不相信警察是来抓人的。

两名警察在季建设家里停留了一个多小时,这次涉及的问题比在派出所的第一次谈话更广更详细。

吴克元详细问了家庭成员情况,主要是王美丽回答问题。

王美丽说婆婆去世,儿子到美国参加夏令营。

吴克元问季建设:"小芒离家出走的时候,你不在家吗?"

季建设说他早上8点半出门,到展览馆看全国通信设备技术展。他解释说,了解业界动态,也是他工作的一部分,结果还没到展览馆的停车场,就接到了妻子电话,说小芒离家出走,让他马上到火车站找。

"你是几点钟到的火车站?"

"大概是快11点了吧。"

"在火车站找了多长时间?"

"两个多小时吧。"

"然后呢?"

季建设迟疑了一下,说:"然后,又到附近找,一直到晚上没什么线索才回家。"

"开车了吗?"

"开了。"

吴克元说:"是辆什么车?"

"帕萨特。"

吴克元说:"帕萨特其实挺不错的,我一直想买一辆。"

季建设不知道该怎么回答,紧张得额头冒汗了。

吴克元说:"能看看小芒住的房间吗?"

王美丽说当然可以了。

两名警察在书房里待了十分钟,吴克元问季建设:"你母亲去世前也在这个房间住?"

季建设点头,他不知道警察为什么会问这个问题,心里七上八下。

吴克元又问:"小芒出走的时候背了个双肩包吧?"

季建设脑袋"嗡"的一下,双肩包?那天他应该把小芒的双肩包带走扔掉,结果把这档子事忘了。

吴克元看他,疑惑地说:"你没事吧?"

王美丽在旁边搭话说:"家里出了这么多事,他整夜睡不着觉,神经衰弱。"

吴克元点头,说:"那还是要抓紧时间到医院看看。"他看了看表,"好了,就不打扰你们了。"

17

刘威是出租车司机,7月23日深夜他在火车站拉了位女客到江北机场宾馆,路过中平路中段的时候,看见一个黑影摇摇晃晃走到街道中间倒下了。他刹车,然后打开车门,原本以为是醉酒者,结果是个衣着破烂、满脸是血的男人。

"110"和"120"几乎同时赶到,发现这个男人已经死了。

由于发案地点在中平路106号基建工地附近,所以把案情通报给专案组。

死者是男性,身份不明,年龄在55岁左右,曾在7月12日晚上看到一辆灰色轿车从106号工地开出去,死亡原因系颅脑受到重物打击。

吴克元的警察直觉告诉他,这个案子和小芒的死有关。

参与专案的警察聚集在办公室讨论案情,吴克元说,杀害流浪汉的凶手和"7·19"案的作案人很可能是同一个人或是有关联的人,此人认为流浪汉看到他作案,想要灭口,在晚上进入流浪汉睡觉的活动板房,趁流浪汉熟睡之际行凶,作案工具很可能是钉锤。

丁壮在"7·19"案发生以后被抽到专案组工作。他说:"受害者受到袭击后没有当场死亡,而是挣扎着走到街道中才倒下,这说明什么?"

吴克元说:"说明凶手力气有限。"

"女人?"

"不是女人也是比较瘦小。"

"是不是说,'7·19'的作案人也是这种类型?"

"现在还不好下结论……"

吴克元的话没完,手机响了,是中平路派出所的刘所长打来的。刘所长说:"有个情况你也许感兴趣,7月13日流浪汉曾用五元钱的价格把一个儿童双肩包卖给了一位开三轮电瓶车拉客的司机。"

儿童双肩包?小芒离家出走的时候就背了一个儿童双肩包。

吴克元说:"你等着,我马上过去。"

18

吴克元和丁壮从中平路派出所出来时已经是下午1点了。

双肩包摆在所长的办公桌上,旁边椅子上坐了个神情紧张的中年男子。所长介绍说,这就是从流浪汉手里买双肩包的电瓶车司机。

根据这个双肩包的花色,吴克元判断是小芒出走时背的。

电瓶三轮车司机非常紧张,以为警察追究他开黑车,结结巴巴说开电瓶车拉客也是为了生计,政府不让开,以后保证不开了。

吴克元安慰他,说:"不要紧张,叫你来不是要处罚你开黑车拉客,是想了解这个包是怎么到你手里的。"

电瓶车司机听说不是追究他开黑车,放松了不少。他说那天他把电瓶车停在路边等生意,看见一个讨饭的男人手里提了个八成新的双肩包沿街道走过来，正好他小女儿想要一个双肩包，就把男人叫住了，经过讨价还价，最后以五元钱成交，外加马路对面水饺店的一份水饺。

吴克元最关心的是包里有什么东西。

电瓶车司机说："包里面只有一张纸条，上面写了一行拼音，我也没看懂，就扔掉了。"

尽管这个包已经多次转手，其鉴定价值不高，但由于涉案，吴克元还是把它装进塑料袋里带回专案组。

时至中午，街道中的燥热立刻把他们裹得严严实实。

路边有一家小饭店，挂的牌子是牛肉面大王。吴克元和丁壮找了一个靠空调的桌子，一人要了碗面。

丁壮说："凶手虽然把小芒的尸体埋了，但忘了带走双肩包，说明当时非常慌张，如果不是那场雨，可能还会发现更多线索。"

吴克元盯着桌面没说话。

丁壮五指张开在吴克元眼前晃了晃："几天没回家，想媳妇了吧？"

吴克元苦笑："哪里有时间想媳妇呀，我是在想，这个案子有很多可疑之处。流浪汉无财无色无仇人，为什么会被害？一定是看到了什么，有人担心他把看到的事说出去，所以动了杀机。"

"但是，他仅仅看到有一辆灰色轿车从工地开出去，别的什么都没看到啊。"

吴克元用手指在桌面画了个圆圈，点头说："你说得不错，但这些事凶手不知道，凶手以为这个人看到了很多东西。"

面送上来了，吴克元用筷子在碗里搅了搅，说："我一直在想，小芒为什么在中平路站下车？这里离火车站还有一站路啊。"

丁壮吃了口面，问："所以呢？"

"所以一定是有人提前打过招呼让她在中平路站下车，说到时候有人接。"吴克元推测，"这个人是小芒非常信任的人。"

"有道理。"

"刚才三轮电瓶车司机说,双肩包里有张纸条,上面写的是拼音。小芒虽然还没上学,但是学过拼音,你想想,纸条上的拼音是什么内容?"

丁壮说:"下车的站名吧。"

"我也是这么想啊。"

"谁写的呢?"

"只有一种可能,是她最相信的人。"

"你是说,她的姨夫和姨妈?那动机是什么?"

"这个问题,我也在想啊。"

19

季建设走进刑侦大楼,强忍着没有尖叫一声跑出去。

他接到吴克元的电话,希望他到刑侦大楼来一趟,有些事情还需要落实。虽然这位警官说的是"希望",但那口气却是不容置疑的。

他对王美丽说,去了可能就再也出不来了。王美丽说看你那怂样,如果要抓你,警车早就开过来了。最近妻子对他越来越严厉了。

季建设正胡思乱想,听见有人对他说话,抬头看到吴克元已站到面前。

吴克元说:"挺准时的嘛。"

季建设琢磨不透这句话是什么意思,他跟着吴克元上电梯,进房间。

这是间办公室,摆了七八张桌子,有人在打电话,还有人在电脑上打字。吴克元把他领到靠窗的桌边,请他坐下,倒了杯水放到他面前,说:"咱们开始吧。"

吴克元首先问7月12日他寻找小芒的经过，这个问题以前回答过，季建设不明白为什么又提起。他定了定神，回答说他到过铁路售票处、餐厅、进站口等地方找铁路员工打听过看没看到一个单独要上火车的小女孩儿。

吴克元的下一个问题是："你把车停在什么地方了？"

季建设掐住左手的虎口，让自己冷静，回答说当时把车停在方新村的临时停车场了。

方新村是距火车站不远的城中村，从年初开始拆迁，一些村民看到距火车站很近，就把村里拆迁后的空地圈起来当临时停车场，收费比较低，所以不少到火车站接客的人都会把车停在这里。

季建设为什么说把车停在这里呢？因为这个临时停车场管理混乱，没监控也不登记车牌号，季建设相信没有人能查清他到底在这里停车了没有。

吴克元问："当时把车停在什么位置能回忆起来吗？"

季建设没料到警察会问这么细，好在他曾在这个停车场停过车，多少会有印象，于是回答："在停车场的第二排位置吧。"为了增加真实性，他还补充，"旁边有辆别克轿车，倒车的时候差点儿蹭上。"

"你是几点钟把车取出来的？"

"晚上8点吧。"

吴克元点头，问："你母亲是几号去世的？"

忽然转换话题让季建设措手不及，他感到强烈不安，为什么警察要问到母亲去世的事？他迟疑了片刻，回答了。

"是心脏出问题了吧？"

"以前做过心脏搭桥。"

"噢，明白了。"

一位穿体恤衫的男子走过来，小声对吴克元说了句什么，吴克元边听边点头。男子有些面熟，季建设忽然想起，这个男子姓丁，曾到他家里来过。

男子走了以后，吴克元从抽屉里取出一张纸，在上面写了一行字，抬起头问："7月23日晚上你在什么地方？"

7月23日晚上？季建设不明白为什么问这个问题。

吴克元提示："前天晚上。"

季建设说前天下班就回家了，晚上在家哪里也没去一个人看电视。

"一个人看电视？"

季建设解释说那天晚上妻子到她妹妹住的顺风宾馆，因为她妹妹第二天要回新疆，她去看还有什么能帮忙的。

"好久没看电视了。"吴克元叹了口气，"那天晚上有什么好电视剧？"

季建设完全糊涂了，怎么又问到了电视剧？他说那晚看的是收费的点播，外国电影，直到妻子回家。

"很晚了吧？"

"11点多了吧。"

吴克元站起来："就到这里吧。"他问，"要开车把你送回去吗？"

季建设忙说不用了，自己走回去了。

20

吴克元站在窗边往楼下看，季建设穿过马路，拦了一辆出租车，钻进去往东走了。

丁壮站在他身后："你怀疑这个人？"

吴克元点头："有非常大的疑点。"

吴克元问丁壮带烟了没有，他忽然有种想抽烟的冲动。

办公室属于无烟区，于是两个人到走廊尽头的卫生间旁边，靠在窗台沿，点着了烟。

吴克元看着手里的香烟上冒出了一缕青烟慢慢消失在空气中，丁壮说："方新村的停车场？管理很乱的一个停车场，每天停过多少辆车管理员自己也说不清。"

吴克元没说话。丁壮捅了他一下："想什么呢？"

吴克元说："我在想，小芒死亡时间是中午，而流浪汉看见灰色轿车从工地开出去的时间是天黑以后，在这段时间里，作案者在干什么？会一直在工地上吗？"

"不大可能吧。"

"我想也是，他会去进行某种活动证明清白。为什么要证明清白？假如此人和小芒没什么关系，根本就没这种必要，开车跑掉就是了，但作案的人没跑，不是不想跑而是不敢跑。"

"这个人和小芒有某种关系。"

"我想也是。"吴克元停了停，"这个人本意并非是想撞死小芒，可能是发生了意外。"

"所以你把他称为作案者而不是凶手。"

吴克元顺着自己的思路往下走："这个人为什么要把小芒领到偏僻的工地？只有一种可能，他的车停在这个地方，但是他的车为什么要停在这个地方？说明他不想让人知道曾和小芒在一起，小芒出事后好撇清自己的关系。这样的话，一定是关系很亲近的人，他很可能是想让小芒在这里上车，然后将她带到什么地方去，再然后……"

丁壮顺着吴克元的思路说："再然后有两种可能，到更远更隐蔽的地方杀害，或者是送到什么地方，总之是让她在这个世界上消失。"

吴克元在检查季建设的那辆帕萨特轿车时，因为车被彻底清洗过，没有发现什么有价值的线索，但是发现季建设曾在导航上搜过西水的位置，西水是人贩子很多的地方。

他现在越来越确定，季建设就是作案人。

吴克元点头:"小芒一定是看到了什么,所以逼得作案者不得不出此下策。"

"前段时间,季建设的母亲忽然在家里去世,小区里的人就有议论,会不会和此事有关?"

在小区调查的时候有邻居反映,说王美丽讨厌婆婆,一直想把婆婆送敬老院,把外甥女接来在家里住,也是有逼走婆婆的意思。

吴克元把手里的烟屁股扔到垃圾桶里,说:"小芒很可能是知道奶奶的死亡原因才遭遇不幸。"他问丁壮,"外甥女把姨妈的婆婆是叫奶奶吗?"

丁壮说:"这个,还是问度娘吧。"

21

季建设说想去自首,他受不了这种压力,天天晚上做噩梦,闭上眼睛,小芒和警察就交替在他面前出现,他要崩溃了。

王美丽大惊:"你疯了,警察什么都没发现,你不过是自己吓自己。"

由于气愤,王美丽声音尖厉。季建设哀求:"说话声音小一点儿好不好,邻居会听见的。"

王美丽冷笑:"你不是要去自首吗,还怕邻居听见?"

季建设此时最想把自己灌醉,这样就能忘掉一切,但是就算是醉了还是会醒来,他实在不明白为什么会走到这一步。

王美丽泡了杯茶,放到季建设面前,缓和了口气,说警察不会发现什么的,7月12日你确实到火车站打听小芒的下落,肯定会有人记得。

季建设担心的是,7月12日中午他把小芒的尸体藏在后备厢里,然后按照王美丽的吩咐到车站打听走失的孩子,孩子的身上会不会沾到后备厢里的东西?他在电视上看到警察往往就是根据这个破案的。

王美丽安慰他:"你的车全部清洗了一遍,后备厢里的垫子都换成新的了,警察怎么会发现?"她见丈夫萎靡不振的样子就恼火,还是男人,怎么这样不经事?她说:"你一定要坚持住,不然儿子就完了。想想儿子吧,那可是你的亲骨肉啊。"

外面有人敲门,季建设神色大变:"警察……"

门外是单元的居民小组长,说准备改选居委干部,每家都要填一张表。

小组长把表留下就走了。

季建设站起来,说头晕,想到床上躺躺。

王美丽看着季建设摇摇晃晃地往卧室走,绝望地想,这个家要毁在丈夫手里了。

22

就在专案组办好手续准备对季建设采取刑事拘留措施的时候,季建设发生车祸当场身亡。

这天上午9点钟,季建设驾车在中山大道中段行驶时,因车速过快刹车失误钻到一辆集装箱货车的车尾里,等救援人员赶到把他从车厢内救出来,已经没有了生命体征。

吴克元觉得季建设死得蹊跷,果然尸检显示,季建设在开车前服用了安眠药。

季建设发生车祸的第三天,吴克元敲开了王美丽的家门。

王美丽面容憔悴,口气很不友好:"你们怎么又来了?"

吴克元说:"想核实一些情况,希望你配合。"

"到底要核实什么情况?"

吴克元说已经查明,在季建设体内有安眠药成分,正是他开车前服用了安眠药,才导致车祸的发生。

王美丽说丈夫严重失眠,靠安眠药才勉强入睡。

吴克元说:"边开车边睡吗?"

"这我就不知道了。"

这个女人的态度蛮横。在小区调查时,就有人反映,说王美丽是个强势女人,特别溺爱孩子,孩子要天上的星星也会想方设法摘下来,但对丈夫不太好,整天骂丈夫混得不好。

"不会是你给他杯子里放的药吧?就和你儿子在他奶奶的杯子里放药一样。"

王美丽神色大变,尖叫起来:"你胡说!"

"6月25日你儿子收到了一个快递,小盒子里装的是安眠药片,因为他在学校,是小区物业代收的。寄件人是山东一家私人药店,同时还买了6克亚硝酸钠,3克就能致人死命,你儿子多用了整整一倍。"

王美丽一阵眩晕。

"你儿子为什么这么做?因为奶奶占了他玩游戏的空间,而且不肯去敬老院。偏偏你儿子给水里下药的时候被小芒发现了,怎么才能让小芒不说话呢?灭口下不了手,毕竟是亲外甥女,于是就想把孩子送给西水的人贩子。不幸的是,就在准备把孩子送走时发生了车祸,这叫什么?人算不如天算。"

王美丽想反驳,吴克元劝她:"赵立金已经承认了,你就不要再抵赖了。"

王美丽低声说:"这个你们也查到了?"

吴克元说:"我不明白的是,你为什么要对流浪汉下手,为了小芒的双肩包,还是那张写拼音的纸条?"

王美丽抬起头,目光凶狠:"为了儿子,我可以付出任何代价。"

"包括牺牲你丈夫的生命吗?"

王美丽嘟囔说:"如果他不去自首……"她始终认为是丈夫

把她逼到绝路上了。那天清晨,丈夫穿戴整齐,一副解脱的样子,说下决心了,吃完早餐就去自首。她恳求,甚至跪了下来求丈夫为了孩子不要自首,丈夫拒绝了。在万般无奈的情况下,她给丈夫的豆浆里放了碾碎的安眠片。

王美丽闭上眼睛,无论再问什么她都不回答了。

对王美丽的审讯是在刑侦大楼五楼的第二谈话室进行的,对王美丽收押后她就放弃了抵抗,所以审讯进行得比较顺利。

审讯结束后,王美丽提出了一个要求,把她枪毙吧,只要放过她的儿子,她甘愿承担所有罪名。

吴克元看着王美丽泪流满面的样子,他想,到底是什么让这个家庭一步步地走向毁灭……

(范晋川,笔名晋川,1953年2月生,山西人。曾供职于西安市公安局,现定居上海。陕西省作家协会会员,上海市作家协会会员。代表作有《十字口来了个交通警》《处理原子弹》等。作品荣获首届金盾文学奖等。)

三个嫌疑人

范晋川

这是某个省会城市发生的一起凶杀案,这起案件涉及三个嫌疑人。因为这起凶杀案,使这三个人的人生轨迹发生了改变。

1

第一个嫌疑人是 22 岁的赵光明。

赵光明做梦都没想到会卷到凶杀案中。他被警察带走的时候,脑子里冒出了一句话:"人在家中坐,祸从天上来。"不过平心而论,这个"祸"之所以掉到他头上,他本人也有脱不了的干系。

这天是 6 月 18 日。时间是下午 2 点 20 分。星期天。

赵光明坐在人民路边的长椅上,有些无聊地摆弄手机。手机铃响了。

是刘三妹打来的。

刘三妹口气有些慌张,说赵光明我把钱给你存进卡里了,你拿了钱赶快跑路吧。

赵光明本来不愿意接刘三妹的电话,他害怕刘三妹问他要钱,所以他看到手机显示屏上是刘三妹的电话时就想关机,但他还是接了,毕竟要面对现实吧,能躲到什么时候?不就是两万元钱,他还,加上利息也行。当然他现在没有钱,他的钱都花在李淑梅身上了,李淑梅是他的女朋友,有时候他觉得女朋友像个无底洞一样，把钱扔进去连个响声都听不到。

午后阳光照在街道上，他看着从身边走过的一个个打扮新潮的男女，奇怪为什么刘三妹不问他要钱反而又给了他钱。

刘三妹说："赵光明你听到我的话没有？我给你存了三万元钱，以后的事可就和我没关系了，我只是让你把她搞一下，可没让你把她搞死呀。"

赵光明越听越不明白，就问："你说把谁搞死？"

刘三妹说："都到现在了你跟我装什么糊涂？苏静呀。你还是到外地躲一躲吧。"说完刘三妹就把电话挂了。

赵光明听说苏静死了，头上汗就出来了，腿也有些发软。

赵光明想，妈的，怎么人就死了呢？

他在五个小时前还到苏静住的地方去过。苏静住在铜锣巷2号的一个楼里，是她租的房子，有20多平方米。赵光明找苏静，是想摸摸苏静的底，看她最近有没有到外地去的计划。赵光明打听苏静去向，不是想搞死她，而是想搪塞一下刘三妹。

刘三妹和赵光明是老乡，赵光明美术中专毕业后离开家跑到这个靠着海的大城市，在一家装潢公司打工，搞室内装修设计。赵光明打工的装潢公司旁边有一个社区医院，刘三妹在注射室里当护士，有一次赵光明感冒，打针的时候碰上了刘三妹，一说话，对上了口音，两人就认了老乡。刘三妹32岁，赵光明就"三姐""三妹"乱叫。刘三妹还给赵光明介绍了女朋友，叫李淑梅。李淑梅在超市当收银员，人长得虽然说不上多漂亮，可身材好。李淑梅的身材把赵光明迷住了，有一次李淑梅到赵光明住的地方，关上门以后赵光明的手就有些不太老实，就想解李淑梅的衣服，让李淑梅呵斥住了。赵光明说就看看不行呀。李淑梅说没结婚就是不行。赵光明说那就结婚吧。李淑梅说就你那点儿钱还结婚呀，吃屁去吧。听见李淑梅让他吃屁，赵光明就有些委屈，怎么说他也是个男人吧。他脑袋一热，就说他的画让台湾老板看上了，给他下了两万元钱的订金,让他画十幅画,这两天钱就到账了。这本来是瞎话,可李淑梅当真了,还尖叫了一声表示惊喜,然后说钱到账以后要干什么干什么,最后让赵光明看了看她的胸脯。

那天李淑梅走了以后赵光明就伤脑筋,到哪去找两万元钱呀?

就在这个时候,刘三妹来找赵光明了。

刘三妹打电话,请赵光明吃饭,地点是在"人人居"。赵光明就乐呵呵地去了。刘三妹眼睛红红的,心情很沉重的样子。原来刘三妹的丈夫在外面有人了。

刘三妹点了份小龙虾,一盘烤肉,一盘素什锦,又要了一扎啤酒。

赵光明吃得兴高采烈,忽然发现刘三妹没动筷子。

刘三妹眼睛红红的,说:"姐没胃口。"

刘三妹的丈夫叫李天乐,在一家公司当职员。有一天来了个打扮俏俏的女子到公司办事,两人一说话,发现是老乡,其后的过程就跟赵光明认识刘三妹一样。这个女人是苏静,比刘三妹小,在北方老家叫苏小红,进城以后改成苏静了。苏静在老家结过婚,后来离了,跑到这个城市后到李淑梅上班的那家超市当收银员,最近离职说是要创业。

苏静虽然也30岁了,可显年轻,一来二去把李天乐迷住了。在年底的同乡会上,他特意把苏静介绍给刘三妹,说苏静认识人挺多,以后有事可以关照。

刘三妹开始对苏静挺好,休息日的时候还叫上她逛街,可后来发现不对劲了,她发现丈夫和苏静挺热乎,还有小道消息说李天乐和苏静上床了。是不是上床刘三妹没抓住,不过她可亲眼见到李天乐和苏静肩并肩地逛马路。她找苏静谈话想让苏静不要破坏人家家庭,可苏静说,苍蝇不叮无缝的蛋。刘三妹说做人要讲道德。苏静说没有爱情的婚姻才是不道德的。刘三妹气昏了头,回家找丈夫摊牌,反而被李天乐打了,骂她是个蠢婆娘,还说要离婚。

刘三妹又给赵光明倒上啤酒，心情沉重，说："小赵，你可要帮姐。"

要说这个苏静嘛，赵光明也认识。苏静曾和李淑梅在一家超市工作，前些日子才离职不干的。

其实赵光明对苏静也恼火，李淑梅和赵光明好的事被苏静知道后，苏静曾苦口婆心劝李淑梅不要找赵光明。苏静说，为什么不找个能改变你命运的人呢？赵光明有什么好？穷小子一个罢了。后来李淑梅在约会时把这话告诉赵光明，赵光明就有些生气，想去质问苏静凭什么就认为他是穷小子，后来想还是不要和女人一般见识，就把这事埋在了心里。现在听说苏静竟然搞上了刘三妹的老公，于是拍案而起，说妈的，苏静怎么是这种人？兔子还不吃窝边草呢。

刘三妹说你找人把她给我搞一下，教训教训。刘三妹说她愿意出五万元。

赵光明喝了点儿酒，脑袋一热，就想英雄救美，趁机也出口恶气，于是拍着胸脯说这事包在我身上了。

刘三妹大喜，第二天就给赵光明的账上转了两万元钱，说是首付的订金。

2

赵光明脑子很乱，他不明白，什么都没干，苏静怎么就会死了？

肯定是刘三妹搞错了。

手机铃声又响起来了，是李淑梅打来的。

李淑梅在电话里说可能要晚来，因为警察到超市调查，找人谈话，有消息灵通的小姐妹说，苏静可能出事了。

赵光明这才明白，刘三妹的消息是从李淑梅那里来的。

赵光明上午离开苏静家，在10点半左右到超市找李淑梅，李淑梅给他买了瓶饮料，两人约好下午李淑梅下班后到电影院去看美国大片。

最近李淑梅对赵光明态度明显转变，赵光明用刘三妹给他的两万元钱，给李淑梅买了高档衣服、手包，还有皮鞋什么的，还到城隍庙给她买了根金项链，把钱花光了。李淑梅挺高兴，到处给小姐妹吹嘘说她男朋友是画家，可不得了，一幅画卖好多钱，小姐妹们挺眼红。两人单独在一起的时候，李淑梅不仅让赵光明看了胸脯，还让他把手伸到裤子里去摸了摸。

按理说，赵光明把刘三妹的钱用了，就要给刘三妹办事。可刘三妹这事没法儿办，按刘三妹的意思找几个人，不行就找黑社会，在热闹地方把苏静衣服扒光，最好就在李天乐工作的公司门口。其实赵光明第二天酒醒就后悔了，他不认识什么黑社会，也找不到人来扒苏静衣服。本来想把钱退回去，可他太需要这两万元钱了。有了这两万元钱，他在李淑梅眼中的形象才能高大，才能保证李淑梅不会跟别人跑了。

怎样才能让刘三妹不问他要这两万元钱呢？

赵光明想来想去，想出了个主意。

赵光明住在凌空路上的群租房里，早上起来，他搭公交车到苏静家，他想探听苏静到底有没有出门的计划，听李淑梅说，苏静最近要到外地一家大公司参加培训，回来后开美容连锁店。他想这样他可以跟刘三妹说已经找了几个人，可就在要动手的时候苏静走了，所以计划泡汤，但是钱已经给出去了，没办法要回来。

赵光明觉得这是个很高明的主意。

关键是要打听到苏静的出门日期，这样才能把谎话编圆。

为了达到这个目的，下了公交车后，他特意到阿妹水果店买了袋水蜜桃，这也是想讨好一下苏静。

苏静的房间号是303，他在门上敲了敲，门就打开了。

苏静穿了件睡衣，就是挺露的那种，里面的乳罩和裤衩都隐约能看见。她看见门外站的是赵光明，有点儿失望的样子，说："怎么是你呀？"

赵光明觉得奇怪："不是我是谁？"

苏静又在睡衣上披了件衣服才把赵光明让进房间，连水都不倒，意思是有什么话你说完赶快走。

赵光明拐弯抹角说出了他的意思。

苏静怀疑地瞅着赵光明说："赵光明你什么意思嘛，好好的你干吗问我出不出门？你可是有女朋友的，小心李淑梅知道了收拾你。"

赵光明急得头上冒汗，他说："不是那个意思。"

苏静说："不是那个意思是什么意思？"

赵光明嘴里支吾了半天也没把事情讲清，本来他也不好讲清，他总不能说，刘三妹让我来扒你衣服。

苏静看了看表，说："赵光明你没什么事了吧？我还要出去办事呢。"

赵光明灰溜溜地出了苏静的房间。

关于他到苏静家的情况他反复给一个姓马的警察讲过，姓马的警察问得很细，比如说，苏静当时说话的口气、脸上的表情等，当然这都是后来的事了。

3

居委会的王阿姨收清洁费，在下午1点左右收到苏静的房间。王阿姨发现门没锁，敲门里面也没人吱声，觉得奇怪，就推开门，看见苏静脸朝天躺在地板上，睡衣被扯得稀烂。

王阿姨吓坏了，跑到过道上打"110"。

根据法医鉴定，苏静的死亡时间是在上午10点左右。

赵光明后来说，他是9点5分离开苏静房间的。

他在苏静家待了不到五分钟。没有人能证明他是9点5分离开的，他敲门的时候在苏静对面的房间探出了一个女人的脑袋，但他离开的时候女人脑袋没探出来。他下楼的时候在楼梯上没有碰到人，当时院子里是有几个人，可没人能记住他。

赵光明大约在10点半的时候到李淑梅的超市。他对警察说，是来约李淑梅下班后看电影。

9点5分到10点半之间他到哪去了？苏静的住处离超市很近，走路要不了五分钟。

赵光明说不清。因为从苏静家出来后他绕到丰田路。

赵光明没事喜欢到丰田路，主要是在这条路上能看到美女。丰田路是时尚一条街，有很多美女都到这条街买东西，所以赵光明最爱到丰田路上消磨时间。

但是没人能证明赵光明到过丰田路。

赵光明是蹲在川妹子菜馆门口旁边看来来往往的美女，川妹子菜馆里的服务员都说不清赵光明到底在门口蹲了没有，也难怪，大家在里面都忙得要死，没人注意人行道上蹲的是什么人。

赵光明说他在丰田路大约待了30分钟，然后到超市找李淑梅，见完李淑梅从超市出来，在路口的一家拉面馆买了碗拉面，吃完拉面后他已经是满头大汗了，他放下碗，站着让放在柜台上的电扇猛吹，这个细节拉面馆的女老板记住了，但这个时候时间已经是11点了，已经证明不了什么。

后来赵光明坐公交车到光明电影院，买了电影票后没地方去就到附近的百货商店，从百货商店出来坐在路边的椅子上休息，就在这时接到了刘三妹让他赶快跑路的电话。

赵光明听说苏静被人杀死了，吓得一泡尿差点儿撒到裤子里。

以上这些都是赵光明被专案组传讯后对姓马的警察说的。

4

马中一是刑警,主任科员,三级警督,年纪40多岁,有些发胖,他在这个岗位上干了20多年,也属于那种资深刑警了。

苏静被害的案件定性为"变态杀人案",马中一本来该休假了,但因为队里人手紧,几个领导商量,决定把他叫回来上案子,这样他带着孩子老婆到祖国大好河山看看的计划就泡汤了。

马中一讯问赵光明的地点是在发案现场附近的派出所里,专案组借的是走廊尽头的房间,房间不大,由于朝向西北,很少见到阳光,所以显得有些阴暗。

现在是晚上8点钟,马中一对赵光明进行了讯问。

赵光明坐在马中一对面的椅子上,边讲他到苏静家的前因后果,边擦汗。

马中一想,把这小子吓坏了。

讯问结束后,马中一让赵光明在讯问笔录上签字,然后把赵光明送到所里的拘留室,说你再想想还有什么要补充的。

马中一回到房间,把腿搁在桌子上,点了根烟,虽然姿势不太雅观,但这是他解除疲劳和思考的最佳方式了。

马中一在脑子里把现场情况又过了一遍。

苏静是被勒死的。她倒在客厅的餐桌旁边,一个一次性纸杯掉在餐桌底下,还有一摊水渍。

苏静的裤子被扒到脚上,双腿分开,下身插了半根黄瓜。

房间里的东西都没有动,在里间的梳妆台上放着死者的皮包,里面有2000多元,是苏静刚领回来的工资。

根据法医鉴定,在苏静的体内没有发现新鲜精子,因此可以断定凶手不是为色杀人。苏静包里的工资也没动,因此也可以排除为财杀人。

现在只有一个可能，就是仇杀。

苏静手机的来电显示上，她在 9 点的时候接到过一个电话，这个电话是从她住的院子门口一家小卖部打来的。小卖部的老板是个女的，她说买东西的人很多，所以她对打电话的人没什么记忆。

马中一在房间的地板上发现了一个指甲盖大小的椭圆形的塑胶片。

是眼镜架的鼻托，内侧有一行清晰可见的标记。

到眼镜店，店员一眼就认出来，这是日本精工眼镜架的鼻托。

店员说精工的鼻托小而轻，在鼻托内有这种"SEIKO"的标记，所以很好辨认。

苏静的眼睛很好，只戴墨镜，镜架也不是这种牌子的，所以很可能是凶手掉在现场。但这只是一种可能，也可能是前两天别的来访客人掉下的。

苏静房间的餐桌上放着袋水蜜桃，根据包装袋，水蜜桃来自街口公交站旁的阿妹水果店。

现场情况就是这些，至于现场所处环境，给马中一的感觉是很乱。

苏静所住的小区是 20 世纪 80 年代房管局盖的出租房，共有三栋楼，设施不怎么样，院子里没物业，门口也没保安，而且大门从来不锁，也没安装监控摄像头。

苏静对门住的女人说，9 点左右的时候听见敲门，她从门缝里看见一个 20 多岁的小伙子站在门口。这个女人还把敲门人长的什么样描绘了一番。根据这个女人提供的线索，画了一张嫌疑人的模拟图，让女人认，女人说很像。女人又补充说，手里还提了一袋水果，好像是桃，她没太看清。

餐桌上放的水蜜桃是在阿妹水果店买的，女老板告诉警察，早上一个穿什么样衣服的小伙儿到店里来买的，用的是微信支付。

通过微信账号，锁定了赵光明。

赵光明和李淑梅在光明电影院看电影。电影结束后，赵光明和李淑梅被警察挡住了。

李淑梅以为还是问苏静的事，就说："还是苏静的事吧？我和苏静也不是很熟，再说，在超市你们都问过了。"

警察说："你去了就知道了。"

赵光明没说话，小便顺着腿流下来了。

两人被带到了派出所。

在讯问赵光明前，马中一先和李淑梅谈话。

李淑梅听说赵光明涉及凶杀案里，"哇"地哭了。

李淑梅哽咽着讲和赵光明的认识经过，又讲了赵光明在早上来超市找她的情况。

李淑梅说真是知人知面不知心，早知道赵光明是这种人，说什么都不会和他来往。说完又哭了起来。

马中一安慰说现在并没有确定凶手是谁，只是了解情况。

本来马中一就认为赵光明是凶手的可能性不大，对赵光明讯问以后，他更坚定了这个判断，赵光明和苏静的死无关。

就在马中一手中的香烟快燃到头的时候，门推开了，派出所值班民警告诉他，有人来投案自首了。

5

投案自首的是刘三妹，她是在丈夫李天乐的陪同下到派出所的。

李天乐戴着眼镜，看上去文质彬彬的。刘三妹则显得很惊恐，还有点儿沮丧。

李天乐指着刘三妹对马中一说："这是我老婆，她干了糊涂事。"

"什么糊涂事？"

刘三妹吞吞吐吐，半天说不清楚。

李天乐急了，把眼镜往鼻子上推了推，说："都什么时候了，你还这样？"

李天乐转身对马中一说："同志，是这么回事，我有个女同乡，叫苏静，苏静有时找我问有关电脑的事，我这个老婆就吃醋了，最后她竟然花钱买凶，用五万元钱，找人把苏静给杀了。"

刘三妹急了："我没找人杀她，我是让赵光明把她搞一下，让她皮肉受点儿苦，给点儿教训就算了。"

"怎么叫搞一下？"

李天乐解释，说搞一下是家乡的方言，就是教训一下，修理修理的意思。他说下午就觉得刘三妹怪怪的，又发现存折上钱少了，她这才说了是怎么回事，我一听这还得了，赶快把她带到你们这儿来了。说着李天乐又推了推眼镜。

马中一注意到在说话的时候李天乐几次往上推他的眼镜，是个习惯性的动作？

马中一说："你的眼镜能让我看看吗？"

李天乐取下了眼镜，镜架是"花花公子"的，鼻托上有污垢，是个旧眼镜。

李天乐说："有什么问题吗？"

马中一说："别多心，随便看看。"

刘三妹忽然"扑通"一下跪到地上，说："大哥，我真的没想找人把苏静杀死呀。"

6

专案组开碰头会。

会议室的桌子上放了箱方便面，谁饿了可以泡，因此空气中就有股方便面的味道。

马中一挺讨厌这个味道的，这种味道会干扰他思路的。

马中一的思路是什么呢？虽然目击证人证明赵光明在案发前到过苏静的家里，现场也发现了他的新鲜指纹，但凶手不是这个人。

赵光明的眼睛很好，从来不戴眼镜，那么掉在苏静身边的眼镜托片是谁的？

当然，不能排除是前一天来客掉下来的。

川妹子菜馆送啤酒的李老倌提供了对赵光明有利的证词。他说那天上午10点多他用三轮车给川妹子菜馆送啤酒，在菜馆门口的人行道上，他的三轮车差点儿碰上一个蹲在人行道上的小伙子，那小伙子骂他，说老×，没长眼睛呀。他当时气得想揍人，可想想还要送啤酒，就把这口气忍了。警察拿出了赵光明的照片，李老倌生气地说，就是这个人，现在见了他还想揍呢。

川妹子菜馆离苏静家不算太远，走路约十分钟，赵光明完全可以在作完案后赶到那里，但是很难想象，赵光明杀了人后，会若无其事地蹲在街上看女人。马中一认为，根据接触，赵光明没那么好的心理素质。

再说，赵光明和苏静没什么深仇大恨，为了骗两万元钱就去杀人，这种情况很难说服人。

他判断，那天赵光明走了以后又有第二个人进到苏静家里，这第二个人很可能就是凶手。

凶手和苏静一定是有感情上的纠葛，才铤而走险。

马中一的顶头上司是刑侦重案队长老吴，也是苏静被害案专案组副组长。他同意马中一的看法，他说，一定要找出这第二个人。

7

刘三妹的丈夫李天乐进入马中一的视线里。

李天乐比苏静大五岁，他和苏静的关系非同寻常，这在圈子里已经是个公开的秘密了。

　　李天乐在处理跟苏静的关系上表现得很小心，害怕别人知道，但苏静就不一样了，她在大街上拉李天乐的手，还在别人面前把李天乐叫"老公"，搞得李天乐很狼狈。但是最近两人的关系有点儿冷淡。

　　跟苏静要好的一个小姐妹提供了个线索，说苏静在出事的前两天曾给李天乐打电话，很生气的样子，说你想甩了我，没门儿。不知道李天乐在电话里说了什么，苏静拿着电话哭了起来。

　　但李天乐否认苏静在出事的前两天给他打过电话，也否认他跟苏静有不正当的婚外关系。

　　李天乐是公司职员，还涉足股市，因此有一些积蓄。

　　马中一找李天乐谈话的时候李天乐正对着电脑学英语。在公司里，李天乐是骨干，公司最近正考虑提他当部门经理，还准备送他到国外的合作伙伴公司里学习半年，所以他现在正使劲地学习英语。

　　李天乐见到马中一，愣了愣，随后便笑容可掬的，好像马中一是他多年不见的老朋友。他热情地握着马中一的手说，哎呀，警察同志来了。

　　马中一想，这个人的表现也太夸张了点儿。他不动声色，说这次来是想了解苏静的一些情况。

　　李天乐把马中一领到一间小办公室，泡了杯茶放在马中一面前，坐下来，取下眼镜在手里擦，表现出很沉痛的样子，说苏静呀，一个挺不错的女孩子，外边都说我跟苏静有这个那个的事，那都是无中生有呀。我不过是看苏静一个人在这个城市闯，怪不容易的，所以经常帮她，结果就说我跟苏静的关系不正常，刘三妹那个糊涂蛋竟然也信了，竟然出钱让赵光明当杀手把苏静给杀了。出这样的事，作为刘三妹的丈夫，怎么说我也是有责任的呀。

　　马中一发现，李天乐鼻子上架的眼镜是日本精工的，马中一在店里见到过这种款式，因此有印象。他还发现，李天乐往上推眼镜的动作没有了。那天他送妻子刘三妹投案自首的时候，不停地往上推镜架，当时以为是习惯动作，现在看来不是的，是眼镜不合适，他戴着难受。

马中一说："苏静最近给你打过电话吗？"

李天乐否认："我们很长时间都没联系过了，你知道，人言可畏呀。"

马中一判断，面前的这个男人是在说谎。

他换了个话题："星期天上午你在什么地方？"

李天乐好像早就等着马中一的这句话，他说星期天上午我是8点多钟离开家，到公关部的王家祥家里打牌，打了两圈因为技术不好被换了下来，因此一直在旁边观战，直到中午吃完饭在1点左右才离开。

王家祥住的地方是吴林小区3号楼，跟苏静住的地方只隔一条马路。

马中一找到王家祥家里的时候他正在家里拖地板。

王家祥是个胖子，穿了个大裤衩，戴了个无框眼镜。他显然很少和警察打交道，见来的还是个刑警，就有些手忙脚乱的，给马中一倒茶的时候还把杯子碰翻了。

马中一忍住笑，说你别忙了，我来就了解点儿情况。然后他就开始问星期天上午打牌的情况。

王家祥脸涨红了，说："我们就是玩玩，可一点儿都没赌呀。"

马中一说："不是来查赌的，是查一个案子。"

王家祥说星期天上午打牌有五个人，是谁谁谁，谁谁谁，其中就有李天乐。从9点开始打的，李天乐打了几圈，说手臭，就退出来在旁边看。

"他离开过房间吗？"

王家祥想了想，说："好像中间上了次卫生间，他说闹肚子，所以在里边的时间长了点儿,但没出门呀。"

"你怎么能确定他没出门?"

"门是锁着的,他要回来得敲门呀。"

"但如果出去的时候就没锁门,那再进来时就不用敲门了吧?"

王家祥抓了抓头皮,说那也是。他把眼镜取下来放在茶几上,用毛巾擦了擦头上的汗。

马中一把王家祥的眼镜拿在手里翻过来翻过去地看了看,忽然问道:"李天乐戴的眼镜和你的是一个牌子的吧?"

王家祥说:"那可不一样,李天乐的眼镜是日本精工的,买了没多长时间,可打牌的时候坏了,眼镜托掉了一只,他说是上卫生间时掉地上了,怪可惜的。"

8

李天乐的作案嫌疑开始上升。

马中一推断,李天乐就是案发那天进入苏静家的第二个人。

在苏静的门框上有李天乐的指纹。

苏静的小姐妹说,在出事前两天,苏静曾哭着打电话给李天乐,说你想甩掉我,没门儿。这就是说,他们之间出了问题,李天乐想分手,但苏静不答应,这很可能导致了李天乐铤而走险。

李天乐说很长时间都没跟苏静联系了,那肯定是在说谎。

李天乐星期天早上8点半到王家祥家里打牌,王家祥家跟苏静住的地方只隔一条马路,五分钟就能打个来回,李天乐打了两圈就不打了,退到后面看牌,然后上卫生间。牌局设在王家祥的书房,如果李天乐悄悄离开卫生间,在书房里是看不到的。而打牌的人注意力都在牌上,没人会在意李天乐上卫生间用了多长时间。

还有一点很重要,星期天早上到王家祥家打牌是李天乐提出来的。星期五中午吃饭的时候，王家祥说他老婆的单位组织员工周六和周日到外地旅游，一个人在家里怪闷的。李天乐说，那找几个人上你家打牌吧，早点儿开始，赢家中午请客到香港楼吃海鲜。

李天乐的妻子刘三妹交代，她在一次吵架中，说过要找人把苏静教训一下，当时李天乐说你敢，刘三妹说我就敢。后来两个人再没提过这事，刘三妹还担心，李天乐知道她找人教训苏静以后会对她不客气，但李天乐没不客气，反而没事了。

李天乐完全可以借妻子刘三妹找人教训苏静这个由头动手，然后嫁祸于人。

赵光明交代说，他那天到苏静家的时候苏静穿得很暴露，苏静打开门，看见是他，很失望的样子，披了件衣服才把他让进门。

苏静很可能是在等人，而且这个人应该和苏静的关系很亲密，否则她就不会穿那么暴露的睡衣了。等谁呢？等李天乐。

调查的材料表明，李天乐为了自己的前途要和苏静分手，但苏静不同意，她想登堂入室当李天乐的正室太太。李天乐和苏静交往是贪图苏静的年轻身体，但换老婆这种事他从来没想过。

马中一推测，两人冲突越来越激烈，苏静成了李天乐的麻烦，因此他动了杀机。

马中一的模拟现场图是这样的，李天乐进门以后苏静就给他倒水，他就借这工夫动手把苏静勒死了。他在勒死苏静的时候眼镜被碰掉在地上，结果镜架的鼻托掉了一个，就是这个鼻托让他暴露了马脚。

李天乐有重大作案嫌疑。

让马中一不解的是，李天乐为什么要把半个黄瓜插进苏静的下身？这是一种什么心态？

9

李天乐被带到专案组的时候大喊大叫，说警察侵犯人权，在制造冤假错案。马中一冷冷地说："你别叫了，我们没有说你犯了案子，把你带到这里来是问话。"

李天乐还是直着嗓子叫："你们不要用苏静来烦我了，我什么都不知道。"

马中一说："还有个事情你没说清楚，你眼镜上的鼻托怎么会掉了？"

李天乐说："那是在王家祥的卫生间里碰掉了，找了半天没找到，后来干脆重配了个鼻托。"

马中一笑了，拉开抽屉，取出鼻托放在桌子上，说："精工的鼻托，来认认，看是不是你的。"

李天乐说："什么意思？我不明白。"

马中一说："这个鼻托是在苏静家里找到的，现在你明白了吧？"

李天乐脸有些发白，他擦了擦头上冒出的汗，说："我不明白你是什么意思。"

马中一说："还不明白吗？你借口上卫生间，悄悄出了门赶到苏静家，你事先已经和苏静约好了到她家里去对不对？就在苏静给你倒水的时候你用绳子把她勒死了，在作案时你的眼镜掉到了地上，结果把鼻托碰掉了一个，在慌乱中你没找到，害怕时间长了被人发现，只好匆匆离开了。"

李天乐头上的汗冒得更多了，他强作镇静，说："那不过是你的猜想。"

"猜想？"马中一冷笑了一声，"你真的以为在离开苏静家的时候没人看见？要知道，戴着个跛腿眼镜的样子是很怪的，怎么会没人注意到呢？"

李天乐脸色苍白,他抽了自己一耳光,说:"我还是说了吧。"

李天乐说:"我确实是跟苏静约好了星期天早上到她家去,是想和苏静谈谈把两个人的事情了结。苏静现在的胃口越来越大,闹着要当我的太太,可我怎么可能找这种女人当太太呀?那还不让朋友们笑死。苏静说,不行就要给她付一笔青春赔偿费,她开价是20万元,可我到哪去找那么多钱呀?拿不出钱,她就威胁要到公司去闹,让我身败名裂。特别是她知道我可能要出国以后,就威胁说她可以让我去不成,除非满足她的条件。我也是鬼迷心窍了,就想不行把她一了百了,反正刘三妹说要找人搞她,正好借这个机会除掉后患。"

李天乐擦了擦头上的汗,接着说:"星期天到王家祥家打牌,我说上卫生间,其实是偷偷出门赶到苏静家。我去的时候发现苏静家的门没锁,进屋就发现苏静躺在地板上已经死了,样子很恐怖。我当时吓坏了,不知怎么搞的就把眼镜碰到了地上,我拾起眼镜后就从苏静家逃掉了,后来发现鼻托掉了一个,本来想回去找,可又不敢去,就说是在王家祥家的卫生间碰掉的。我当时估计一定是刘三妹找人把苏静干掉了,刘三妹早就说过要教训苏静。后来回家三问两问,刘三妹说了,我就带着刘三妹投案自首。刘三妹说,她不过是找人扒苏静衣服,但赵光明把苏静杀死了。这样刘三妹没有杀人的故意,又是投案自首,处理会很轻,而且我也正好避嫌。整个事情的经过就是这样,我确实有想法,但人确实不是我杀的。"

马中一问:"你准备怎样把苏静搞死?"

李天乐沉默了一会儿,抬起头说:"事到如今我也不想再说谎了,我就想在做爱的时候把她捂死。她有个怪毛病,做爱的时候老要用单子把自己盖起来,虽然天热,但她开着空调也要盖,有时候连头都要盖起来,让我钻到单子里边去,她说这样神秘。"

李天乐强调:"可那都是计划,并没有实施。"

马中一问:"如果苏静没死,你准备怎么办?"

李天乐有些茫然,他说:"我也不知道。"

马中一想,看来这个男人说的是真话。

在赵光明和李天乐之外,至少还有一个人到过苏静家里。这个人应是在赵光明走了以后,李天乐来之前到苏静家的。

现在又冒出来了第三个人。但这个人是谁?他为什么要杀害苏静?

10

案发现场。

苏静倒在客厅的地板上,旁边扔了个一次性纸杯,就是说,苏静是在给来人倒水的时候被害的。

她给这个人用一次性纸杯倒水。

李天乐说,他在苏静家喝水的杯子是个景德镇出的白瓷茶杯,是苏静在超市给他买的。

在苏静的卧室的床头柜上也确实放了个白瓷茶杯。

另外,在现场的水渍中没有发现茶叶。马中一分析,这说明两个问题,一是苏静对此人比较客气,因此倒了杯水,赵光明来的时候就没有这个待遇。同时虽然倒水,却没放茶叶,又说明她并不是太看重这个人,但又不能不接待,所以就倒了杯白水。

从苏静脖子上的勒痕分析,来人个子比苏静高,力气也很大,所以苏静没怎么挣扎就不行了。根据脖子上的痕迹,凶手用的是一种粗麻绳,不是居民搭衣服用的那种尼龙绳。

来人把苏静勒死以后,把半根黄瓜插进苏静的下身,说明苏静被害与"性"有关,凶手可能想以此暗示被苏静欺骗,苏静是个骚货。

赵光明虽然对苏静不满,但还没发展到你死我活,同时在

"性"的问题上和苏静没任何关系。李天乐呢，虽然和苏静发生过性关系，但现在他想甩掉苏静，要说"插黄瓜"，只能是苏静给他"插"才合乎情理。

在房间里发现了赵光明的指纹，也发现了李天乐的指纹，但没有找到第三个人的指纹。

这说明凶手非常谨慎，很可能是戴着手套作案。

此人的作案目的可能是苏静过去欺骗过他，或者是他认为苏静欺骗了他。

最重要的是，作案用的绳子是从哪来的？李天乐当时并没有拿个粗麻绳到王家祥家打牌，现在是夏天，穿得薄，绳子根本不可能放在口袋中不被人发现。王家祥说，李天乐到他家的时候没拿包。

会不会是在路上买的？

马中一沿着从王家祥家里到苏静住宅的路线调查，沿途有两家杂货店，但店里均没有这种麻绳。

这样，就基本排除了李天乐作案的可能性。

马中一推测，赵光明离开后，又有一个男人进到苏静家，这个男人是苏静虽然不乐意，但是不能不接待的人。这个男人到苏静家的时候拿了根粗麻绳，他拿根粗麻绳为什么没引起苏静的警觉呢？很可能是他所从事的行业就跟粗麻绳有关。

一个行业蹦到了马中一的脑子里——收旧家具的。

这个人可能是苏静的旧相识。

11

专案组对全市回收废旧物品行业进行了梳理。发现北方 X 省 X 县人基本垄断了回收旧家具的生意，收到旧家具后送到郊区的霍东村旧家具基地。

苏静是 X 县新庄人。

在这些收旧家具的 X 县人中，新庄来的有七个人。

根据专案组的画像，凶手年纪在 30 到 40 岁之间，身高在 1.75 米左右，体型偏瘦，和苏静是同乡，以前可能发生过感情纠葛。

就这样，本案的第三个嫌疑人王天河进入警察的视线。

王天河是收旧家具的。

王天河是新庄村人。

王天河在 6 月 18 日以后再没有回到在郊区河西村租的房子里。房东说，这个姓王的租户话不多，脾气暴躁，有一次因为另外一个租客倒水时水花溅到他裤腿上，他差点儿把那人掐死。

在王天河租的房里，个人物品都没拿走，床底下放了个黑色布面旅行箱，里面只有几件换洗的衣服。桌上放了盒方便面，纸盖已经被撕开了，但不知道为什么没泡。床上的被子没叠，胡乱窝在床上，枕头边放着三本书，都是有关破案的。在一本书里，夹了张发黄的照片，照片上的女人是苏静，穿了件白短袖衬衣，靠在湖边的一棵树上。

据调查，苏静在嫁到新庄村时曾和王天河有过一阵不清不楚的关系。

王天河人长得不赖，浓眉大眼的，很像过去的一个电影明星，个子也蛮高，如果他是白领，屁股后头的女人会跟着一串串。

王天河和苏静是一个村的，按理说也是赵光明和李天乐的老乡，可他压根就进不了人家的老乡圈子，因为他属于城市的"边缘人"，没有什么地位。

其实王天河过去也挺有理想，他读的是农业中专，毕业后就想办养殖场，资金不够，就先买了台二手车跑运输。那个时候苏静刚嫁到这个村里来，老坐他的车往县城跑。王天河本来对苏静没意思，他有对象，是他的高中同学，在村里教小学，俩人已经发展到谈婚论嫁了。可苏静坐他车的时候老往他身上靠，驾驶室那么小，苏静身上又抹了香水，王天河还没结婚，哪受得了这个，两个人就搞到一起了。两个人在一起鬼混，闹得沸沸扬扬，后来，王天河的女朋友跟他吹了，苏静也跟丈夫离了婚。本来王天河以为苏静离了婚就会跟他结婚，可苏静离了婚，就到南方去了，走的时候跟王天河招呼也没打，跟着邻村的几个小姐妹悄悄地走了。苏静离开后王天河挺失落的，整天想着和苏静在一起的时光，白天想晚上想，开车的时候也想，结果出了大事，他把车开到沟里边去了，车报废了不说，人还在病床上躺了一个多月，把过去挣的那点儿钱全交给了医院。

　　王天河出院后，到县城里干了几个月保安，然后也跑到南方，来到苏静所在的那个城市。

　　王天河曾说过，苏静把他这辈子都毁了。

　　王天河到这个城市后，曾有过进派出所的经历。

　　根据大沽路派出所的记录，在1月12日晚上，王天河在清凉路夜市的烤肉摊用酒瓶把人脑袋砸伤了。

　　那天晚上，王天河和几个老乡到烤肉摊喝啤酒，话题不知道怎么就绕到了苏静身上。一个老乡说，前几天看见苏小红从一家发廊出来，打扮得挺洋气。王天河问，是什么发廊？老乡说，人家都改名叫苏静了，你能怎么样？王天河暴怒，骂道，去他妈的苏小红，去他妈的苏静。老乡嘿嘿笑，说你还是忘不了这个女人吧，如果不是苏静，你现在孩子可能都满地跑了。这句话打到了王天河的痛处。王天河提高了声音，又说了一句去他妈的苏静吧。老乡见他喝高了有些激动，就劝，过去的事就算了吧，世界上又不是只有苏静一个女人。王天河把啤酒杯重重放到桌子上，把声音又提高了几度，说去他妈的苏静。

　　隔壁桌上一群男女中正好有个叫苏静的女人，听见那个陌生男人反复骂"苏静"，就有些不乐意了，质问说你骂谁。这样双方就接上火了，王天河用啤酒瓶把对方一个胖子脑袋砸破，他身上也挨了一砖。

根据派出所的笔录，王天河说到这个城市以后，本来还是想干保安，可这个地方的保安大都招的是本地人，政府要求优先安排下岗工人，后来碰到个老乡，老乡说，跟着我收旧家具吧，现在到处盖楼，搬新居的人一般都要换家具，把这些淘汰的家具运到农村，可以倒个差价。于是，王天河就干上了收旧家具的活儿。派出所警察问他为什么用酒瓶砸人脑袋，他说就感觉活得窝囊，又被对方刺激，没控制住就爆发了。

王天河因为打架蹲了几天拘留所，出来后给一位姓周的老乡说了真话，他说他之所以跑到这个地方干收旧家具的活儿，是为了能找到苏小红，报复这个女人。老乡说城市这么大，苏小红又改名了，你能找到吗？王天河冷笑，说只要下功夫，没有办不到的事。

周老乡告诉警察，这个人心眼小，报复心是非常重的。

大约是在两个月前，王天河开始出现在截止路上的白玫瑰发廊附近。

王天河不做头发，到发廊是为了寻找苏静。

白玫瑰发廊里的一个叫小红的洗发妹提供了个情况：有一天晚上，有个叫李莎的女人来洗头，李莎是发廊的固定客人，跟店里的人很熟，这天她洗完头以后没走，坐在椅子上边喝水边翻一本发型杂志。当时店里的客人不多，小红就坐在旁边有一搭没一搭地跟李莎说话，说着话她就发现外面一个民工打扮的男人隔着玻璃往里看，眼睛直愣愣的，怪吓人。小红出去让这人离开，这个男人说滚你妈的，瞪着眼睛挺吓人的。后来小红要打"110"，这人才离开了。小红以为男人是看李莎，就把这事给李莎说，李莎有些茫然说，是个神经病吧。

马中一取出了王天河的照片。小红叫了起来，说就是这个男人。

王天河为什么盯着李莎看？李莎和王天河有什么关系？

见到李莎，马中一才恍然大悟，李莎虽然不认识苏静，但俩人长得很像。

王天河一定误认李莎是苏静。

更巧的是，苏静也是这家发廊的常客。

马中一问小红："后来这个男人还来过吗？"

小红想了想说："没太注意，反正再没有隔着玻璃往里看了。"

王天河一定是从这家发廊发现苏静，然后跟踪，直到她的住处。

马中一判断，王天河在案发前和苏静见过面谈过话，按现在的状况，苏静根本不可能和王天河重温旧情，于是王天河动了杀机。

12

王天河6月18日作案后会不会离开这个城市回老家了？

专案组联系X县警方，请他们协助缉拿王天河。

X县公安局回电，没有发现王天河的踪迹。

王天河的老乡任志杰反映了一个情况：6月20日晚上他接到个电话，号码挺陌生的，他以为是推销房地产的电话，但接通以后是王天河的声音。他问王天河在哪儿，怎么这几天没回来住。王天河说他在外地办事，然后问最近没发生什么事吧。任志杰说能发生什么事，屁事都没有。王天河问，你没苏静的消息吧？他想和王天河开个玩笑，就说，有呀，昨天还在医院碰到过。电话听筒里半天没声音，任志杰说喂喂喂……王天河把电话挂了。

根据电话号码，王天河打给任志杰的电话是在城北的一个公用电话亭。

苏静住处的一个老太太也提供了个情况：6月21日傍晚，她坐在小区门口纳凉，一个穿黑短袖T恤外地口音的男人凑到她跟前说想租房，问院子里的治安好不好。老太太说好呀。男人又问，听说前两天有个女人被杀了。老太太这下警惕了，觉得这个男人挺可疑，好好的打听这事干什么？老太太说，我怎么不知道杀人的事，你是从哪里听说的？男人支支吾吾，然后走了。

老太太指着王天河的照片说："就是这个男人。"

隔了一天，老太太在院子门口又见到了这个男人，他看见老太太，马上转身穿过马路走了。

13

专案组在会议室的桌子上铺了张市区地图，几个脑袋凑在地图上方研究。

王天河20日给老乡打电话，21日到苏静住的小区门口转悠，说明他并没有离开这个城市。

他为什么没离开这个城市？因为他不知道苏静到底死没死。

他给任志杰打电话的目的是想探听一下警察有没有来调查过他，没想到得到"在医院里碰到苏静"这个让他大吃一惊的消息。在给任志杰打电话的第二天，王天河出现在苏静住所附近，这说明他对任志杰的话半信半疑，所以要亲自证实。

王天河探听苏静的消息，但被警惕性很高的老太太吓跑了。

种种迹象证明，王天河没离开这个城市。

他在哪儿藏身呢？

有人提议在全市排查。

马中一反对这种耗费大量警力的拉网式排查做法，在这个上千万人口的大城市里，王天河可藏身的地方很多，正规旅馆他一定不敢去，但他可以藏身在没有注册过的私人家庭旅馆。再说现在天热了，桥梁涵洞、废弃厂房、街边公园都是他可以藏身的地方。要清查这些地方，必须动用大规模警力，费时费力，但效果不一定好。

必须找到一个最佳的抓捕方案。

马中一把头靠在椅背上,闭着眼睛,睡着了的样子。他很想把脚跷上桌面,但现在是开会,这种场合跷脚就太不雅观了,再说了,袜子还破了个洞呢。

老吴说:"马中一你干什么呢?"

马中一睁开眼睛,坐直了身体,说:"我在想,王天河下一步会干什么?"

老吴说:"你认为他会干什么?"

马中一说:"按这个人的性格,会亲自证实苏静的死活。"

马中一的推断是这样的:王天河从电话中得到苏静在医院看病的消息后,半信半疑。本来他行凶后就准备离开了,但老乡顺口一个"苏静在医院"的玩笑把他的腿绊住了。此人的疑心重,报复心也很强,到这个城市的目的是毁掉苏静,在没达到目的前不肯离开这个城市。

王天河要证实苏静死活只能到两个地方:一个是苏静家里,另外一个地方是苏静经常做发型的白玫瑰发廊。

14

李莎在写字楼上班,听说是协助警察抓捕凶手,有些为难,说不知道老板同不同意她放下工作离开。

警察找到李莎的老板,说是要借用他的员工协助破案。老板哪里敢拒绝警察的要求,马上就让李莎放下手上的工作去配合警察。

李莎的身高胖瘦和苏静相仿,警察为她挑了套苏静经常穿的服装,又让她做了和苏静一样的发型。这样隔着玻璃往房间里看,不太熟的人还真会把她当成苏静呢。

专案组安排李莎坐在发廊里,等候王天河上钩。

另外在苏静的住处，安排了几名刑警，其中有个身材和发型跟苏静相仿的女警察，站在阳台上，让她扮苏静引王天河上钩。

第一天，没有情况。

第二天，还是没有情况。

第三天下午，王天河出现了。

王天河穿了一件黑T恤，下边是一条灰色有点儿皱的休闲布裤子，戴了顶帆布遮阳帽，从人行道上慢慢地晃到了发廊。他透过玻璃往发廊里看了一眼，又看了一眼，神色大变。他把脸贴到玻璃上，等他发现坐在椅子上的女人不是苏静，醒悟到其中有诈，想撒腿跑掉的时候，已经晚了，几个便衣警察已经贴到了他的身后，他一动不能动了。

15

王天河否认自己犯了罪。

他坐在审讯室的椅子上，说："法律没规定不准人趴在发廊的窗子上往里看吧，又不是女澡堂子。"

马中一说："你要真的是偷看女澡堂子也不会把你带到这里来了。"

王天河脖子一扭说："反正我没犯法。"

马中一说："那你说说星期天早上的活动情况。"

王天河想了想，说："早上起来比较晚，到小摊上吃了碗馄饨才出去干活儿，时间是9点多了，在几个居民小区转了转，没收到什么家具。"

马中一问："你吃馄饨的时间是早上8点而不是你说的9点，你买馄饨的时候说没零钱少给了人家三角钱，还说让人家少给你几个馄饨，所以卖馄饨的老板对你的印象特别深。"

王天河说："就算我把时间记错这也算不了什么。"

马中一摇头，说："你记错的不光是时间，我给你提个醒吧，你吃馄饨的时候到旁边的菜摊上买了根黄瓜，但你只吃了一半，那一半你插到了苏静的下身里。你为什么要这样做呢？是不是用这种方法来惩罚苏静对你的不忠？"

王天河脸色一变，说："你没证据。"

马中一冷笑："你以为把黄瓜洗了没指纹我们就没证据？你到苏静家以前为了确认她是不是在家，用院子门口小卖部的公用电话给她家打了个电话，她接电话的时候你就把电话挂了。"

王天河冒汗了。

马中一说："你那么聪明，为什么不把话筒上的指纹擦掉呢？"

王天河叫了起来："就算是话筒上有我的指纹，那也不能证明我到过她家里，我是打了电话，但没上去。"

马中一继续逼近："你以为戴着手套就保证不会有痕迹了？"

王天河说："什么手套痕迹？我不明白你是什么意思，警察也不能制造冤案陷害无辜公民吧。"

马中一不慌不忙，说："你打完电话，确定苏静在家，然后上楼，苏静房间的门没关，你对苏静说，再谈最后一次，以后就不纠缠了，就在她倒水的时候，你把绳子套在了她的脖子上。"

王天河注视着面前的警官："这些都是你编的。"

马中一说："别急，我还没说完，你离开苏静家，下楼后顺手把绳子扔到路边的垃圾桶里，正好一位老先生路过，发现这根绳子挺结实，就拣出来拿回家了。"

王天河说："我根本就不知道什么绳子不绳子。"

马中一说："但是，在这根绳子上找到了你的指纹和苏静的头发，这你怎么解释呢？"

王天河瞠目结舌，沉默了片刻，说："让我喝杯水吧。"他喝了一大杯水，然后把什么都招了。

王天河是在白玫瑰发廊发现苏静，通过跟踪知道了她的住处。

半个月前，王天河曾在苏静住的院子门口截到过她，他要求苏静跟她走，苏静拒绝了，还威胁说要打"110"报警，就是那次见面让他对苏静死了心。王天河非常愤怒，他认为自己为苏静牺牲了一切，现在这个女人把他一脚踢开，天理难容。就在那时候，他下了决心，自己得不到的东西，别人也休想得到。

王天河6月18日早晨到苏静家，临进门把手套戴上了，如果苏静稍微有点儿警惕，就会发现其中的异常。王天河进到房间里，苏静看到王天河非常吃惊，王天河要求苏静给他倒杯水，王天河说，再怎么样，一口水总要给喝吧。就在苏静转身倒水的时候，他动手把苏静勒死了。

王天河说，他是因为太爱苏静，才不得已把她杀了。

16

半年后，王天河被执行死刑。在行刑的前一天，王天河要求见马中一。马中一到看守所，提了半只烤鸭，也算是给曾经的对手送行。王天河对马中一说："哥，虽然是你把我抓住的，但我佩服你，你把我的心思都摸透了。"

马中一说："事到如今，你不后悔吗？"

王天河说："杀那个女人我一点儿不后悔，她毁了我，我也毁了她，俩人扯平了。"

那个美专毕业生赵光明虽然解除了嫌疑，但女朋友李淑梅还是和他分手了，赵光明想要回给李淑梅花的钱，李淑梅说，你摸了我，还没问你要被摸损失费呢。赵光明一怒之下，离开了这个城市，回老家自主创业了。

至于李天乐，因为这个案子，老婆离婚，本人又被公司辞退，美好前程毁于一旦，想不开，进了精神病院，现在还在里面，听说有好转，但什么时候出院，那就说不准了。

非杀人的杀人

范晋川

1

马解放的房间里飘出很难闻的味道,顾汉江敲门,里面没动静。

这是顾汉江第二次敲马解放的门了。天气闷热,他觉得身上发黏,非常不舒服,但更让他不舒服的是房间里飘出的那股味儿,他不知道这是种什么气味。从昨天开始他在楼道里就闻到了这股味儿,开始他以为是哪个角落里的死老鼠腐烂了,找来找去,发现源头在马解放的房间里。

马解放是单身男人,顾汉江搬来后总共和这个男人打了三次照面,没说过话,仅点头而已。他印象最深的是,这个60多岁的男人不管天再热脑袋上总是扣一顶棒球帽。

他住在马解放家左侧,右侧是没人住的空房。

这栋楼是20世纪70年代修建的,共五层。最早是某公司的职工宿舍,后来改成家属楼。他住在第四层,从楼梯上去,一条走廊把各家连接在一起。站在走廊上,可以看到楼下的街道和行人,也算是观风景的地方吧。

他是半年前来到这座城市的,应聘到一家报社当夜班编辑。初来乍到,总要有个落脚点,这个房间虽然不怎么样,但价格便宜，而且距上班地方不远，所以他还是很满意的。

此刻他有些不安，不知道马解放家的什么东西发出这么难闻的味道。

他下楼，找收废旧物品兼做这栋楼的守门人赵光元。赵光元也有些奇怪，说有些天没见马解放下楼了。

赵光元把放在走廊里的一个木板箱搬到马解放的房间门口，站上去，把脸凑到门框上的玻璃窗往里看。玻璃上虽然贴着报纸，但透过缝隙仍然能看到房间里的情况。

顾汉江问他看到什么了，赵光元没说话，过了片刻，跳下来，脸色有些变，说话也有些结巴。

"地上躺了个人。"他说。

此时的时间是8月29日上午11点26分。

2

马解放住的407室，面积19平方米，本是一间房，加了堵墙，改造出一个5平方米的客厅。

客厅摆了张折叠桌，两把折叠椅。桌上放了包打开口的油炸花生和一个空啤酒瓶，酒瓶旁有两个玻璃杯，里面有啤酒残液。杯子旁边是一盒开口的红双喜香烟，里面还有16根烟。烟灰缸是个空铁皮盒，里面有3根烟蒂，其中两根是"红双喜"，一根是"白沙"。

马解放的尸体在卧室门口，头朝门的方向趴在地上，上身穿了件白色圆领汗衫，下身赤裸，身体旁边有血迹。

尸检报告上说明马解放的死因是被锐器扎到心脏部位，死亡时间是8月26日夜里10点左右。

现场没有发现凶器。

靠墙放着一张双人床，床上铺着凉席。床头并排放了两个枕头，枕套是新的，上面发现了三根长发。

在枕头下放了个电量耗尽的手机，充电后警察把手机打开，在里面发现了10多张女人躺在床上的裸体照片，照片上的女人30多岁，体态偏瘦。

现场情况表明，马解放的死亡原因是他杀。

407室门锁完好，因此熟人作案的可能性比较大。而折叠桌上放的空啤酒瓶和玻璃杯，说明就在他遇害前家里有客人，马解放用啤酒招待来客。

空铁皮盒里有两种烟蒂，马解放抽的烟是"红双喜"，"白沙"烟蒂是来访者留下的。

后来顾汉江在采访这起案子时，专案组的警察告诉他，就是通过"白沙"烟蒂找到了犯罪嫌疑人。

3

五天后，马解放被害案破获了。报上登的消息称，凶手是个叫刘玉兰的女人。

五年前，刘玉兰和丈夫冯伟林离开老家，南下到这座城市打工。初来乍到，人生地不熟，很难找到合适工作。冯伟林开始在一家汽车修理厂帮工，因和老板发生冲突被辞退，后来到一家打印社干了两个月，最后在街头摆了个摊儿修理自行车。刘玉兰在一家餐厅当服务员，后来在一个楼盘的物业管理公司当保洁员。两年前，冯伟林喝多了酒，驾驶电瓶车在城北的白莲泾河堤行驶时，碰到一个叫李根平的男子，两人发生冲突，李根平把冯伟林推到河里淹死了。丈夫死后，刘玉兰认识了65岁的马解放，两人很快发展成情人关系。8月26日，马解放因欠债无法偿还，因此要求刘玉兰以陪睡方式抵债，两人在争执时刘玉兰用水果刀将马解放刺死。

虽然案情明了,但顾汉江不明白,马解放和刘玉兰年龄相差 30 岁,没钱,人也猥琐,她怎么会喜欢这个男人?

他想采访这个案子。

总编室主任是个 45 岁的女性,叫赵雅芳。她说你是夜班编辑,没有采访任务。

"如果不影响工作呢?"他想好了,上班时间是下午 4 点到凌晨 2 点,少睡一会儿,中午时间就可以利用。

"为什么对这个案子感兴趣,是因为受害人住在你隔壁房间吗?"

"也可以这么说吧。"

赵雅芳叹了口气:"好吧,但绝对不能影响工作。"

他转身离开主任办公室的时候,赵雅芳冲着他背影说:"不要给报社惹麻烦啊。"

4

由于顾汉江所在的媒体影响比较大,所以在采访过程中办案单位都乐意配合。

负责审讯刘玉兰的是女刑警李冰,她说刘玉兰被带进审讯室的时候显得很平静,似乎早就料到会有这一天。她规规矩矩地坐在李冰对面的椅子上,双手放在膝盖上。这是个面目清秀的女人,如果打扮一下,会吸引不少男人目光。

审讯以程式化的程序开始。

"姓名?"

"刘玉兰。"

"年龄?"

"35 岁。"

"文化程度?"

"中专。"

"什么时候到这个城市的?"

"五年前。"

五年前刘玉兰在北方一个不算大的县城当幼儿园教师,而丈夫是县机械厂的技术员。她不想一辈子待在这个县城,于是把三岁儿子放在母亲家,南下到了这个靠海的城市。

他们在火车上时,脑子里全是对未来的美好憧憬,但下了火车,发现事情并不像想象中的那么简单。他们搬了三次家,一次比一次差。最后在广仁新村5号找了一个一室的小套间。房间很简陋,不少地方的墙皮都脱落了,几件家具也是20世纪80年代的款式。用的空调是现在几乎很少见到的窗式机,还是冯伟林从旧货市场淘来的,修理了一下凑合能用,虽然开机后震动声堪比拖拉机,但夏天至少能给闷热的房间带来少许清凉。

"你和马解放是什么时候认识的?"

她看着脚下的地板,沉默了片刻,说:"三年前。"

"你丈夫出事前吗?"

"是。"

马解放经常到刘玉兰打工的餐厅吃饭,有一天他给了她一个偏方,说你脸色很差,这个方子能补血,也许对你有好处。尽管她没用这个偏方,但对马解放有了好感。后来丈夫出事,她就和马解放好上了,两人发生了肉体关系。根据刘玉兰的说法,直到这时,才发现这个男人的猥琐和阴暗。

马解放说有钱,实际上负债累累。他以前在公交公司工作,但很早就停薪留职,先后和朋友合伙开过茶社,卖过服装,又借债炒股,指望一夜暴富,最后亏损严重,妻子和他离婚,他的生活来源只有退休金。

"8月26日发生了什么事?"

刘玉兰的眼光越过李冰的头顶,望着墙壁,嘴里说:"8月26日……"

5

8月26日下午,马解放给刘玉兰打电话,说你晚上来一趟。

刘玉兰说,马解放在电话里没说有什么事,她问了一句,马解放生气了,说让你来你就来,问那么多干什么。

刘玉兰说她是晚上7点到马解放的住处。马解放和一个50多岁男人喝啤酒,男人的目光让她非常不舒服。男人对马解放点头,说:"还行吧。"

马解放对刘玉兰说,这位是刘哥,你要把他招呼好。

她身体僵硬,让她最担心的事情还是发生了。

三天前,马解放告诉刘玉兰,说欠了别人一笔钱,让她帮个小忙。

开始刘玉兰不明白他的意思,说:"我没钱。"马解放说:"你的身体不是钱吗?"

她大吃一惊。

马解放说:"你又不是没和男人睡过觉,别把自己当黄花闺女。"

她没答应,她想也许马解放是说着玩,但马解放还是把人领来了。

马解放走出房间,拉上门。她听见走廊里有人和马解放打招呼,说老马,怎么蹲在门口抽烟。马解放说,外面空气好,凉快。

男人走到刘玉兰跟前,伸手捏她的乳房。她身子往后缩,男人声明:"老马都跟我讲好了。"

她脑子很乱,不明白男人在说什么。有片刻工夫,刘玉兰放弃抵抗了,任由男人把她抱到床上。男人解开她的衣服,嘴在她身体上乱拱。她身体麻木,仿佛是别人的。那只手伸到她裤子里,她腹部一阵痉挛,像一条蛇钻了进去。男人手忙脚乱脱衣服,肥胖的腰身像围了一个橡皮圈,她想吐。她眼睛盯着天花板,但愿早点儿结束。不知为什么，忽然有种饥饿感。天花板上有一团发黄的水渍，水渍开始活动，向四周扩散，最后变成了一张人脸，对着她狞笑。她惊叫一声，把脚蹬了出去。

一个沉重的东西滚到地板上，男人抱着小腹："妈的，你想谋财害命呀？"

刘玉兰在天花板上看到谁的脸？

李冰告诉顾汉江，按照刘玉兰的说法，她看到了死去丈夫的脸。

那天晚上男人被蹬下床后，骂骂咧咧地出去了。马解放冲进房间，抓着头发把她拖到地板上，她拼命挣扎。马解放一拳打到她头上，她眼前一黑，什么都不知道了。

她醒过来的时候，发现自己赤身裸体地躺在床上，下身痛得厉害。她想起这些日子所受的屈辱，眼泪流了下来。马解放在她旁边呼呼大睡，她恨这个男人。她说当时也不知道为什么，抓起个枕头就捂到他脸上。

马解放醒过来，挣扎着把她踹到地板上，说："你还想杀人呀？"

她惊恐万分，想往门外跑。马解放从床上跳下来。情急之中，她抓起门边柜子上的水果刀，朝马解放的身上，刺去。

根据尸体检验报告，马解放一共中了三刀，其中一刀刺中要害。

刘玉兰拉开门想逃出去，发现没穿衣服，于是又回到卧室，穿上衣服后离开。

那把作为凶器的水果刀被她扔到白莲泾河道中了。

她回到住处的路线并不经过白莲泾，为什么要特意绕过去扔水果刀？

刘玉兰的回答是她也不知道为什么，说完忽然歇斯底里地大哭起来。

6

顾汉江坐在咖啡馆靠窗的位置上,可以清楚地看到外面街道。他凌晨下班,回到住处,睡了不到三个小时就醒了。

他睡不着。

已经是立秋了,但天气依然很热。

为了驱赶困意,他喝了两杯咖啡。透过玻璃,可以看到对面的医院大门。

刘玉兰出事前就在这家医院的内科病房当护工。内科病房的护士长叫赵菊梅,一个圆脸的中年女人。

他让赵菊梅看记者证,希望能了解刘玉兰在这里工作时的情况。

赵菊梅说,她杀人和我们医院没任何关系呀。

他解释,是想了解这起案子的有关材料,不会牵扯到医院的。

赵菊梅说:"你们这些记者为什么对阴暗面那么感兴趣?为什么不采访点儿正能量的东西?比如说医护人员为解除患者痛苦所付出的劳动。"

"那是一定要写的。"他说,"但刘玉兰也要写,对社会有警示作用。"

赵菊梅口气缓和了下来,说她现在上班,不方便,有什么事中午休息时再谈吧。

谈话地点定在医院对面的咖啡馆。

手机屏幕上显示时间是 12 点 50 分,他正担心她不会来的时候,她出现了。

她穿了身灰色套裙,坐在他对面,说病房事情多,只能给你 15 分钟。

他问:"咖啡还是果汁?"

这两样她都拒绝了，要了杯柠檬水。

她问："你想了解什么？"

他想了解刘玉兰是什么时候到医院当护工的。

赵菊梅说，她是在表妹于凤凰家认识刘玉兰的，发现这个女人很勤快。

刘玉兰在于凤凰家当保姆。于凤凰的母亲年龄大了，需要人照顾，职业介绍所推荐刘玉兰。后来于凤凰的母亲到养老院，于凤凰就把刘玉兰推荐给表姐。正好医院需要护工，护理部同意后，刘玉兰就到内科病房上班了。刘玉兰每天除了照顾重症病人，保证病房卫生整洁，还要随时完成值班护士安排的任务。

刘玉兰在医院工作了三个月，就出事了。

"其实就算她没出事犯法，医院也不准备留她了。"

"为什么？"

赵菊梅说："人虽然勤快，手脚也麻利，但这里好像受过刺激。"她用手点了点额头。

刘玉兰的上班时间是晚上 10 点到清晨 6 点。凌晨 1 点到 4 点，病房里相对清闲，如果没有危重病人，还可以坐在"护士办"旁边的椅子上休息，但这要看是哪位护士值班了。

这天凌晨刘玉兰正想坐下来歇歇，值班的马护士让她到配送站推两瓶氧气到病房。

马护士脾气不好，和病人说话时脸上没有笑容。刘玉兰不明白为什么让她推氧气，配送站有工人。马护士说，配送站工人忙不过来，让自己取。但为什么两瓶氧气？病房吸氧病人只有一个，还有半瓶氧气，足够到天亮。

但马护士坚持要刘玉兰推两瓶氧气。

马护士本来想介绍亲属来当护工，但名额被刘玉兰顶了，所以就不满意，处处为难她。

刘玉兰把氧气瓶推到病区走廊，汗水把衣服浸透了。接下来她的工作是给每个病床前的暖水瓶灌满水，由于这个病区试行无家属陪床护理制度，因此护工的工作量增加了不少。

刘玉兰忙完，天也亮了。

马护士说，她到病房给病人量血压，看到刘玉兰进到洗手间，几分钟后，就听见洗手间里传出的号叫。

号叫的是18床的刘疯子。

刘疯子是18床患者的绰号，刘疯子因胆囊炎住院，已基本恢复。刘疯子不守病房规矩，穿个裤头在病房晃来晃去。每次碰见他，赵菊梅都说："你把病号服穿上嘛。"刘疯子说："太热。"病房里有空调，哪来的热呀？

那天马护士听见叫声，到洗手间，看见刘疯子满头满脸的水，冲刘玉兰狂叫："你神经病啊。"

按刘疯子的说法，他早晨起来到洗手间，进门刘玉兰就用水泼他。

刘玉兰说，她在洗手间的水龙头下洗手，忽然从镜子里看到了一张男人的水淋淋的脸，接着一只手从背后伸过来抓她的乳房，她惊叫一声，转过身把脸盆里的水泼了出去。

当时洗手间就他们两人，因此无法判断谁说了假话。

赵菊梅分析，她比较相信刘玉兰。刘疯子这人见女人就色眯眯，女护士弯腰打针的时候，他就伸着脖子往人家衣领里看，不少护士都抱怨过。一位姓马的女护工也找她投诉，说在打扫男厕所的时候，刘疯子故意进去解手，还做出抚摸生殖器的动作。

刘疯子躺在病床上哼哼，说护工对他采取暴力手段，为了息事宁人，医院护理部要求解雇刘玉兰。

赵菊梅说："还没跟她谈，就出事了。"

顾汉江不明白，当时刘玉兰在镜子里看到了谁的脸。

赵菊梅说，还能是谁的脸，当然是刘疯子的脸啦。她站起来，说："抱歉，我得走了。"

他看着她背影。李冰曾告诉他，说刘玉兰交代，那个男人把她压在床上时，她从天花板上的水渍里看到了男人的脸，难道也是刘疯子的脸吗？他不相信。

如果不是刘疯子的脸，那又是谁的脸？

7

百事通职业介绍所的所长叫刘秀芬。刘秀芬在电话里听说顾汉江要来采访，很爽快地答应了。

刘秀芬人到中年，圆脸，看上去挺和蔼的。

她说刘玉兰确实曾到这里来找工作，她同情这个失去丈夫的女人，正好江阳路8号有个叫王三妹的女人找保姆，她就介绍刘玉兰和王三妹见面。王三妹上下打量刘玉兰，最后说："行，就是这个女人了。"

王三妹住的是联排别墅，王三妹的丈夫经营一家制衣厂，满世界跑着推销产品，王三妹在家当全职太太。开始刘玉兰把王三妹叫"大姐"，王三妹不高兴，让刘玉兰把她叫"太太"。她交代，刘玉兰的工作除了服侍瘫在床上的老太太，还要打扫房间，并要负责一家人的早中晚三餐。

说是一家人，其实就是老太太一个人，男主人很少在家露面，而女主人每天不是逛街就是到外面和小姐妹打牌，基本上不回家吃饭。

躺在床上的周老太脾气不好，两年前中风，当时她在家看碟片《朝阳沟》，周老太是河南人，年轻时在一家县剧团当演员，在《朝阳沟》里当过女B角，她看见银环出现在屏幕上，一激动，结果中风了。她认为中风是儿媳妇害的，因为这张碟片是儿媳妇拿回来让她看的。"她成心。"周老太说，"她知道我血压高，不能激动。"

每次王三妹出门，周老太拍着床铺骂，说这个小婊子又出去浪了。

刘玉兰打扫别墅卫生，要给周老太按摩，还要把她推到院子里呼吸新鲜空气，还必须听周老太无休止的抱怨。周老太说，我花钱雇了你，偷懒可不行。刘玉兰反复拖地板，周老太还说不干净，说地上脏，能闻见一股土腥味。周老太一遍又一遍让刘玉兰把她抱到卫生间解手，尽管什么都解不出来。

刘秀芬说，她给这家人介绍了不下十个保姆，都被周老太折腾走了。

周老太脾气古怪，经常半夜把睡在她床边折叠床上的刘玉兰叫醒，坚持说房间里进来个大胡子男人，是从窗子里翻进来的，在房间里走来走去，还抽烟，是那种味儿很冲的卷烟。

"把他赶出去，"周老太缩在床上，指着墙角尖叫，"快打110，叫警察。"

房间里除了她们俩，没有其他人。

为了让周老太安静下来，刘玉兰做出把人往外赶的动作。

有时候，周老太说老鼠钻进她的被子里，当然，被子里什么都没有，但刘玉兰必须做出抓的动作。周老太说无数个跳蚤在床上蹦来蹦去，要求把床上所有东西都拿出去洗，而且要消毒，尽管床单被套才换上两天。刘玉兰动作稍慢一点儿，她就厉声斥责，说刘玉兰和她儿媳妇勾结在一起，想夺她的性命。

周老太也有清醒的时候，每逢这种时候，她就靠在枕垫上，说年轻时的经历。她说丈夫是个很英俊的男人，他们一起去过很多地方。他们到峨眉山，她走不动了，丈夫就背她。周老太说到这里像小女孩儿一样，脸上露出害羞的表情。他们还在一起听音乐会，还看芭蕾舞《天鹅湖》，那时候这个城市第一次来外国剧团，票很难买，很多男人都拿着望远镜，专门看女演员的大长腿。

她讲得很认真，刘玉兰似乎看到一个娇小的女人依偎在丈夫身边看演出的情景。

周老太有时会说起儿子的前妻。她儿子前妻是一家企业的会计。有一天这个女人来看周老太,这是个身体开始发胖的女人,来了后就在房间走来走去,似乎在捕捉她竞争对手的信息。她反复盘问刘玉兰,包括继任者每天离开家的时间,晚上都给谁打电话,说了什么。刘玉兰摇头,说什么都不知道。女人很恼火,盯着刘玉兰半天没说话,最后说:"你是保姆,当然什么都不知道。"

刘玉兰在周老太家当了三个月保姆,有一天,王三妹给刘秀芬打电话,要求换保姆。

刘秀芬说,她当时很惊讶,问王三妹为什么。

王三妹的回答是,刘玉兰往家里带男人。

王三妹说昨天下午她回家,看见一个穿牛仔裤的老男人在院子里跟刘玉兰说话。这个男人60多岁,裤子脏兮兮的。她听见刘玉兰对这个男人说:"钱不是已经给你了吗?"刘玉兰看见王三妹,就有些慌,把男人打发走,告诉王三妹,说这男人是她亲属。

王三妹在电话里说:"她撒谎呢。"

刘玉兰被辞退了,刘秀芬又把她介绍给一位叫于凤凰的客户,听说她在这家干的时间不长就去医院当了护工。

刘秀芬说,当听到刘玉兰杀人的消息时,根本就不信,在她印象中,这是个很本分也很胆小的女人,怎么可能杀人?

一定是警察搞错了。

她对顾汉江说:"你是警察,要替她洗冤呀。"

8

顾汉江回到住处,路过马解放的房间时,他停了停。马解放被杀后,他前妻到这里来过,是来看房子的。马解放不在了,他儿子继承了房产,委托他妈妈把房子卖掉。她告诉顾汉江,如果想要的话,可以打电话,价格优惠。

顾汉江暂时没买房的打算,他还没有女朋友。他想,就算要买房,也不能买这间呀,房里死过人,是凶宅。

楼下住户说,晚上听见马解放的房间里有人走动。他不相信这类诡异的传说,不过站在马解放的房间门口,总有一种寒气逼人的感觉。

回到自己的房间,中午12点,他从冰箱里取出切片面包,抹上果酱算是一顿午餐。

把最后一口面包咽进肚子里,躺在床上,他想打个盹儿,但没一点儿睡意。

采访了这么些人,他还是没明白,刘玉兰是怎么和马解放搞在一起的,两人没任何共同之处。在审讯的时候,刘玉兰说,她是在餐馆当服务员的时候认识马解放的。

刘玉兰刚到这个城市的时候,在一家川菜馆当服务员。他和马解放的前妻聊过,马的前妻说,这个人脾气坏,有一次在烧菜时放了辣子,结果他把盘子都摔了。"他从小就不吃辣,但也不至于摔盘子啊。"

刘玉兰当服务员的那家川菜馆以麻辣出名,马解放怎么可能去吃呢?!

刘玉兰为什么要撒谎?

刘玉兰在周老太家当保姆,周老太的儿媳王三妹看见她和一个穿牛仔裤的老男人在院子里说话,看见王三妹,有些慌张。

他翻身坐起,离上班还有段时间,他想利用这个空当见见王三妹。

王三妹是从棋牌室叫出来的,显得很不耐烦。她说:"你是谁呀?我不认识你。"

顾汉江说他是记者,想了解刘玉兰在她家当保姆时的情况。

王三妹表情夸张,说哎呀呀,吓死人了,把个杀人犯请到家里当保姆。

"这个女人看上去老实,其实一点儿也不老实,有点儿姿色吧,就勾引男人。"她说刘玉兰勾引男人的证据就是在家门口看见刘玉兰和一个老男人拉拉扯扯。老男人说,就算你跑到天涯海角也能找到你。王三妹说:"瞧瞧,肯定骗老男人的钱了,要不然怎么会天涯海角地追?"

他拿出马解放的照片让王三妹看,王三妹拍了下手说:"就是这个男人呀。"

刘玉兰当保姆,难道是为了躲马解放?

她为什么要躲马解放?

9

威化路距离市中心有七公里的距离,在这个城市属于发展比较差的地区,居住者以外来打工者和个体生意人为主。

已经进入秋天,白天越来越短了,刚过下午6点,天就暗了下来。顾汉江下了公交车,穿过十字路口,拐弯进入一条狭窄的街道,往前走不远就可以看到一栋小楼,赵良安在小楼底层开了家水果店。

赵良安和刘玉兰的丈夫冯伟林以前在一个厂,冯伟林是技术员,赵良安是钳工,后来都到这个城市。赵良安开始摆摊卖菜,后来租了间门面房开水果店。

顾汉江来以前和赵良安联系过,赵良安说:"那你晚上来吧。"正好顾汉江调休,晚上有时间。

赵良安个子不高,黑瘦,把顾汉江的名片拿在手里瞄了一眼,说:"你上午给我打过电话。"他把女人从套间里叫出来,吩咐给客人倒水。

顾汉江说:"你和冯伟林夫妇很熟吧?"

"老乡嘛。"他说,"在一个院子住过,邻居。"

赵良安说他们所在的那个县城不大,彼此都认识,刘玉兰当时是县政府幼儿园的老师,漂亮,是县城一枝花。刘玉兰的父亲是公务员,家里条件好,追她的人蛮多的,后来嫁给了冯伟林。

冯伟林在老家也是个人尖子,大专毕业后就到县里最大的机械厂当技术员。

他们为什么要离开老家?厂子效益差是个原因,他们夫妻俩心气高,不愿在这个小县城终老,想到外面寻求更大的发展。

冯伟林夫妇出来后,才发现外面并不是他们想的那么美好。

他们找不到合适的工作。刘玉兰给幼儿园递简历,公办去不了,民营的总可以吧,但简历投出去后就石沉大海了,眼看带出来的钱快花光了,无奈之中,到餐厅当服务员。至于冯伟林,工作就更难找了,连着换了几个地方,这人心高气傲,受不了老板的气,最后干脆摆摊修自行车。他说这活儿自由,不用看别人脸色。

"但你得看城管脸色啊。"赵良安说。

赵良安曾劝他们,不行就回去吧,冯伟林说,混成这样怎么有脸回去?工作不好找,老家又不愿回,冯伟林心里郁闷,染上了酒瘾,脾气也越来越坏。

赵良安说,有一天深夜听见外面有人敲门,打开门后,外面是刘玉兰,他非常惊讶,因为刘玉兰披头散发,脸上还有伤。

他把刘玉兰让到房间里,又把妻子叫起来,然后让刘玉兰不要急,有什么事慢慢说。

刘玉兰说冯伟林打他了。

冯伟林对刘玉兰施家暴,赵良安调解过不止一次,每次冯伟林都保证,绝对不会有第二次,但过些日子就旧病复发了。

刘玉兰说她下午回家发现藏在枕套里的600元钱不见了,这是她从牙缝中抠出来准备寄回家的,一定是丈夫拿走买酒喝了。

冯伟林半夜回家，她问了一句，冯伟林就破口大骂，说被她害惨了，放着好日子不过，跑到这里受罪，边骂边从门后操起拖把抡在她身上。

她说着眼泪就流下来了。

她虽然生长在小城里，但家境好，又是独女，从小被父母溺爱，根本想不到有一天会过这种生活。

赵良安说，那天晚上，刘玉兰是在他家里睡的。

第二天刘玉兰就回家了，刘玉兰说，不管怎么样，那毕竟是家，冯伟林还是她男人。

冯伟林的家暴是周期性发作，再劝也没用。赵良安不明白，这个人怎么到大城市后就变成这样。他对刘玉兰说，如果他再打你就报警打"110"。刘玉兰说，家里的事，如果叫警察，传出去就太丢人了。

冯伟林出事那天是"五一"节，赵良安约冯伟林和几个老乡到夜市聚餐，大约在晚上10点钟分手。冯伟林喝了不少酒，他当时担心，问冯伟林能不能骑电瓶车了，冯伟林说没事儿。

结果还是出事了。

第二天他给冯伟林打电话，对方关机，到中午，他把电话打给刘玉兰，他想问冯伟林怎么回事老不开机。

刘玉兰说，冯伟林和人打架，掉到河里淹死了，警察正在找她谈话。

他大吃一惊。

后来他听说，那天聚餐后冯伟林回到家里向刘玉兰要钱，刘玉兰说没有，他上手就打，刘玉兰躲出去，他骑电瓶车找，因酒醉和人发生冲突，被推到河里淹死了，后来听说那个人被判了15年。

赵良安说，其实冯伟林死了，对刘玉兰是一种解脱，但让人不明白的是，为什么会和马解放这个老头儿好上了。

"你认识马解放?"

赵良安摇头,他说刘玉兰和马解放的事是听冯伟林的表姐冯楣英说的。冯伟林到这个城市不久,他表姐也来了,当钟点工。冯楣英说,刘玉兰和一个老头儿睡觉,他当时不相信,认为是造谣,因为冯楣英一直和刘玉兰不和。

冯楣英的住址在西河沿路 256 号。

10

西河沿路在郊区,冯楣英在村民自建的楼房二楼租了一间房,房间门口堆满了杂物。

冯楣英很瘦,看上去有 50 多岁,她问顾汉江:"你是谁?"

他说明来意,又出示了记者证。

"那女人不是被抓了吗?"她说,"我表弟就是她害死的。"

"不是自己掉河里的吗?"

"但如果不是她,表弟怎么会半夜骑车瞎转?"

"你知道表弟家暴的事吗?"

"那是她不肯尽妻子的义务。"她说,"这个女人很矫情,在老家我家就不同意他们的婚事。这不,到大城市就变心了,不肯尽妻子义务,女人嘛,就是要满足男人,要不结婚干什么。这不,表弟出事不到半年,她就和一个男人勾搭上了。"

有一天晚上,冯楣英到刘玉兰的住处,想把表弟留下的东西取走,虽然没什么值钱的,但总是个纪念,否则被刘玉兰就当垃圾扔掉了。在刘玉兰住处门口,听见房间里刘玉兰和一个男人说话。男人说:"你放心,我不会说出去,这总行了吧。"刘玉兰说:"真的不行,来例假了。"男人说:"那让我摸一下……"

后来她躲在楼梯口,过了大约 20 分钟,看见一个戴棒球帽的男人从刘玉兰家里出来。

"看上去这男人年纪挺大的。"她说。

"什么时候的事？"

"大约是表弟出事一个月后吧，后来她把这个男人杀了，报上都登了。你是记者不会不知道吧？"她又说，"你看这个女人多毒吧。"

11

离开冯楣英住处，顾汉江搭公交车到报社，车上人不多，他找了个靠窗的位置。

因为还不到交通高峰时间，所以道路还算畅通。

左侧前方坐着一个中年妇女，和冯楣英有几分相像。

从冯楣英的言谈中，可以看出她对刘玉兰成见很深，如果她没撒谎的话，那么刘玉兰在丈夫死后一个月就有了"外遇"。

这个男人是不是马解放？

如果是，他们是什么时候在一起的？

冯楣英听见男人说："你放心，我不会说出去……"

什么事不会说出去？是两个人的私情，还是另有什么秘密？

在审讯中，刘玉兰交代，她和马解放的交往是在丈夫出事以后。

刘玉兰曾在王三妹家当保姆，王三妹说，她看见一个男子在她的家门口向刘玉兰要钱。王三妹指认这个男人就是马解放。按时间推算，马解放找刘玉兰要钱是在冯楣英听见房间里的对话之后，冯楣英说当时天黑，她没看清男人的面孔，只是感觉年纪比较大。

那个男人是不是马解放？或者说，是另外一个人？

难道刘玉兰同时和两个男人保持关系？

或者是，马解放发现刘玉兰的私情，借此敲诈？他摇头，刘玉兰的丈夫已经死了，刘玉兰成了独身女人，可以和任何男人来往，用这个来敲诈她没任何意义。

"喂，先生，终点站到了。"

他抬起头，发现车厢里只有他一个了，司机也要下车了。

12

顾汉江采访过的女刑警李冰回电话，说上午有时间。

刑侦大楼是一栋21层的建筑，在安阳路136号。

李冰的办公室在六楼，她说冯伟林是两年前死的，为什么忽然对这事感兴趣？

他说想多了解刘玉兰家里的背景材料。

李冰拿起电话拨了个号码，放下电话时让顾汉江到七楼找她的同事王平阳。

王平阳身材粗壮，他上下打量顾汉江，说："你怎么对两年前的案子有兴趣？"

顾汉江只好又解释了一遍。他说关于采访这个案子事先跟报社和局里宣传部门已经沟通过了。

王平阳有些不悦，说这我知道，否则也不会接待你。他强调："稿子写完后最好先让我们看看，免得和事实有出入。"

"那是一定的。"

王平阳说，冯伟林的尸体是早上晨跑的人发现的，时间是两年前的5月2日，地点在白莲泾，从白莲泾还打捞出冯伟林的电瓶车。冯伟林体内酒精含量较高，身体有擦伤，但根据地上痕迹，当晚冯伟林和人发生过冲突。一个星期后，案子破了，凶手叫李根平，他说当时冯伟林差点儿撞到他，还出言不逊，他一怒之下踹了冯伟林一脚，没想到这一脚把冯伟林踹河里了，他害怕，就跑了。

冯伟林出事当晚,和妻子刘玉兰发生过冲突。

刘玉兰说,5月1日晚上冯伟林喝多了,回到家里把她从床上拽起来要钱,她说没钱就打她,她挣脱出来后穿着睡衣跑出去,她本来想躲到赵良安家,但在半路又改主意了,她不想让别人再看她的笑话,她说:"让他打死算了,这样活着也没什么意思。"

回到家里后她发现丈夫不在,她不知道丈夫去了什么地方,警察通知她,她才知道丈夫的死讯。

对刘玉兰第一次问话是在她家里进行的。

刘玉兰家里很乱,桌上摆的镜框玻璃打碎了,镜框里的照片是冯伟林和刘玉兰的婚纱照,刘玉兰一脸幸福。刘玉兰说他们离开老家,都到火车站了,冯伟林发现结婚照没带,特意打车回家去取,差点儿没赶上火车。

后来,冯伟林把镜框摔了。

她捂住脸,哽咽得说不下去。

第二次对刘玉兰问话是两天以后。

对于冯伟林出事当晚一夜未归,她为什么一点儿不担心的问题,她的回答是:"他经常夜不归宿,习惯了。"

"丈夫打你的时候,反抗过吗?"

她说:"开始还反抗,但挨打更厉害。"

"5月1日晚上你反抗了吗?"

她摇头。

"你丈夫出事,你好像不太难受嘛。"

刘玉兰抬起头:"如果一个人每天都折磨你,这人死了你难受吗?"

王平阳对刘玉兰的印象,这是个很有个性的女人。

顾汉江想多了解细节,他说,李根平把冯伟林踹到河里,然后把电瓶车扔下去了?

王平阳摇头,李根平说他离开时电瓶车在河堤边,电瓶车怎么会掉到河里呢？根据附近居民反映，5月2日天快亮时，一群年轻人在河堤上喝酒打闹，不排除是这些人搞恶作剧把电瓶车扔到河里。

顾汉江从刑侦大楼出来，抬头望了望七楼的窗子，他还是没解决心中的疑惑，为什么刘玉兰会和马解放在一起？

13

周安凤是马解放的前妻，她收拾马解放遗物的时候和顾汉江见过面，她以为此次顾汉江是来商量买房的事，听说只是来了解情况，脸上就露出失望。

她说："人都死了，还了解什么？"

他想了解的是，两年前的5月1日晚上，马解放是否到她家里来过。

"两年前？为什么要问两年前的事？"

他解释说这和他正在写的稿件有关，现在网上说什么的都有。他说："虽然你离婚了，但也不希望网上把他抹黑成大恶魔吧，这样对孩子以后发展也没好处。"

她脸上表情缓和了不少，说5月1日是孩子的生日，尽管离婚了，但孩子过生日他还是要来的，以前过生日都要到餐厅吃饭，这两年都是在家里过了。前年的5月1日是在家里做饭，吃完晚饭后又切了个蛋糕他才离开，她记得离开时已经很晚了。

"几点钟？"

"11点了吧，本来都走了，又拐回来送学费。"她问，"这很重要吗？"

他说："随便问问。"他停了片刻，"那么晚离开，只能打的回去吧？"

她说他才不打的呢，他走回去。她比画道："从我这里出来，沿白马巷到白莲泾，顺着堤岸一直往前走，上桥到大马路，再往前就到他的住处，其实也没多远，大约 30 分钟吧。"

马解放晚上 11 点离开，步行到白莲泾大约需要 10 分钟，而根据冯伟林坠河时戴的手表判断，他坠河时间在晚上 11 点 15 分。

马解放一定在河堤上看到了什么。

14

顾汉江进电梯，正好和赵雅芳大眼对小眼，赵雅芳抬起手腕看表，他知道赵雅芳这个动作是对他迟到表示不满。他想到看守所采访刘玉兰，到办案的刑队，又到分局，又到市局，最后还是在政法委工作的一位老同学出面打招呼，才总算同意他到看守所采访，时间定在两天以后。办完这些事，紧赶慢赶，还是迟到了 30 分钟。

"采访完了吧？"赵雅芳问。

"快了。"

"快了是个什么时间概念？"

"一周之内吧。"

"不要影响工作。"她警告。

"绝对不会。"

她忽然笑了："你还年轻啊。"

他还没回过味，赵雅芳已经走出电梯了。

进办公室，一夜无话。

下班后，回到住处他在床上眯了一会儿，猛地惊醒，就再也睡不着了。

刘玉兰告诉警察，两年前的 5 月 1 日晚上，她挨打后从家里跑出来，她想到赵良安家避避，因此沿三明路往威化路走，但半路上又改变了主意，于是转身往回走。

如果她逃出家门后走的是另外一条路线呢？出门穿过高架路到人民路拐弯就到了白莲泾河畔，这样很快就会被丈夫追上了。

追上后会发生什么事？

就在两天前，他专程到刘玉兰的住处，门锁着，隔壁的女人告诉他，说住在这里的女人男人死了，自己也杀人了，昨天警察还来过。

听见说话声，从另外房间又出来几个女人，其中一个问："你是警察吗？"

他说是记者。

女人发出了惊叹声："记者呀！"

他问："是不是有个年纪大的男人经常来找这家女人？"

一个矮个子女人朝对面的胖女人看，说你不是有一次看见老男人向这个小寡妇要钱吗。

胖女人说不是在这里，是在银行。

他感兴趣："是怎么回事？"

胖女人说那天在银行存钱，看见这个小寡妇从柜台里取了钱，交给站在身后的老男人，老男人嫌钱少，两人站银行外面的台阶上还争执了几句。

矮女人说："她找了个野男人呢。"

胖女人说："话也不能这么说，她男人死了呀，另外找男人也很正常。"她叹了口气，"其实这个女人也蛮可怜的，男人经常打她。"

旁边的女人说："谁说不是呢，她男人很凶，出事那天晚上我在三明路下公交车还看到她男人，骑电瓶车在街道上转，还问我看到他女人没有，样子好吓人，我哪里看到呢……"

"后来呢？"

"后来她男人又往人民路去了，我当时还担心，如果被他找到，这女人可能就没命了。"

根据这些女人的话，5月1日那天晚上冯伟林骑电瓶车先到三明路，他大概判断刘玉兰要到赵良安家，但在路上没找到，于是掉头往白莲泾方向去了。

晚上三明路行人很少，他为什么没看见刘玉兰呢？

或者是，刘玉兰压根儿没往三明路去。

如果那天晚上刘玉兰也在河堤上，目睹丈夫被踹下河会发生什么事？

15

两天后，顾汉江在看守所见到了刘玉兰。

她显得很苍老，像50岁的女人。

顾汉江告诉她，他不是警察，是记者。

刘玉兰嘴角动了动，但是没出声。

"你丈夫去世两年了吧？"

她点了点头。

"他出事那天晚上，骑车找你，结果掉河里了。"

她抬起头，眼睛里闪过一丝惊讶，似乎不明白他为什么会提这个话题。

"那天晚上你在三明路上想躲到赵良安家，因此不知道丈夫掉到河里的事，这点没错吧？"

她没有说话。

"你丈夫被一个叫李根平的人踹到河里，当时你丈夫应落在浅水处，还有机会往上爬，但后来又出现了一个女人，把电瓶车推下去，把你丈夫又砸回河里。"

她脸色慢慢变了。

"不幸的是，这一切正好被路过的另外一个人发现了，于是这另外一个人就开始进行敲诈，不但要钱，还要身子……"

刘玉兰一动不动，泪水从眼角流了出来。

"后来那个女人在很多地方产生幻觉,看见男人从河里冒出来的脸。"

她大哭。

他结束了这次会面。

16

一个星期后,赵雅芳走进顾汉江的办公室,问道:"小顾,稿子写得怎么样了?"

"我不想写了。"

"为什么?"

"乘地铁的时候把提包丢了,所有采访材料都在里面。"

她脸上笑容不见了:"这就是你的采访结果?最后告诉我材料丢了?"

"什么事都可能发生啊。"

赵雅芳盯着他:"我明白了。"

赵雅芳离开后,他打开手机,里面有一条未读的短信,是李冰发来的。

短信说,刘玉兰坦白,两年前她在河堤边目睹李根平把冯伟林踹到河里。李根平离开后,她到岸边,看见冯伟林往上爬,于是把电瓶车推下去,砸到冯伟林身上,导致冯伟林第二次落水。

顾汉江把短信删掉。

窗外天色暗了下来,远处是一片片高楼,他忽然产生了一种想骂人的冲动,至于骂谁,他也不知道。

那天晚上

范晋川

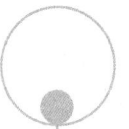

1

郭杰人做梦都想不到,从遵纪守法的公民到杀人凶手只有一步远的距离,而且这种事会发生在他身上。

从那天晚上开始,他的整个人生被改写了。

那天是 6 月 18 日晚上。

其实从 6 月 18 日早晨起他就有不好的预感。

这是个阴沉沉的早晨。他刮脸的时候把下巴刮出了一道血口子,他用毛巾捂住下巴,毛巾沾上了血,看上去很怪异。后来反复回忆起这个细节,他不明白这是不是某种警示。

房间里有些闷热。他打开手机,于小雪昨天晚上给他发了三条短信。第一条短信的时间是晚上 7 点 15 分,于小雪质问:"为什么不接电话?"

他当然不能接电话。7 点 15 分的时候他正和女朋友王雪坐在东方餐厅二楼靠窗的位置,他看菜单的时候手机响起,他把电话挂了。

王雪奇怪:"谁的电话?怎么不接?"

他说:"是房产中介打的,很烦,不是推销房子商铺,就是问有没有房子要卖,非常讨厌。"

五分钟后，于小雪的电话又打进来了，他又挂了。他对王雪解释，晚上是这些骚扰电话最多的时候。他说话的时候短信提示音响了一声。他扫了一眼，仍然是于小雪。

"为什么不接电话？"

一千句咒骂从他脑子里跑过，但脸上依然保持微笑。

认识于小雪是麻烦的开始，他懊悔透了，当初怎么会帮这个无赖女人，也怪他认人不清。

他是参加中学校庆时和于小雪相识的。于小雪比他低三级，他对于小雪没印象，但于小雪说，在学校时就注意他了。

被女孩子注意，不管怎么样心里还是挺受用的，再加上她的名字和女朋友一样，也有"雪"，让他就有了几分亲近感。但没想到的是，于小雪像牛皮糖一样粘上他了。

于小雪又发来短信质问："为什么不接电话？"

他坐在餐厅里，心情有些恶劣了。

晚上11点回到家里他看到了于小雪发来的第三条短信："等着瞧吧，会有你好看的。"

还从来没有人威胁过他，这是第一次。

2

郭杰人供职的公司在爱普路108号的友谊大厦。

上午他接待客户，10点20分送客户下楼时在电梯中收到王雪发来的短信，说在网上订了两张电影票，时间是当天晚上7点15分，地点在崇光电影院。她叮咛："晚上7点在电影院门口见面，别来晚了。"

他站在一楼大厅外的台阶上。阳光从云层中冒出来，洒在街道上。公交车驶过，车身上涂满了广告，一位美女对行人微笑。街道对面，有个戴墨镜的女人准备过马路，很像于小雪。再仔细看，妈的，哪里是很像，就是于小雪本人。

他脑袋"嗡"的一声，这女人竟然找到他上班的地方来了。

他把于小雪挡在马路沿，怒气冲冲说："你想干什么？"

于小雪大声说："你心里明白。"

行人都好奇地看着他们，一个女人低声对同伴说："两口子吵架。"

必须在最短的时间让于小雪离开，否则就成绯闻了，他在公司的位置正处在上升阶段，他正筹备婚礼，绯闻不但会毁了他的事业，也会毁了他的生活。

他说："换地方谈好不好？"

"已经换了很多地方了。"

"你先回，下午找你，行吗？"

"6点钟……"

"好吧，就6点钟。"

她说这是最后一次："你可别逼我把那张纸公布啊。"

望着于小雪背影，他懊恼地想，当时一定是喝了迷药，否则为什么会糊里糊涂地签下了那张纸，现在他跳到黄河也洗不清了。校庆结束后，于小雪说："哥，多联系。"过了几天，她打电话请他吃饭。最后一盘菜上来的时候，她开始哭诉，说父母去世早，找了个男朋友又把她骗了，现在她怀孕了，但男朋友逃之夭夭，她想到医院打胎，但孤身一人，连陪伴的人都没有。他喝了点儿酒，又看见眼前的女人泪眼汪汪楚楚可怜的样子，又是一口一个"哥"，不禁动了恻隐之心，他说："只要不嫌弃，我陪你去。"于小雪说："哥，我怎么能嫌弃你呢？"

一个星期后，他遵守承诺陪于小雪打胎，并在医院里签下了那张带来无穷后患的"人工流产知情同意书"。

他万没想到，后来于小雪竟然说孩子的父亲是他。这才是哑巴吃黄连，有了他签字的这张"同意书"，没人相信他和于小雪之间是清白的。别人会说,不是你的孩子,你陪她打胎?还以男人的身份签同意书?有病吧!

他承认有病,是傻病,当时太傻,更恨于小雪,这个工于心计的女人。

开始于小雪问他要钱,后来于小雪又让他娶她。他怎么能娶这种女人?

3

郭杰人到于小雪家门口的时间是傍晚 6 点 5 分,他打算在这里停留不超过 30 分钟,他答应陪王雪看电影。至于这个女人,就只能是花钱保平安了。他决定给钱,只要于小雪再不来找他。

于小雪住在 20 世纪 70 年代建成的住宅楼里,是她租的房子。据她说,父母留下的房子让男朋友骗着卖掉了。楼道里很暗,墙上贴满花花绿绿的小广告,楼梯转角堆满了杂物,有股说不清道不明的怪味道。

他想给多少钱合适,于小雪最早向他要 10 万元,他拒绝了。现在他准备答应于小雪的条件。

让他没想到的是,于小雪拒绝了:"你是打发要饭的吧?"她不要钱,她只有一个条件:马上和她领结婚证。

于小雪穿了件粉色睡衣,里面的乳罩和三角裤若隐若现。他陪于小雪到医院做人流后,于小雪在家里设宴答谢,开始穿得挺得体,后来她说热,进卧室换衣服,出来后身上就是这件睡衣,里面仅穿了一条黑色三角裤。他是男人,说没动心那是假话,但还是忍住了。现在于小雪又穿了这件睡衣出来,但只能是增加他的厌恶感。

于小雪面目有些狰狞,她说如果不答应,那就两个人一起毁灭。

"不!"她又说,"是你一个人毁灭,我没什么好损失的。"

他的忍耐已经快到极限了,他不明白为什么被于小雪盯上了。如果他和她睡了,那是他活该,但苍天在上,他连她的手都没拉过。

"你能不能不这么无耻?"

"你今天才明白?"她尖叫了起来,开始咒骂他的父母、他的女朋友。她发誓要让他跟女朋友结不了婚。她要去找他的女朋友,还要找他的上司,还要把他签的"同意书"发到网上。她要让全世界都知道,她怀了他的孩子。

于小雪的声音越来越大,她才不管外面有没有人能听到。

他震惊,血直往头上涌,这个女人太不要脸了。在狂怒之中,他把她推到床上,用枕头捂住了她的嘴,恶狠狠地说:"让你再骂……"

等他清醒过来,她已经不动了。

他意识到她死了的时候,慌得手足无措,但很快冷静下来。他明白闯下大祸了,现在后悔无济于事。他开始想报案自首,但立刻否定了这个念头,不能在监狱里度过一生。必须要和于小雪的死撇清关系。他用抹布把可能留下指纹的地方都擦了一遍,然后锁门,下楼。

楼道里没碰见任何人。

腕表上指示的时间是6点30分,他跑到街道上,拦了一辆载客的摩托车,20分钟后到达崇光电影院。

他把从于小雪家带出来的抹布扔到垃圾桶里,现在距电影开演时间还有25分钟,距和王雪见面时间还有10分钟。他到影院外面的小卖部,买了瓶可乐,开瓶盖时故意把瓶子里的液体洒到柜台的玻璃上。柜台里售货的服务员非常不满,瞪了他一眼,然后边嘟囔边找东西擦。

他要的就是这种效果,现在小卖部的服务员肯定对他印象深刻。

他喝了两口可乐,把瓶子扔到了路边的垃圾桶里,然后看电影海报,直到王雪从出租车上下来。

王雪说:"你早来了啊。"

他说下班在街上吃了点儿东西就直接过来了。王雪说,早知这样,还不如俩人一起吃晚餐,这附近有家餐厅很不错呢。

他说那就电影结束后一起吃晚餐。

4

郭杰人坐在电影院的软椅中,虽然眼睛盯着银幕,思维又回到了于小雪家。他知道警察肯定会来找,对此他不抱任何侥幸的想法,他必须要有不在现场的证据,什么证据才能让警察信服呢?

王雪碰了碰他胳膊,说你看那个女的多坏呀。

银幕上是个长相很媚的女人,他不知道王雪为什么说她坏,只好应付地"嗯"了一声。王雪发现他心不在焉,小声说:"不舒服吗?"

他握住王雪的手,说:"没事儿。"

电影结束后,王雪说:"到我家里去吧,他们都出去旅游了。"

王雪的父亲经商,前些年买了栋别墅。他第一次到王雪家的时候感觉四面的墙壁和豪华的家具有种咄咄逼人的感觉,他感到压抑,为了排解这种感觉,开玩笑说在你们家开个餐馆挺不错的。

这天晚上他踏进王雪家的门,那种压抑的感觉又冒了出来。

她打开冰箱,给他拿了瓶酸奶,然后进卧室换衣服。

他把吸管插到酸奶里吸了一口,没尝出什么味儿。几个小时前他把枕头捂在于小雪脸上的时候,他的生活就被颠覆了。和于小雪在她住处见面是个最大的错误,为什么不约到咖啡馆或茶室谈话?就算再失控,也不至于把她捂死。他感到喉咙发痒,站起来拉开冰箱想找瓶水,王雪从卧室出来了。

他目瞪口呆,以为看见鬼了。

王雪穿了件粉色睡衣，在他面前转了一圈，撒娇说："好看吗？朋友去巴黎时捎回来的。"她抬头看见了郭杰人的表情，吓了一跳，"脸色怎么那么难看？"

他摇了摇头，幻觉消失了。站在眼前的是他女朋友，不是于小雪。他说刚才猛地感觉到头有些昏，可能是这两天没休息好。

她说那就早点儿睡吧。

王雪的房间有股淡淡的香味，他和王雪的第一次就是在这个房间里。他们抱在一起亲吻，他的手在她的身体上游走。他喜欢王雪身上的气息。王雪在床上和他开玩笑，说他像发情的公狗。但这一次他兴奋不起来，粉色睡衣刺得他眼睛发痛，让他想起另外一个女人。他说，你就不能把这件该死的睡衣脱掉吗？

她不明白他为什么发脾气，但还是顺从地把睡衣脱掉了。

他闭上眼睛，然后睁开。他怎么都甩不掉脑袋中另一个女人的幻觉。他头上冒出了冷汗。

她的手在他身体上游走，说小公狗今天怎么了。

他从她身上翻下来，躺在她旁边，长长出了口气。他无法把那个女人从脑子里驱逐出去，他感到身上发热，然后又发冷。

她体贴地说："今天不行就算了。"

他不知道怎么回答。他瞪着眼看天花板，于小雪在挣扎中，睡衣滑落到一边，露出圆鼓鼓的乳房。虽然她名字里带有"雪"，但一点儿不白，长相也不如王雪，唯一出众的就是挺拔的乳房。用"挺拔"形容不过分，也许是这个吸引了他屁颠颠地给她帮忙。他忽然有种很诡异的感觉，这个时候为什么想起她的乳房？他身上掠过了一丝寒意，支起身子，门口没人，刚才传到耳边的轻微脚步声消失了。

在他身边，王雪已经睡着了。

5

一缕阳光透过窗帘缝隙,在墙上留下了奇怪的图案。郭杰人躺在床上盯着墙上的影子,他一夜未眠。他清楚目前应该怎么做,只有竭尽全力,才能躲过这场灾难。他不是故意要置那个女人于死地,在他的清白、他的好心被践踏,在他被污蔑被威胁的情况下,他还愿意拿出一笔钱来了结。对方把他逼得太狠了,逼到绝路上了。现在他不能出任何差错,一个微小的失误就可能是灭顶之灾。

王雪进到卧室,说懒鬼起来吃早餐了。

他从卧室出来的时候王雪已经做好了早餐,面包片、煮蛋、鲜奶、红茶。他没胃口,去壳的鸡蛋惨白得像那个女人的面孔。王雪以为他感冒了,说不行就请假到医院看看。他摇摇手,起身到洗手间,干呕了几声,然后拧开水龙头冲了冲脸,必须要打起精神,不能表现出有任何异常。

8点30分的时候,他随着人流进入地铁车厢。早高峰,车厢里非常挤,他后背贴着车厢壁板,一动不能动。他又有种想呕吐的感觉。不知道于小雪的尸体被发现了没有?如果发现了,警车一定挤满了街道。他没见到过警察出现场,他想象应该和在电视剧中发生的杀人案一样。于小雪的手机里存有和他的通话记录和短信,因此警察一定会找他调查。警察会问:"下班以后你都去过什么地方?"他就回答,离开公司后步行到崇光电影院,半路上到一家叫"旺旺"的快餐厅解决了晚餐。"旺旺"由于价格比较亲民,每到饭点总是拥挤不堪,店里的服务员没法记住用餐人的面孔,但万一餐厅有监控录像呢?要想办法解决这个问题。

还有什么漏洞?他仔细回忆昨天在于小雪家的活动,他把可能碰过的地方都擦了一遍,应该不会留下指纹。离开的时候在楼道里没碰见人,没有证据显示他昨晚来过这个地方。

现在距于小雪死亡过去了十多个小时,他告诫自己,一定要沉住气。

进到友谊大厦后,他和男同事打招呼,在电梯上聊最新的美剧,进入办公区走廊,他和碰到的女同事开玩笑。坐到电脑跟前,准备开始工作的时候,他发现U盘不见了。

U盘是他一个月前买的,金黄色,外表像一块金砖,里面存着他和王雪在游乐场过周末的照片,还有正起草的季度计划报告书。

他把抽屉翻遍了,没发现U盘。

昨天快下班的时候,他曾到销售部找姓马的同事找份资料,他把U盘插到马同事的电脑中,资料下载完后,和马同事聊了几句,回到自己办公室,把桌面文具收拾了一下就离开了。

U盘怎么不见了?

他给马同事打电话。马同事说,你不是把U盘取下来了吗?

他也记得把U盘取下来了,顺手放进裤子口袋里,但是现在口袋里没有了。

马同事开玩笑,说U盘里没什么色情照片吧。

他没心情开玩笑。昨天从马同事那里出来,回到办公室之前曾去过洗手间。

洗手间的地上干干净净,打扫卫生的阿姨说,没有发现U盘,男卫生间女卫生间都没有。

他慌了,会不会掉在于小雪的房间?不过也有可能乘摩托车的时候从口袋里滑出来掉在街道上,或者是掉在电影院的椅子上,最后一种可能,掉在王雪家里。

他给王雪打电话,王雪说没有看到U盘。她问:"重要吗?"他说没什么重要的,下载了一些材料。

6

发现U盘丢失几乎让郭杰人崩溃了，他想不如到公安机关投案，还能宽大处理，但这个念头只是一闪而过，马上就否定了。

并没有证据证明U盘一定是掉在于小雪住处。

除了U盘，还有个漏洞，那就是解决"旺旺"快餐厅装没装监控的问题。

他推开"旺旺"快餐厅玻璃门的时候服务员正打扫卫生，一位圆脸的女服务员说："还没上班呢。"

他说："我找你们经理。"

值班经理姓田，看样子不到30岁，个子偏矮。他告诉田经理，说昨天下午在这里吃晚餐的时候丢了张面值500元的购物卡。他指着靠门的一张餐桌，说当时就坐在这里，时间是6点20分左右吧，购物卡是装在一个信封里。

田经理把店里的服务员都叫到一起，都说昨天没捡到信封。他说："你们有监控吧？"

田经理说餐厅里虽然装了监控，但坏了，一直没修好。田经理补充说他们这里的服务员都受过培训，捡到客人的物品肯定会上交的。

郭杰人听说监控坏了，心中暗喜，嘴里说："那就算了，反正钱也不多。"

警察如果把他列为嫌疑对象，就一定会到餐厅调查，餐厅不能提供监控，而服务员也对他有印象，警察来问，就会说这个人6月18日晚上在餐厅吃饭，还丢了个信封，信封里装了个购物卡。

郭杰人感觉到，警察一定会来找他。

现在对他威胁最大的就是那个下落不明的U盘了。

7

当天下午，郭杰人接待了来访的刑警。

年龄稍大的刑警叫王淮河，穿了件灰衬衣。另一位年轻点儿的叫程路。

王淮河开门见山，问他是否认识一位叫于小雪的女人。

"认识。"他说，装出若无其事的样子，"她怎么了？"

"她死了。"

"怎么可能？昨天上午还见过她啊。"他不想隐瞒，昨天上午于小雪到公司来找他，是有迹可循的，警察不难查清于小雪昨天的活动，再说友谊大厦门口有监控录像，会拍到他和于小雪在一起，因此撒谎没有任何意义，只会加重警察的怀疑。

"后来你还见过她吗？"

"没有。"说完他感到手心冒汗了。他想刑警马上就会拿出U盘，让他解释，为什么会掉在于小雪的房间。但刑警没拿出U盘，问他："你们是朋友？"

他说不是什么朋友，只不过中学时在一个学校读书。他告诉刑警他和于小雪的认识经过，以及后来于小雪用他好心代签的"人流知情同意书"要挟他的事。

"所以你挺恨她的吧？"

"谈不上什么恨不恨，只是好心没好报，挺冤的。"

王淮河换了个话题："昨天晚上你到过什么地方？"

他说下班以后离开公司步行到崇光电影院，半路在"旺旺"快餐厅吃的晚餐，到电影院时间大约是6点40分，女朋友还没来，他买可乐，看电影海报，到7点钟女朋友来后一起进到影院里。

他从钱包里取出电影票，证明此言不虚。

"晚饭吃的什么？"

"一盘豆角炒肉末、一盘青菜、一碗蛋汤，还有米饭。"他想了想，又说，"吃饭的时候丢了张购物卡，不过钱不多，找不到也就算了。"

王淮河取出一张照片："见过这个人吗？"

照片上是个男人，长脸，眼角有些下垂。

"没见过。"他问，"这是什么人？"

王淮河照片上的男人叫孙义，是于小雪的男朋友，参与了一起轮奸案，作案后逃跑了。

他试探道："是这个人把于小雪害了吗？"

王淮河没回答。两位刑警又问了几个问题后离开了。

刑警没提U盘，说明U盘没有掉在于小雪住处，虚惊了一场。刚才在回答刑警的问话时有没有留下什么破绽？他仔细回忆了一遍，结论是没有。临离开时两位刑警让他辨认于小雪男朋友的照片，说明现在他们把于小雪的男朋友列为嫌疑对象，这对他来说是好消息。

似乎是为了证明自己的判断，这天晚上他在本地网站上看到了一则消息，说昨日晚上我市某住宅发生命案，受害人于某为27岁的女性，据透露凶手是于某的前男友，目前警方正组织力量追捕。

他长出了一口气。

8

于小雪被杀案的破案专案组设在东汉路的一个二层小楼里，知情人报告，于小雪的男友在一周前就回到本市，目的是准备搞一笔钱出国打工，还放过风，说不行就把于小雪骗到中东卖给妓院，听说那边很欢迎中国女人。还有人提供线索，说看见于小雪在被害的前两天和一个男人在于小雪的住处附近吵架，通过辨认照片，举报人说和于小雪吵架的男人是孙义。

根据这些线索，孙义被列为作案嫌疑人。

郭杰人由于和于小雪有来往，也被列为调查对象。

王淮河和郭杰人接触后，对他有强烈的不信任感，凭直觉，感觉他有问题。

按照一般人的习惯，看完电影后把票根就随手扔掉了，但是他却把票根保存在钱包里，什么意思？是要证明他6月18日晚上确实是在电影院吗？为什么要证明？莫非他有先见之明知道会被牵涉到某个凶杀案中？

当然，也有一种可能，他进影院后买饮料，顺手把票根放到钱包里。

如果排除票根的问题，另一个可疑之处就很难有让人信服的解释了。

在询问郭杰人时，问他："昨天晚上你到过什么地方？"郭杰人的回答是，下班后步行，在餐厅吃饭，进电影院。至于看完电影后又去了哪里，他没说，似乎理所当然认为，如果把6点至9点的活动说清楚，就可以解除警察的怀疑了。

郭杰人怎么知道警察调查的重点是6点到9点？除非他知道于小雪的死亡时间。

警察开始四处奔走，调查6月18日晚上郭杰人的活动。

友谊大厦的电子监控证明，郭杰人是下午5点45分离开公司，穿过马路后朝东走去，崇光电影院在东边，但于小雪的住处也在东边。如果步行到于小雪家需要一个小时，但乘出租车只要20分钟。

郭杰人说，6月18日离开公司后在"旺旺"快餐厅吃晚餐。

"旺旺"快餐厅的经理一眼就认出了照片上的男人，说这个人6月18日傍晚吃饭时在餐厅丢了一张购物卡。他补充了一句：

"在 6 点 20 分左右。"

"你能确定是 6 点 20 分吗？"

经理说这个人第二天找到店里，说 6 点 20 分在店里丢了一张购物卡。至于这个人 6 月 18 日是不是在店里吃晚餐，他不能肯定，到饭点时客人多，他不可能记住每个客人的面孔。

崇光电影院旁边小卖部的女服务员记得郭杰人的面孔，因为这个人 6 月 18 日傍晚买了瓶可乐，开瓶盖时差点儿把可乐洒到她衣服上。

"是几点钟的事？"

女服务员想了想，说："6 点半？6 点 40？反正不到 7 点，因为 7 点我就下班了。"

崇光电影院的监控录像显示，郭杰人和王雪 7 点 5 分进到购票大厅。

对出租车司机调查没有什么结果，虽然有司机 6 月 18 日在友谊大厦附近拉过客人，但不能确定是郭杰人。

调查所得结论不能证明郭杰人 6 月 18 日晚上去过于小雪家，但也不能证明他没去过。

虽然专案组的侦破重点是于小雪的男友，但刑警王淮河不想放弃郭杰人这条线索。

9

郭杰人从殡仪馆出来的时候正赶上瓢泼大雨，他站在马路边的公交候车亭里，雨水飘过来，很快把他的裤子打湿了。由于连续几个晚上失眠，他头痛得厉害。

这个地方比较偏僻，出租车很少，公交车相隔时间也比较长。他从包里摸出了一根烟，点着火。过去他很少抽烟，现在晚上睡不着，他就坐起来抽烟。他无法驱赶于小雪的影子，特别是在夜深人静的时候,他在房间的各个角落,似乎都看见了于小雪。

于是他有了为过失赎罪的想法。

他所能想到的赎罪方式,是到这里给于小雪烧纸。他说小雪你也别怪我心狠,你把我逼得没办法,如果不是你乱叫乱骂,就不会发生后面的事。

他的话音刚落,豆大的雨点就从天上砸下来。他打了哆嗦,不明白这又是预示什么……

一辆出租车驶过,他抬起手,出租车没停,车轮带起的水花溅到他衣服上。他怒火中烧,冲着远去的出租车大骂。

他不知道警察是否解除了对他的调查,他得知于小雪的前男友孙义冒了出来,转移了警察的注意力。轻松的心情仅维持了不到两个小时,现在他只能祈求警察永远不要找到孙义。

雨渐渐小了,一男一女两个人打着伞到候车亭,男的穿了件米黄色衬衣,大约40岁,袖子挽到手腕上,露出右腕上的手表。男子看了他一眼,然后又看了一眼。不会是便衣吧,他想,现在他看街上所有的人都像便衣。

一阵音乐声,是男子的手机发出的声音,可是这家伙为什么不接电话?他有些生气,想对男子大吼:"妈的,快接电话。"手机铃声仍然在他耳边回荡,男子脸上露出奇怪的表情,他这才意识到,铃声是从他自己裤子口袋中发出来的。

"中午就开始给你打电话了。"王雪发火,"为什么不接?"

他找了个理由:"手机没电了。"

"不是说好了到家具城看家具吗?"她问,"你到底在什么地方?"

他这才想起答应中午和王雪去看家具,他说:"陪客户吃饭,实在没法儿脱身。"

"你可别骗我。"

"怎么会呢?"

"这几天看你怪怪的,是不是有什么事瞒着我?"

"你怎么会这么想?"

"好吧。"她说,"那你赶快过来,我在家具城等你。"

他把手机放到口袋里,看见旁边的男子撇了撇嘴。他用挑衅的眼神盯着男子,男子没接他的目光,转过身和旁边的女人说话。

公交车摇摇晃晃地进站了,他进到车厢里的时候,口袋里的手机又响了。

10

通道很狭窄,前面是越来越深,深深让人恐惧的黑暗。可以听见身后的脚步声,很轻微。有人在跟踪。他大声喝问:"谁?"没有回答。

然后他就醒来了。

他已经连续两天做同样的梦了。第一个梦是接到那个人电话的晚上,他从殡仪馆上车,准备到家具城和王雪会合,手机响了。

他取出手机放到耳边,没人说话,但可以听见喘息。他火了:"你是谁呀?"

对方的声音有些沙哑:"不要以为你干的事没人知道。"

"什么意思?"

"意思就是,于小雪是怎么死的你不会不知道吧?"

一股电流从身体中穿过,他张口结舌,半天说不出话。等缓过神,想问对方是什么人,想干什么,但电话挂了。

他按手机上显示的号码回拨,无人接听。他把这个号码报到查号台,查号台说,这是一部公用电话的号码。

他不知道对方是什么人,仅知道是个男人,声音不是很年轻,应在40岁左右,这是他掌握的全部情况。他不知道对方是怎么把他和于小雪的死联系在一起的。讹诈?他感觉不像。他再次回忆,那天晚上从于小雪住处出来没碰到任何人，就算下楼时有人从门上的猫眼看到他，也不会知道他是谁，更不会知道他的电话号码。

这是个知情人，而且来者不善。

在家具城下了车，王雪看到他，说你怎么了，脸色这么差。他说可能是刚才淋了点儿雨吧。

这天下午，占据他脑子里的都是这个来历不明的电话，他确定，这个人肯定还会再来电话。

他在等那个人的电话，但这个电话始终没来。

等待过程是最磨人的，特别是不知道电话什么时候会打进来。

11

那个人沉默了一个星期后，终于打来电话了。

电话是晚上11点打来的，他正在卫生间冲澡，手机响了，他用毛巾胡乱擦了擦身子，套上件衬衣，到客厅里抓起手机。他以为是王雪打来的，但屏幕显示是个陌生号码，他忽然醒悟，电话是那个人打来的。

"钱准备好了吧？"对方说。

"什么钱？"

"买U盘的钱呀。"

"什么意思？"

"装吧。"对方说，"于小雪死的时候凶手在她房间里落下个U盘，你不会不知道是谁的U盘吧？"

"你到底是谁呀？什么莫名其妙的U盘？我不明白。"

"你不明白不要紧，但警察会明白，U盘里有下载的资料，还有指纹，找到U盘的主人应该不难吧。"

他头上又开始冒汗了，他从小就有这个毛病，一旦紧张头上就不停地冒汗。他不明白U盘怎么会落到这个人手中，对方说U

盘掉在于小雪的房间,只有一种可能,这个人是在他离开后,在警察来之前进到于小雪的房间。是警察正在寻找的于小雪的男友?或者是另外什么人。无论是什么人,U盘落在此人手里是非常危险的。

对方仿佛猜透了他的心思,说不想为难他,反正于小雪已经死了,只要给点儿补偿,他就可以拿回U盘了。

"50万元钱,对你不是什么太难的事吧?"接着对方又说,"一条人命,总归值这么多。从现在开始,给你三天时间,记住,只有三天。"

电话挂了。

他存款虽然大于50万元,但要筹备婚礼,还想换个大点儿的房子,在目前这种状况下,他无法拿出50万元。

他抓起桌上的茶杯,狠狠朝墙角摔去:"混蛋,去死吧。"

12

天还没亮郭杰人就从床上起来,打开电脑搜索有关车祸的消息。

网上虽然有两条消息和车祸有关,但不是他要找的,他关心的是野生动物园附近的路段的车祸消息。

没有任何消息。

到下午的时候,他实在忍不住,搭102路公交车到野生动物园。

他知道这样做很傻很愚蠢,无任何实际意义,而且还会给他带来很多麻烦,但他还是忍不住想到这里看看。

没有任何消息,一切都在未可知中,一切皆有可能,这比有消息更让他心烦意乱。

昨天晚上,通过了解,他知道给他打电话要钱的人叫罗群众。

他一遍一遍地琢磨，昨天晚上发生的事有没有漏洞。

昨天晚上9点钟，他把租来的轿车停在野生动物园门口的停车场。野生动物园下午6点就关门了，所以此时显得格外冷清。路灯下站着个身材矮小的男子，他知道此人就是打电话的人。

他们约好在这里见面，他交现款，对方还U盘。

他把车开到停车场深处，然后打开后盖，取出一个沉甸甸的双肩包，里面装了50捆"钞票"。他不可能给这个人50万元，这50捆"钞票"每捆只有表面上的两张百元大钞，中间是钞票大小的白纸。

他把双肩包放到后盖上，说："点点吧。"

虽然灯光很暗，但他还是看见男子面孔上露出的贪婪。男子把拉链拉开，取出一捆钞票，发现问题，惊讶地抬起头，还没来得及说话，绳子就套到了他脖子上。

男子身体很快就瘫软了。

他长长地出了一口气，汗水把身上的衣服湿透了。这是他第二次杀人，和第一次不同，这次他没任何悔恨之心，眼前就是个人渣，死不足惜。

他丢失的那个U盘装在男子裤子口袋里，还放了一把大号的折叠刀，显然是对他提出的见面地点有疑心，防身用的。除了这些东西，男子的口袋里还有手机、半包烟、黑色钱包。钱包里有两张50元的纸票，一张身份证。

他把这个叫罗群众的男子抱进汽车座位中，然后驶出停车场，把尸体扔到马路中间。

这里的路灯坏了，地上躺了个人，司机只有到跟前才能发现，但刹车已来不及了。

他返回到"绿色家园"餐厅的时间是晚上9点20分。这是一家"农家乐"，晚上高中同学在这里聚会，晚上8点50分的时候，五箱啤酒已经见底了，大家离开座位找人碰杯聊天，他就是借这个机会溜了出来。

同学聚会来了30多个人,在喝得昏天黑地的情况下,没人会注意餐厅里少了一个人。

回到"绿色家园",他依然把车停在路边,然后进到餐厅的院子,取出烟来点燃。

一位姓钟的同学出来,说:"哎呀,你怎么一个人躲到这里?"

"里面太闷。"他说。

钟同学拿出一根烟,半天没点着火,这个人醉了。

钟同学问:"几点了?"

"9点。"他说。他把时间往前提了20分钟。现在,钟同学可以成为他绝好的证人。

让他最不安的是,早晨新闻中没有在野生动物园附近路段发生车祸的消息,也没有发现无名死者的消息。

他站在马路边,看不出这里有什么异常。

路边有个小卖部,一个中年男子坐在门口看报纸。他买了瓶水,小心翼翼问:"昨晚这里没出什么事吧,比如车祸?"

"没听说。"男子说着看了他一眼,"家里有人不见了吗?"

"随便问问。"

他又一次觉得自己的行动太蠢。他穿过马路,准备回到102路公交车站时,一辆白色轿车从他身边驶过。他没注意轿车里面的人,但里面的人注意他了。

开车的人是刑警王淮河。

13

王淮河在医院结束对罗群众妻子的询问,从医院出来。

和外面灿烂的阳光相比,他是心事重重。

无名男尸是在泮河边被晨练的人发现,尸体上有汽车碾轧过的痕迹，脖子上有勒痕。法医鉴定，此男子应是被勒死后受到卡车碾轧，泮河是抛尸地点而非作案地点，死亡时间是昨晚9点至11点之间。

男子身上无任何证明身份的东西，但根据指纹，查出此人叫罗群众。

虽然案发地非王淮河所在刑队的管辖范围，但此案还是引起了王淮河的注意，因为罗群众是于小雪的房东，也是发现于小雪死亡的报案人。于小雪被害案的侦查卷宗的第一本就有罗群众的笔录。罗群众说，他是因为于小雪欠房租，上门催讨时发现异常，用备用钥匙开门后发现于小雪死在床上。

刑警的直觉告诉他，罗群众的死和于小雪案有关。

于小雪的男友孙义前天上午在"天天"娱乐城被抓获，经审讯，孙义和于小雪的死无关，没有作案时间。

于小雪案的凶手另有其人。

由于两起案件存在关联性，专案组把两起案件并案侦查。

罗群众以前是某钢厂的工人，后下岗，再没找正式工作，靠在影剧院和超市门口倒卖紧俏票以及各种优惠券和积分卡赚钱。据罗群众的妻子王美娟说，罗群众6月19日早上到出租房找于小雪要房租，回来的时候很兴奋，说那个老欠租金的女房客死了。她吓了一跳，说太晦气了，你还高兴。罗群众说你懂个屁。王美娟抹着眼泪说，罗群众6月28日晚上出门的时候说第二天去看间门面房，他要租下来开棋牌室。结果他一夜未归。

她是在辨认男人尸体时昏倒的，被送到医院。

她说6月28日晚上快12点了男人还没回来，她就担心出事了，打男人手机，但只响了一声，就关机了。

发现尸体的时候，身边没有手机，显然被凶手拿走了。

从通信公司调出罗群众的手机通话记录，上面显示，他最近和一家房产公司姓赵的销售经理通话频繁。赵经理的解释是，罗群众要租间门面房，和房东基本谈好，三年租金一次付清，共39万元。

王美娟说，家里根本拿不出39万元。

和罗群众一起倒票的"黄牛"说，罗群众这两天老叨叨租房开棋牌室，还打听哪家装修队装修便宜。

王淮河推测，罗群众是于小雪被害案的报案人，他是第一个进入现场的，一定是捡到了某种和凶手有关的东西，以此要挟凶手索要封口费，并准备用这笔钱租房开棋牌室，但昨天晚上和凶手见面时被害了。

他在对郭杰人的调查时听到过反映，说6月19日郭杰人在公司曾找过一个U盘，很着急的样子。

罗群众捡到的会不会是这个U盘？

在罗群众的手机通话记录里没有发现和郭杰人有什么联系，除非他们之间用别的通信工具联络。

调查6月28日晚上郭杰人的活动，他说那天晚上和高中同学在凤阳路上的"绿色家园"餐厅聚会，快11点时聚会才结束。

郭杰人一位钟姓同学说，郭杰人在晚上9点的时候曾离开餐厅到外面，他也出去了，两人一起在院子抽烟。

王淮河问："你俩一起出去的吗？"

钟同学说不是，郭杰人出去在先，他在后。

王淮河点点头，又问："你看表了吗？"

钟同学说自己从来不戴表，是郭杰人告诉他时间。

郭杰人有可能告诉钟同学的是个错误时间。

王淮河始终怀疑郭杰人，他不愿放弃这条线索。他的固执在刑侦大楼里是有名的，也可能就是因为太固执不圆滑，虽然有20多年的刑侦经验，但仍然得不到提拔，仅给了个"资深"的封号而已。

但泮河是远郊，距郭杰人吃饭地方有100多公里。他们同学聚会是晚上11点结束，然后送两位同学回家，据保安回忆，郭杰人回到住处时间是晚上11点50分，再没出去，第二天清晨就在泮河发现了罗群众的尸体，如果他是凶手，作案后被害人的尸体怎么会跑到100多公里外的泮河边呢？

就在这时候，他接到交警队电话，说是在泮河抛尸的司机来投案自首了。

14

投案的司机26岁，叫李全社，还没拿到驾照。

李全社是在父亲的陪同下来投案的。

李全社说，6月28日晚上他朋友马光有拉了一车货准备运到通县，出发前两人在夜市吃晚餐，喝了两瓶啤酒，然后他提议让他开车，他马上要考驾照，晚上人少，正好练练手，马光有开始不同意，但禁不住他磨，于是让他坐进驾驶室。他开车沿光明路直行准备上绕城高速，开始很正常，但开到野生动物园附近，忽然发现地上躺了个人，此时刹车已来不及了，车轮直接碾了过去。

他们下车，发现地上的人没气了。

马光有骂他，还打了他一巴掌，说你要害死我呀，现在怎么办？

他吓坏了，哪还有什么主意。

马光有说喝酒，加无证驾驶，加撞死人，这下肯定完了，没个七八年出不来。他说要不然跑吧。马光有说干脆把人扔到河沟里，警察兴许找不到。于是他们把人拉泮河边，扔到河滩上。第二天，马光有约他到新疆打工，说走得越远越好。他越想越不对劲，半路拐回来，把事情经过告诉家里人，于是父亲陪他来投案了。

王淮河问："你确定当时人是躺在地上的吗？"

李全社说确定，当时马光有还说这个人可能是喝醉了才躺在路中间。

王淮河冷笑,这个人不是喝醉而是死了,被人扔到了路中间,两个人违反交规无证开车加酒后驾驶,才当了替死鬼。现在他确信,第一现场应在野生动物园门口,很可能在停车场行凶。6月28日郭杰人参加聚会的地点距第一现场虽有段距离,但开车很快就能到,有作案时间。

6月29日下午他开车从野生动物园附近经过时,看见郭杰人过马路。当时还琢磨,他到这里干什么?逛公园?不像。现在他确信,郭杰人作案后心里纠结,想返回现场再看看。

但证据呢?

他打电话给专案组,请求派人在野生动物园停车场搜索,寻找可能留下的犯罪痕迹。

让他失望的是,在这里什么都没找到。

15

早晨起来,郭杰人对着镜子把脸刮得干干净净,然后打开衣柜挑选衬衣,他和王雪约好,10点钟在市民中心见面领结婚证。这两天他虽然还做噩梦,但心情恢复了不少,随着时间的流逝,他相信事情已经过去了。

他把罗群众扔到马路中间的第三天,警察曾找他问话,是上次来的那个年轻警察,调查他在6月28日晚上的活动。他说6月28日晚上高中同学在凤阳路上的"绿色家园"餐厅聚会,晚上11点才结束。警察把他说的记在笔记本上,也没说什么就离开了。后来他听说本市发生了一起抛尸案,无良司机喝酒,又无证驾驶,在野生动物园门口撞死了人,怕担责任把人拉到泮河扔到河滩上了。

他确信,这个被无良司机扔到河滩上的人是罗群众。正因为这个消息,他心里才有几分轻松,他相信,就算警察对他有怀疑,但找不到任何证据。

就在收拾好准备出门的时候,门铃响了。

门口站了两位警察,是第一次来的那两人,他还记得年长警察的名字,叫王淮河。

他有些不太情愿地让两人进了房间。

虽然有些紧张,但他还是相信警察不会把他怎么样。他把证据都毁了。勒死罗群众的绳子扔到人民公园的人工湖里,其他物品分别扔到了垃圾桶、街心花园和抽水马桶里。没证据,警察对他无可奈何,心里有底气,在回答警察问题时就不慌。他说6月28日晚上在"绿色家园"餐厅,很多人都能证明。

王淮河目光冷峻,说都能证明你在餐厅吃饭,但不能证明你中间没离开过,也不能证明你没有杀过人。

"我杀人?这简直是笑话,警察也不能血口喷人。"他说,"我杀了谁?"

"如果你记忆没出问题,总不会忘记罗群众这个人吧,提醒你一句,此人是于小雪的房东。"

"于小雪的房东和我有什么关系,再说,我为什么要杀他?"

"因为他手里有你杀害于小雪的证据。"

"什么证据?"

"就是你6月19日在公司到处寻找的那个U盘,前一天晚上你把这个U盘掉在于小雪家里了,罗群众发现于小雪死亡的时候同时发现了这个U盘,于是他用U盘敲诈,没想到为此送命。"

"我不明白你说什么。"

"杀人地点是在野生动物园停车场吧?"

"证据呢?"他脸色发白,但嘴硬。他相信警察没有证据。那天晚上他在动物园停车场动手时担心留下指纹,特意戴上了手套,在处理罗群众随身物品时也戴了手套。就算警察推测是他干的,就算推测有百分之百的合理性，但不能作为定罪的依据，关键是警察没有那天晚上他和罗群众曾见过面的证据。

王淮河说：“你参加同学聚会，租了一辆黑色的马自达轿车，车号是 XA58626，这没错吧？”

"没错。"他不明白为什么警察会提到车，紧接着听到的话让他如雷轰顶，几乎崩溃了。

王淮河问他：“在车门上怎么会有罗群众的指纹呢？要知道，他从没和租车行打过交道，也不会开车……”

罗群众一定是在挣扎的时候碰到车门，郭杰人所有环节都想到了，唯独没有想到车。他脑袋里不合时宜地冒出一句成语：“智者千虑，必有一失。”

他被带上警车的时候，嘴里还嘟囔：“必有一失……”

佛龛下的疑云

雷 毅

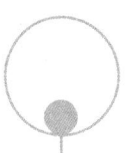

我们到达了镇南新村 16 号。现已查明，死者就是独居在这套房子底楼的陈姓老太。

今天上午 9 点半，老太的女儿从本镇老街过来看望母亲，开门进去发现她躺在里屋的门旁，手边有一只装着菜的塑料袋。隔壁邻居听到哭喊声过来，见老太死于地上，觉得异常，便拨打了 110 报警电话……

经过我们初步查看，16 号底楼外门与窗户紧闭，无被撬的痕迹。

据死者的女儿反映，她母亲长期患有高血压。因此，陈老太很可能是早晨买菜回到家，突然发病倒地，死亡……

我坐在警车里，手按着送话器，正用车载电台向县局指挥中心汇报我们 110 出警的情况，一个联防队员轻轻敲了敲车窗朝我示意：所长来了。

我抬起头瞥了一眼，只见挤在 16 号门口围观的人正纷纷侧转身，让开一条通道，目送着一个穿深色西装、头发乌亮的中年男子走进门去。

看来暂时还不能与老太的遗体告别。我暗自思忖着，立刻结束通话，跨出车门紧跟了过去。

所长原来是县局刑侦大队的副队长，调任到我们青溪镇派出所才一个星期。对于突然死亡的人，他依然有着一种特殊的敏感，不愿在办公室里坐等下属回所报告，而要亲临现场查看。我想，这或许是他长期当刑警养成的习惯吧。

我陪着所长穿过外间，踏进里屋。老太的尸体在我们110警车到达之前就被她女儿和邻居抬到床榻上了。

老式工房的底楼光线幽暗，不大的房间里摆放着陈旧的家具。五斗橱的镜子左下角，绘着一株褪了色的红梅，枝头栖着两只喜鹊。有一道闪电似的裂痕，从喜鹊的尾巴上划过。床头柜上放着老太用过的保温杯，红色塑料外壳。电视机旁的板凳上叠放着两只旧樟木箱，挂着老式铜锁。

我注意到所长的鼻翼微微动了动，想必他也闻到了房间里的特殊气息。

听隔壁邻居说，陈老太笃信佛教，在外间还供着一尊佛像。阴冷的冬天，不常开窗通风的屋子里滞留着一股淡淡的檀香味，我们仿佛进入了一座灰蒙蒙的古老寺庙。看着放在床上的老太那僵直的尸身，更让人感觉到有一股森森的寒气，从墙角的暗缝里钻进屋子，吸附在脊背上，渗入骨髓。

一个40多岁的女人手里拿着蓝条纹的毛巾，坐在床边低声呜咽，看到我们进屋便缓缓地站起身来。她就是陈老太的女儿。

对于这个女人，所长应该有印象。他到派出所的第一天，小王为查处几个初中学生在网吧里斗殴的事，叫来家长谈医药费赔偿问题，其中那个流着鼻血、头发微黄的男孩儿就是她的儿子。

我比画着告诉所长，是老太的女儿先进门发现了尸体，随后哭喊起来，邻居们才闻声过来的。

所长反背双手，扭转着脸，将房间各个角落扫视了一遍。他那种似听非听的神态令人觉得很扫兴，我便不多说了。让那女人过来，指给所长看老太死亡时所处的确切位置。陈老太是仰面朝天躺在地板上，花白的头颅就在打开的房门旁边。

所长微微点着头，看到电视机旁边的樟木箱上放着一只装菜的塑料袋，便踱了过去。我跟在他身后说，这袋菜当时就在老太手边。所长伸出手指，稍稍把袋口拨开，见里面有盒装豆腐、肉糜和几棵青菜。

所长拿起那盒豆腐看了看，若有所思地把目光转向那女人，问她是否经常来这里。女人用毛巾揩拭着眼泪，摇摇头说，她在圆慧寺附近的"净云斋"酒楼帮工，天天早出晚归。平时很少过来探望母亲，反而是母亲经常去关心她。因为丈夫两年前不幸病故，一个女人独自带着读初中的儿子，生活很艰难。

"今天你怎么会过来呢？"

"今天我听说她身体不舒服……"女人哽咽了，垂下眼睑。

"是今天听说的？"所长盯了她一眼。

我见女人哀伤地看着床上的尸体，又抽抽搭搭地哭泣起来，便把刚才听她讲述的经过向所长复述了一遍：每天清早，陈老太去农贸市场买了菜，照例要到南横河对岸的小花园去参加晨练。在那两棵粗壮的银杏树下，几位老人边甩甩手伸伸腿，边说说家常事，要到7点多才回家。今天，晨练的老人们发现陈老太没有来，就议论说她是否病了。有一位老人住在本镇老街，回家途中正巧遇见老太的女儿，就顺便提醒了一句。她听说后心里忐忑不安，抽个空儿就过来看望母亲了。

所长放下手中的盒装豆腐，朝我瞟了一眼，目光里似乎含有某种暗示。

等他转过身去，我也拿起豆腐看了看，这才发现印在盒子上的生产日期是昨天。所长看似漫不经心的一个动作，分明是在提醒我注意这个细节：陈老太可能死于昨天早晨，而并非今天。

女人仍呜呜地哭诉着，说自己与母亲同住在青溪镇，却没能照顾好她，没尽到做子女的责任。我听出那哭声里除了悲哀，显然还含有深深的愧疚。

所长伸手挪开床头柜上那只红色保温杯，看了一眼压在玻璃板下的彩色照片，抬头问女人："家里还有什么亲属？"女人说："她有两个姐姐住在乡下，还不知道母亲的死讯。"我便提醒她："可以到隔壁邻居家打个招呼，借用一下电话，应当尽快通知她们。"

女人拭去涕泪，放下手里的毛巾，红着眼圈说不想再给邻居添麻烦了。她从口袋里摸出零钱，要去新村门口那家烟杂店里打投币电话。

所长突然叫住了那女人。他走到通向天井的那扇铝合金门旁，侧转身问道："你进来时，这扇门就是这样的？"

女人迷惑地看看那扇门，摇了摇头："我没有开过门……"

我这才发现，通向天井的那扇门虚掩着，插销没有插上。刚才我们开着110警车到达之后，照例进行过查看，但注意力都集中在外门和窗户上，未仔细看通向天井的这扇门。

对于这一疏忽我并不在意。那门的上半扇嵌着一大块玻璃，插销是安装在房间一侧的，就算有人翻越围墙跳落到天井里，但想要进入房间，必须敲碎门上的玻璃，才能伸进手来拨开插销。

所长抬抬手，示意女人可以去打电话了。他透过门上的玻璃朝外望了一眼，顺手把门推开，跨下台阶到了天井里。

昨天下过雨，天井的水泥围墙上残留着一片湿漉漉的印迹。插满墙头的尖利的玻璃片，在惨淡的阳光下反射着微弱的亮点。沿墙根栽着两株桂树，枝叶稀疏。墙角放着一只水缸，水缸边摞起的几只空花盆上斜搁着一根晾衣服的竹竿。

我觉得没必要跟出去，便站在原地，从半开的门里望着所长晃动的背影。我不知道他要在天井里寻找什么痕迹，只是心里纳闷：难道他没注意到插销是在里面的，而门上的玻璃又完好无损？

等所长从天井里回到房间，我随口说了一句："这门大概是老太开的吧。"

所长却盯了我一眼："她清早起来开门做什么？"

我哑然无语，看着所长搓搓手指，若有所思地在房间里来回踱了几步。

与刑侦大队不同，派出所接到的110报警电话未必都是发生刑事案件，有不少是居民求助或邻里纠纷。原先我还以为，新上任的所长只是尚未完成角色转换——就像他不穿制服，仍穿着西装——是出于当刑警养成的习惯，到110处警现场来看看。但此刻，我从他深邃的目光中看出，他确实是在仔细勘查，仿佛这屋子里疑云密布。

"所长，"我忍不住问道，"你是怀疑老太的死有其他原因？"

"你说呢？"

这种反问的口气不仅严肃，而且还带着一丝责备。他是在责备我疏忽大意，还是责备我缺乏专业敏感，反应迟钝？

我隐隐觉得自尊心受到了挫伤。从警校毕业后，到派出所工作将近三年了，我遇见发病猝死的人也不止一个，难道连起码的判断力也没有？

"刚才我让老太的女儿查点过了，家里的存折和现金都没缺少。"我不得不提醒一句。

如果按照所长的判断，陈老太之死是人为造成的，那么他应该要考虑，作案人的目的动机究竟是什么。这是个无法回避的问题。

所长走到房门口，站在老太倒地的位置上，伸出手朝外一指。他问我是否注意到20多年前建造的这种老式工房的格局。踏进外门就是厨房，为什么老太不放下手中那袋菜，而径直往里屋走？

他的提问直截了当，指出了一个我尚未想到的细节。

我不由得一怔，还来不及做出反应，就听所长讲出了答案："很可能是老太一踏进家门就听到里屋有动静，心里觉得奇怪，才拎着菜直接走过来……"

我看了看樟木箱上那只装着菜的塑料袋，再看看通向天井的那扇门，渐渐不安起来，原有的自信也在慢慢丧失。

莫非老太真的不是发病猝死，而是有人……我又看了看放在床上的尸体，却分明看到老太的耳朵上还戴着黄橙橙的金耳环……不是谋财害命，谁会置一个古稀老人于死地呢？

我冲动地转过身来，但所长已经不在房门口了。

幽暗的房间里只留下我独自一人，站在床前，反复琢磨着所长刚才说过的那番话，疑惑不定……我甚至希望老太僵直的身躯会颤颤巍巍地坐起来，露出满嘴假牙，断断续续地对我说出她死亡的真相……然后重新躺下，瞑目，安息……

外间传来说话的声音，是老太的女儿打完电话回来了。她走进门来，从五斗橱的抽屉里找出钥匙，去开樟木箱上的铜锁。她说她母亲早已为自己备好了寿衣，大概就放在箱底。女人在哀伤的叹息声中开始翻箱倒柜，我也走出房门，来到了外间。

只见所长又反背起了双手，伫立在靠墙壁的那个佛龛前，像是在凝神注视供在里面的那尊佛像。我走到他的身后，也抬起头看了一眼。

那是一尊木雕像，也许供奉时间久了，面目已被香烟熏得发黑。佛龛下的供桌上放着镀铜的烛台和一只酱色釉的圆瓷盆，盆内厚厚的香灰上歪斜地插着几根未燃尽的残香。

所长转过脸来，指指佛龛问我："有什么与众不同之处？"

"与一般人家确实不同，"我回答道，"周围邻居都知道老太信佛，天天烧香，非常虔诚。"

"哦，虔诚……"所长微微一笑，"真所谓'酒肉穿肠过，佛祖心中留'啊。"

他是在含蓄地指出我的谬误：用"非常虔诚"来形容老太信佛不太恰当。或许在他眼里，虔诚的佛教徒应该持戒，吃斋念佛，而老太从农贸市场拎回家的那只塑料袋里不只是青菜豆腐，还有肉糜。

他并无恶意的一句调侃，使我原本就郁闷的心境变得更加阴沉了。

"可惜佛祖不会显灵。"我忍不住流露出一丝抵牾情绪，"否则可以问问他，他大概知道老太是怎么死的。"

"心诚则灵。"所长回转身，意味深长地看着我，"你心不在焉，佛祖怎么肯显灵呢？"

我一时听不明白这句话的含义，只认为他是在我面前故弄玄虚，便不想多说，冷冷地退到了一旁。所长似乎有所察觉，故意用温和的语气问我："110出警是否有规定，要等殡仪馆的运尸车到达之后，我们才能离开？"我摇摇头，表示迄今为止没听说过有这种规定。

"好了，"所长友好地在我背上轻轻一拍，"那我们撤吧。"

刚才还在疑神疑鬼，转眼之间却轻描淡写地说要回去了，真是出乎意料。我揣摩不透所长心里究竟在想什么，或许，他也是缺乏自信？

但不管如何，我们不用在此消磨时间了。临走前，我又踅进里屋，不是去向躺在床上的老太遗体告别，而是提醒那女人，别忘了到派出所户籍室注销死者的户口，开具死亡证明。

我跟着所长走出了16号楼。

在周围居民猜疑的目光和低声的议论中，我驾驶110警车离开了镇南新村，沿着南横河边的公路缓缓朝西行驶。所长坐在我身旁，悠然地看着车窗外的景物。

冬天的太阳从厚厚的云层缝隙间，洒下几缕淡淡的亮光，在碧阴阴的河面上闪闪烁烁。偶尔有一叶小舟随着流淌的河水，从石桥下阴冷的拱洞内悠悠地穿出来，船上坐着两三个胸前挂着照相机的游客。河岸边一株株柳树低垂着细长的枝条，灰蒙蒙的，没有一丝绿意。

腊月的江南小镇，笼罩在一片清寒幽僻的气氛之中。

这时，所长转过脸来问我，青溪镇有哪些文物古迹？我说流经镇中老街的河道上有几座石拱桥，以及临水而筑的古宅民居，都是明清时期遗留下来的。若论年代久远，大概要数圆慧寺里那座石经幢了。

据考证，南朝梁武帝时，在青溪镇的东北角曾建有一座寺院，称为圆慧寺。随着岁月流逝，朝代更迭，原来的佛殿早已荡然无存了，只残留下地基和一座唐代的石经幢。20世纪90年代中期，为了拓展青溪镇的旅游业，又在遗址上重新建造了圆慧寺。

如今，从古龙桥下来，顺着青石板砌成的步行街一直往北，到圆慧寺正门西侧那座御赐的贞节牌坊前，是来青溪镇观光的游客必走之路。

这一路上，沿街的房屋都仿照明清时代的样式进行了修缮，乌黑的瓦檐下悬挂着一个个红纱灯笼，连店铺门外的招牌也设计得古色古香。

"听说还有个古玩市场？"所长突然问了一句。

"是啊，就在石牌坊附近。"我感到有些意外，"所长喜欢收藏古董？"

"谈不上收藏。"他淡淡地说，"但偶尔会有点儿兴趣。"

他又问我是否熟悉做古玩生意的人。我说圆慧寺周围的商店属于小王的辖区，他还分管着歌舞厅、保龄球馆、网吧等公共娱乐场所，交际面广，应该与古玩店里的人相识。

我坦率地告诉所长，所谓的古玩市场是由几个外乡人搞起来的。不久前，他们租下了几间店铺，摆出一些坛坛罐罐招徕顾客。但我认定都是一些赝品，只能骗骗外行的人。

"既然能骗人，就不可小看他们。"

"听小王说，有一次他们缠住一个外国游客，要卖给他一只陶瓷花瓶，说是宋朝官窑烧制的。"

"宋朝官窑……这玩笑开大了。"所长饶有兴趣地追问，"结果呢?"

"结果?"我笑了笑,"那外国人很幽默地问了一句,能带出境吗?"

所长也笑了,身体往后一靠,说他要去会会那些做古玩生意的人。我诧异地斜睨了他一眼,武侠小说中的高手常用"会会"两个字,带有几分挑衅的意味。

警车回到所里,看着所长上楼进了自己的办公室。我也到值班室里,拿出"110出警登记本",将基本情况记录在案。

中午时分,我去走访了与陈老太一起晨练的几位老人。得知昨天一清早,老人们刚到银杏树下,天空中就飘起雨来。陈老太说她身上冷飕飕的,感到不舒服,跟其他老人打了声招呼,就先回家了。据看到的人说,老太拎在手中的那只塑料袋里,确实装着青菜豆腐,还有肉糜。

调查完毕,我返回派出所,直接上楼向所长汇报。推开办公室的门,见他正在接听电话,我便坐在一旁的沙发上耐心等候。

从说话的语气中我听出,电话是刑侦大队的张法医打来的。他按照所长的吩咐去殡仪馆检查了陈老太的尸体,没有发现异常痕迹,她确实是死于脑溢血。

早知道法医会做出结论,我又何必多此一举呢?看着所长搁下电话,伸手端起了茶杯,我不免有些懊悔。但既然进了所长办公室,总不能转身就走吧。于是,我就把刚才走访的情况简要地向他做了汇报。

所长掀开杯盖,轻轻吹开漂浮的茶叶,浅浅地啜了一口热茶。然后他放下杯子,赞许地朝我点点头:"唔,确定死亡时间对我们很重要。"

"是的,我知道……"

我嘴上附和着,心里却暗自好笑:对于被谋杀的人,确定死亡时间当然很重要。但对于一个因病猝死的老人,有何意义呢?

假如恰巧是月底或月初，老太的女儿或许会在意能否多领一个月的养老金。

从所长办公室出来，我抬头看了看并不耀眼的太阳光，感觉到腹中有些饥饿，便下楼，到前面街口的一家饮食店里吃了一碗辣酱面。

午后，坐在办公室里和小王谈论起此事，我直率地说，所长声称确定死亡时间很重要，其实是在安慰我。他是见我出警回来顾不上吃午饭就出去走访，虽然枉费周折，但废寝忘食，精神可嘉，因此以好言抚慰，就像哄小孩儿一样。

小王却劝我不要曲解领导的意思，既然所长说很重要，那肯定自有道理。

我与小王经常在一起值班巡逻，觉得他为人谦和，做事也勤勤恳恳，因此乐意与他交换想法。不过，像他这类性格的人，对上司总是抱有一种盲从的心理。倘若今天换了小王，新所长一句夸赞的话，大概会让他激动半天。

然而小王似乎想表明，他对所长的那份敬重完全发自内心。他告诉我，曾听一位当刑警的同学谈起过，所长在担任刑侦大队副队长时，一直分管凶杀、抢劫、强奸之类的恶性案件。他很敏锐，最善于从细枝末节中找出线索，用逻辑推理来侦破疑案。

我却不以为然。现实中的侦查破案不同于玩智力游戏似的侦探小说，逻辑推理得到的结果往往不是定论，而只是一种可能性。就拿陈老太为什么拎着装菜的塑料袋走进里屋为例，所长推断她是听到有异常动静，走过去查看。而我也有另一种答案：老太一进家门就感觉头晕眼花，只想尽快躺到床上去，这才没有放下那袋菜，径直朝里屋走……

我正侃侃而谈，办公桌上的电话铃声骤然响起。是所长打来的，要小王立刻上楼，到他办公室。

"大概是要看我写的调研材料了。"小王嘀咕一句，急忙站起身来。

"调研什么？"我抬头看着他。

"不就是为了镇南新村外那家新开的网吧……"小王手忙脚乱地从文件夹里翻出几张稿纸。

原来，所长上任的第二天，就收到了中学里几位老师联名写来的信，内容是说一些学生经常旷课去网吧。不少家长也反映，眼看要期末考试了，但子女迷恋上网，没心思复习功课。还听说个别学生因为没钱去网吧，竟偷窃自己家里的存款。

学校和家长都要求派出所取缔网吧。所长便让小王先写出一份调研材料。

"写得我头都要涨爆了。本来还想请你帮我修改修改……"小王低头看着手中的材料，显得不太自信。

又不是写什么高深的学术论文，还用得着反复推敲？我看着小王脚步踌躇地走出门去，心想，他应该提醒所长，派出所并没有取缔网吧的权力。

下午的阳光透过玻璃窗，静静地映在办公桌上。我慵懒地靠着椅背，微微闭上眼睛，把春节之前需要完成的几项业务在脑子里想了一遍。

既然陈老太死亡一事画上了句号，所长也该进入角色了，我要随时准备应付他的查问。上午已经领教过了，这是个十分严谨的人。我甚至怀疑，凭小王的水平写出来的调研材料，能否入他的法眼。

一直到临近下班，没再见过小王的人影。我并不关心他的去向，今晚轮到值班，我们两人都不回家，小王大概也在忙他该忙的事务吧。

正在此时，走廊里传来稳重的脚步声，所长走到了办公室门口。见我独自端坐在电脑前，他便抬起手在门上轻轻叩了两下。

我一转脸见是所长，忙站起身，看着他走进办公室，慢慢踱到我的面前。

"你在写文章?"所长瞥了一眼电脑屏幕。

"个人的年度总结,"我回答道,"每年要写一份的。"

"走,"他含笑说,"陪我到古玩市场去一趟。"

他做了个手势,要我脱下制服,换上便装。

圆慧寺一带是小王的辖区,按理应该由他陪同新所长视察。现在要我来替代小王,或许所长觉得这是出于他个人的兴趣爱好,不宜与公务混淆吧。

我换上了那件深蓝色的羽绒服,陪着所长出了派出所大门。我们穿过老街的民居之间一条幽深狭长的小巷,抄近路朝圆慧寺方向走去。

踏上那条青石板砌成的街道,看着两旁式样古朴的茶馆酒楼,以及那些出售土特产的店铺,耳边恍惚听得一缕悠远绵长的丝竹之声,若断若续地飘浮在黄昏的寒风中。

抬头向东北方望去,只见粉墙黛瓦后面有几株参天古树。横斜交错的枝权间隙,隐约露出圆慧寺里那座大雄宝殿的檐角,斜映着淡淡的夕阳。

所谓的古玩市场位于街道的北端,在那座贞节牌坊的斜对面。快到打烊时间了,那些店主坐在半明不暗的店堂里,注视着门外过往的游客,期待着能做成最后一笔生意。

只有小王与古玩店里的人相识。我和所长身穿便装,一前一后悠然地从他们眼前走过,就像在浏览小镇的街景。我心里纳闷:既然要我陪同过来,所长怎么不进店去"会会"那些店主?

仿佛是有心灵感应,我正这样想着,所长在一家店门口停住了脚步。他抬头朝悬挂在门楣上的那块牌匾瞟了一眼,便跨进了门槛。我紧跟在他身后,也抬起头,看见乌黑的牌匾上用白漆写着店名——仰古轩。

店堂内的木架上有几只陶瓷花瓶,一旁还凌乱地摆放着木雕、紫砂壶、陶罐之类的器物。在幽微的电灯光下，仿佛蒙上了一层厚厚的尘垢。

店堂里端竖着两扇旧屏风。屏风上挂着一张霉点斑斑的月份牌，画面上那个民国时期的摩登女郎身穿旗袍，姿态优雅地端坐在红木茶几旁。

靠墙脚搁着几块开裂的雕花窗板，也不知是从哪座老宅里拆下来的。

店主是一个体态微胖的年轻男子，见有人光顾，便热情洋溢地迎了上来，连声问我们想要什么，陶瓷、玉器，还是字画……

早就知道摆放在店堂里的都是些赝品，我只是陪所长进来看看，根本不屑与店主搭讪。所长也漫不经心地扭转脸，将店堂的各个角落扫视了一遍，随手从木架上拿起一只青花松鹤纹的梅瓶，掂了掂，神闲气定地细细把玩起来。

那店主站在身旁不停地啰唆着，所长抬抬手打断了他，用指头在瓶上轻轻点了点，低声讲了两句，并心照不宣地朝他笑笑。店主也尴尬地笑了，从所长手里接过青花瓷瓶，怏怏地放回了原处。

所长反背着双手，往里踱了两步，又打量着摆在近旁的几件旧铜器，没有要离开的意思。那店主还不甘心，又谨慎地凑上前去，指指点点介绍起来。

我站在一旁冷眼看着他们，发现所长边听边微微点头，似乎并不感到厌烦。

像所长这样见多识广的人，是不会受那店主的蛊惑，也不会对眼前这些破旧的杂物感兴趣的。想必他是当面点穿了那只仿古青花瓷瓶上的破绽，让店主叹服，一时心里很得意，也就显得意兴盎然了。

然而，令我不解的是，刚才从另几家古玩店门前走过时，所长连眼梢都懒得斜一下，却为何偏偏要站在这里与那家伙周旋呢？

只见他们两人窃窃低语了几句，那店主便转身到店堂里端的屏风后面拿来一件东西，扯开裹在外面的旧报纸，原来是一只三足双耳的铜香炉。

　　店主把香炉递给所长，又急不可耐地伸出手去，让所长将香炉翻转过来，指给他看外底部有"大明宣德年制"的款识。

　　这就是著名的"宣德炉"？我暗暗吃惊。

　　曾经在一本书上看到过这样的记载：明朝宣德年间，按照皇帝的旨意，铸造了五千只精美的香炉，都是用暹罗国进贡的风磨铜为原料，并且添加了金银，十分贵重。

　　我看着所长把香炉拿在手里反复端详，心想，他深谙此道，应该能辨别这只宣德炉是真还是假的……无意间，我察觉所长的鼻翼微微动了动，不禁有些困惑：只听说过辨别古董的真伪要凭学识，凭眼力……用鼻子，我可是闻所未闻……难道这宣德炉会散发出什么特殊的气味？

　　"不错，"所长轻轻拍着铜香炉，"你不把它摆出来，是怕没人识货？"

　　"怎么说呢？"店主嘿嘿一笑，"你也知道，这种东西很难弄得到……"

　　他摇头晃脑地感慨，如今的生意是越来越难做了，又以鄙夷的口吻揭露附近那几家古玩店里的人太昧良心，说他们高价卖给游客的所谓古董没有一件是真的。但是，他指着所长手里的香炉，信誓旦旦地说，这只宣德炉绝对正宗。他表示从来不敢欺骗像所长这样识货的人。

　　不管这家伙是有意讨好，还是在故弄玄虚，我从所长深沉的目光中看出，这只香炉非同一般。并隐隐觉得，所长来古玩市场，不仅仅出于他个人的兴趣爱好，而是另有意图。

　　"你很精明，"所长意味深长地朝店主点了点头，"不见真佛不烧香啊。"

"不瞒你说,"店主凑近所长,神色诡秘地压低了嗓音,"我也是刚收进的,本来想过两天……"

"好了,"所长打断了他,直截了当地问道,"你开价是多少?"

这种爽朗的语气中透出一股咄咄逼人的威势,显然不像是在谈买卖。凭着直觉,我已经意识到,落在所长手里的这只铜香炉,很可能是他正在搜寻的一件重要物证。我本能地朝店主身旁靠近了一步。他还浑然不觉,迟疑地望着所长,伸出指头做了个手势。

"我是问你,你收进它花了多少钱?"所长果然话锋一转。

"你……别开玩笑……"店主心虚地避开所长犀利的目光,"你不想要,那……那就算了……"

他急切地伸出双手想拿回香炉,但被我挡住了。他一抬头,看到我亮出的警官证,顿时惊得目瞪口呆。

"不用着急,"所长调侃道,"我们生意还没谈完呢。"

店主缓过神来,怔怔地望着我们。

所长要他讲清楚这只铜香炉的来历。店主支支吾吾地说,是另一位合伙人经手的,他并不知道详情。我见他一味搪塞,真想揪住他的衣领,带到派出所去。

所长却不急不恼,他要店主马上去把那个收进宣德炉的合伙人找来,说很想与他切磋切磋。店主被逼无奈地摇头叹息,站在原地不肯动弹。

正在此时,一个披着金黄头发、身穿红色滑雪衫的外国女人踏进门来,好奇地打量着摆放在店堂里的瓶瓶罐罐。店主的眼睛也不由自主地朝她瞟去。

所长见他有些分心,便拍拍他的肩膀说:"到里面去谈吧。"

从警察口中说出"里面"两个字,常常会让人误解为另一层意思。店主蓦地惊回,神色紧张地看着所长。直到所长伸手示意,他才松了一口气,极不情愿地朝屏风那边走去。

我刚想跟着所长过去,那外国女人突然指着一只陶罐对我说:

"Was it really used by the ancient people（它真的被古人使用过吗）？"

她是在问我，这真的是古人用过的东西吗？我心里觉得好笑，便随口答了一句："鬼知道。"

"What（什么）？"她睁大眼睛迷惑地望着我。

见她如此认真，我也只好认真地想了想，把"鬼知道"三个字用英语向她解释了一遍："Only the ancients know if they have ever used it（只有古人知道他们是否使用过它）。"

是不是古人用过的，只有古人心里明白。我这样翻译，既不违背本来的意思，又不失幽默。至于她能否领悟中国话的多层含义，我想，那真的只有鬼知道了。

等那个外国女人在店堂里看了一圈，走出门去，我才转身走到里端的屏风旁，所长和店主的对话已经接近了尾声。

"他是什么时候拿来的？"所长问道。

"昨天傍晚。"店主垂头丧气地回答。

这是他们所说的最后一句，也是我能听到的唯一的对话。这句话隐含的某种提示，立刻让我联想起中午所长在办公室里说过的另一句话——确定死亡时间对我们很重要。

我心里一动：莫非这只铜香炉与陈老太的死有关？

我们走出仰古轩，街道两侧的店铺都已经关上了门。周围看不到一个人影，只有那座御赐的贞节牌坊依然矗立在苍茫的暮霭之中。所长带着我没有按原路返回，而是从石牌坊前转弯向东，往圆慧寺那边走去。

"你刚才的反应很快啊。"所长侧转脸朝我笑笑。

"我只是凭直觉。"我回答说，"香炉明明是那家伙自己经手的，却不肯承认。这反而证明他心里有鬼……"

我迫切地想知道店主究竟向所长坦白了什么事情，便故作感慨地说了这番话，并探询地看了看所长拿在手中的铜香炉。

"这只香炉是陈老太家里的。"所长坦率地告诉我。

果然是有人从老太家里偷出宣德炉，销赃给了仰古轩的店主。我对这样的答案并不感到意外。只是很惊讶，所长是如何发现线索，查明这只宣德炉来龙去脉的？

我还想继续追问，但见他打开手机和人通起话来，只得欲言又止。

我们经过圆慧寺的正门，沿东侧围墙下一条幽僻的小径，走到了公路上。迎着凛冽的寒风，望见远处"青溪宾馆"主楼顶上的霓虹灯，已在朦胧的夜色中亮起了一片红光。

站在路边，我听所长讲述了他搜寻线索推断案情的全部细节。

作为一个看过各类案件现场的资深刑警，所长一踏进镇南新村16号底楼，便察觉到这屋子里有异常的迹象。

倒在门旁的老太和她手边的那一袋菜，以及那扇虚掩着的门……很快把他怀疑的目光引向了天井……当所长来到天井里查看时，又意外地发现，在那只水缸后面扔着一棵茎叶饱满的水仙花……

是谁把花扔在这里？究竟出于什么动机？他一时难以解释。但可以肯定，这样一棵含苞待放的水仙花，原先应该是养在盆里的。于是，所长不动声色地在老太家里搜寻起那只养水仙的花盆来……最终，在外间的佛龛下发现了它……

原来摆在供桌上的那只满是香灰的酱色瓷盆，竟然是养水仙花的！我这才恍然大悟，所长曾指着佛龛问我，有什么与众不同之处？我当时还懵懵懂懂，不知所云。其实他早已做出了推断：有人偷梁换柱，盗走了香炉。

一辆警车闪烁着顶灯，从远处飞驶而来，缓缓地停在我们面前。

"所长，拿到了？"车窗里探出小王微笑的脸。

所长举起手里的铜香炉朝他示意，小王高兴地竖起了拇指。所长走到警车旁，一手搭着车窗，弯下腰与小王低声交谈了几句。

"去找他来吧，到我办公室。"所长吩咐道。

"今天一天不见他的踪影，也没去上课。"小王坐在车里回答，"估计又在网吧里。"

"他还有心思上网吧？"所长无法理解似的摇摇头。

无须再问是谁盗窃了香炉。上午我亲自查看过，陈老太家的外门和窗户紧闭，没有发现被撬的痕迹，答案已经明摆着了。

半小时后，一个身材瘦小、头发微黄的男孩儿被小王带进了所长办公室。正是前些日子在网吧里参与斗殴的那个初中学生，老太的外孙。

所长走到他身旁，开门见山地问道："认识它吗？"

男孩儿顺着所长手指的方向偷眼望去，只见那只铜香炉就摆放在办公桌上。他立刻摇了摇头，竭力想保持镇定，但嘴唇却不停地颤抖着。

所长将脸微微偏向男孩儿，凑近他的耳朵说："在你外婆面前，你也会这么说吗？"

"……"

"事情已经发生了，该不该讲清楚呢？"他的语调很温柔，"你好好想一想……"

男孩儿的嘴唇颤抖得更厉害了，他低垂着头，亮晶晶的泪水慢慢溢出眼眶，顺着面颊淌下来。突然，他倔强地抬起下巴，大声申辩："我没有……我没有杀死我外婆，她是自己跌倒的……"

"好了，我知道你外婆是怎么死的。"所长伸出手，和蔼地抚摩着男孩儿微黄的头发，"坐下来，把事情的经过讲一遍，好吗？"

男孩儿呜呜地哭着，点了点头。小王挪过来一把椅子，让他坐下。

自从一个月前，镇南新村外那家网吧开张之后，引得镇上一些学生无心上课，整天泡在网吧里。这男孩儿就是其中之一。当他把外婆给的零用钱花光之后，听一位同学说起，曾看到古玩店里的人出好几百元收购了一件旧铜器，他立刻就动了心。

昨天清晨，他悄悄来到外婆家，从佛龛下拿起了那只铜香炉。接着，他又走进里屋，想敲碎通向天井的那扇门上的玻璃，造成有外人翻过围墙进屋来盗窃的假象。但是他万万没料到，因为天下起雨来，本来应该还在晨练的外婆突然提前回家了。

陈老太一进家门就听到里屋有动静，便拎着那袋菜直接走了过来。一眼看到外孙拿着她心爱的香炉正在东躲西藏，立刻气急败坏地冲过来争夺。她嘴里还不停地咕噜着，不知是在斥责外孙，还是在念"阿弥陀佛"。

惊慌失措的男孩儿本能地伸手一推，老太往后滑了两步，便仰面朝天跌倒在房门口。当她颤颤巍巍想支撑起身体时，突然两眼发直，嘴角歪斜……躺倒在地……不动了。

男孩儿见闯下了大祸，吓得脸色都变了。在惊慌中，他看到了养水仙花的那只瓷盆。于是，他灵机一动，端起瓷盆来到天井里，连水带花泼落在水缸后面，然后再把香炉里的积灰一点一点全倒进盆里……他一手拿着香炉，一手端着瓷盆，小心翼翼地跨过躺在房门口的外婆，到了外间。他模仿影视剧中"偷梁换柱"的手法，用装满香灰的瓷盆代替香炉，摆放在佛龛下……

陈老太之死终于真相大白了。我开门出来，在冷风飕飕的走廊里踱了几步，心情十分沮丧。

我当时只想到门的插销在房间里，门上的玻璃也完好无损，便认为没有必要跟着所长到阴冷潮湿的天井里去。就是这一念之差，漏过了查明真相的关键线索。更让人难堪的是，小王协助所长迅速找到了那只宣德炉的下落。而我，却始终被蒙在鼓里，无所作为。

听得一阵脚步声，我抬头一看，原来是陈老太的女儿。她胳膊上戴着黑纱，由一个联防队员陪同着，正从楼梯口走过来。我侧转身站在走廊的灯光下，目送着这个比我更沮丧的女人，步履沉重地走进了所长办公室。

半夜时分,我和小王带着几名联防队员在镇区巡逻。当我们途经古玩市场时,小王对我讲了查寻那只铜香炉的经过。

原来,所长下午打电话召他到楼上,并不是想看他写的调研材料,而是要他马上去古玩市场调查一件事——这两天有谁收进过香炉之类的器物。

小王当即领命前往,他找了几个熟人暗中一打听,立刻就得到了线索:昨天傍晚,有人看见两个中学生,书包里藏着一只铜香炉,溜进了一家古玩店……

"你看,就是这里。"小王流露出平时少有的得意,"这真是功夫不负有心人啊。"

我没有停住脚步,只是抬起头,朝门楣上那块黑色的牌匾斜了一眼。借着黯淡的路灯光,白漆书写的"仰古轩"三个字依稀可辨。我想,所长让我陪同他来这里获取那只宣德炉,也许和小王是同一种心态,故意在我面前炫耀他料事如神吧。

"你立下汗马功劳,新所长要对你刮目相看了。"我哼了一声。

"能这么快查获线索,是有原因的。"小王坦诚地说,"仰古轩的店主经常搞歪门邪道,人缘不好。附近几家古玩店的人都恨他,巴不得他出事。"

同行之间最容易产生嫉妒,而这种嫉妒又很容易被人利用。我默默地想着,从那座御赐的贞节牌坊前缓缓经过,往圆慧寺那边走去。

小王熟悉这一带的情况,指派他来追查宣德炉的下落也无可非议,但所长为什么偏要对我隐瞒真相呢?对此我一直耿耿于怀。

夜寒星稀,银钩似的一弯月牙,高高地悬挂在那几株参天古树的枝梢上。四周一片寂静,只有我们这一行人的脚步声,沿着圆慧寺的围墙发出沙沙的轻响。抬起头来,寺院内那座佛殿高大的黑影就在眼前。

"不到一个月,又要过春节了。"小王喃喃地说。

每年除夕之夜，从四面八方赶来争烧头香、撞钟祈福的人如潮水般涌入圆慧寺。我们派出所的全体警察也要在寺院内外通宵值勤，以维护秩序，保障安全。

我突然想起了那位笃信佛教的陈老太。前几年的除夕之夜，我是否曾在香烟缭绕烛光摇曳的大雄宝殿前看到过她的身影呢？

所长曾经调侃，说老太在家里一面供佛像，一面食肉糜，不能算很虔诚。我想，他如果亲眼见过除夕之夜寺庙里的喧闹景象，就一定会领悟：如今来烧香拜佛的人，多半不是为信念，而是为了欲望。

所谓的虔诚，也可以是一种带有功利色彩的时尚。或许，这就是现代人对传统文化所做的全新阐释。

"这圆慧寺像什么？"我突然想到了一个有趣的问题。

"像什么？"小王不解地嘟哝着。

"像一只水仙花盆。"我认真地说。

在遗址上新建起来的圆慧寺，只是一件承袭了古老名号的替代品，并不蕴含着深厚的历史文化。但它却依然吸引着众多的信众和游客，香火旺盛……

而那男孩儿用水仙花盆调换宣德炉的举动，正有类似的象征意味。

提到宣德炉，小王打断了我的话。他说，陈老太家里的那只铜香炉并不是真正的宣德炉，而是清代仿器。按所长的估价，也就值1000多元钱。

辨别古董的真伪，仅仅是为了确定它是否值钱，未免太肤浅了吧。我告诉小王，我正在构思一篇文章，题为"现代意识对传统文化的内涵置换及价值判断"。并表示，完稿之后一定先让所长过目，但不知道他是否有兴趣和我探讨。

小王却劝我少费这种心思。以他之见，一个警察能做好职责范围内的事，已经不容易了。如果实在想写，不妨就写写陈老太之死的真相是如何查明的。他甚至为我拟好了题目——佛龛下的疑云。

这种训导人的口吻真的令我很反感。不过，对他所提的建议，我觉得尚可接受。

（雷毅，1956年10月生，陕西清涧人。曾任上海市公安局奉贤分局警察训练基地专职教官。上海市作家协会会员。著有推理小说集《日常生活的细节推理》。小说《佛龛下的疑云》荣获全国推理小说二等奖，中篇小说《殉葬》荣获"恒光杯"公安文学大奖赛中短篇小说优秀奖。）

警察、萨克斯乐手和老人

刘翔

1

"呜——"姬国成在自己的胸腔里深深地运了口气后,捧着心爱的萨克斯憋足劲吹了好几个长音。可是,吹啊,吹,传出来的音色,依然还是那么沉闷与嘶哑,一如他现在那糟糕的心境。

突然,姬国成恼怒地把萨克斯往床上一扔,从口袋中摸出一支香烟点上,焦躁地在房间里来回走动起来。当他的双眼再次落到被自己"遗弃"的萨克斯上时,原本含有几分凶狠的目光,仿佛又多了几丝怜悯,内心不由得暗暗对自己骂道:"小子,你再没钱,也不应该拿萨克斯出气啊!有本事就去偷、去抢、去骗,萨克斯可没惹着你呀!"

姬国成把手中的香烟揿灭,充满柔情地从床上把萨克斯捧在怀中,犹如拥抱着一个自己深爱的女人。良久,他低头轻轻地将自己的嘴唇凑近萨克斯的笛头,双手熟练地揿动起按键。顿时,那首情深意长的《回家》的旋律在空气中弥散开来。很快,姬国成就已经完全沉浸在自己的世界里,随着音符在空间飘浮,原本随着节奏不断晃动的躯体渐渐地"凝固",他的双眸慢慢开始湿润……

姬国成曾经在纺织厂当过工人,曾经犯盗窃罪吃过官司,被劳动教养过。出狱后,为了谋生,也曾经独自或与他人合伙做过生意。也曾经有过一个幸福美满的家庭,有过一个漂亮、贤惠的妻子。但最后,做生意,他失败了。妻子和他离婚了。女儿离他而去了。乃至做人,他也不是一个遵纪守法的公民。一切的一切,他姬国成都是一个失败者。可在他那52年的可谓坎坷的人生道路上,唯一成功并足以令他引为骄傲的就是,他是一个出色的萨克斯乐手。多少次,他站在金碧辉煌的舞台上,在聚光灯的映射下,吹奏出的一首首美妙的乐曲,都会赢得热烈的掌声和喝彩。哪怕就在他人生最为"黑暗"的服刑期,他作为监狱艺术团的第一萨克斯乐手,也为他招来了无数的粉丝,给自己的服刑生涯抹上了一点儿温暖的亮色。

音乐,虽然没有净化姬国成的灵魂,却也给他寂寞、孤单的生活带来了一丝温暖。所以,他始终将那支萨克斯视作自己的亲人。出狱时,没有一个亲人来接他。肩背着那支萨克斯独自来到市郊租住的那间小屋,望着空荡荡的房间,姬国成席地而坐,抚摸着这些年来始终陪伴着自己的萨克斯,不禁呢喃:"萨克斯啊,萨克斯,如今只有你是对我不离不弃的亲人了!"

……

此刻的姬国成依然深深沉浸在《回家》的旋律中不能自拔,但他始终不明白,为什么今天吹出来的音色会如此沉闷与嘶哑?

姬国成把萨克斯放在床上,仔细地检查了一番后,结果发现是萨克斯的笛头坏了。他把拆卸下来的笛头拿在手中,心里不由得泛起一丝烦躁与不安。因为,没有任何经济收入的他,已经没有钱去购置新的笛头了。购买一个理想的笛头需要1700多元,可这笔钱对他而言,显然是一笔巨款。可是,如果由此而不重新换一个新的笛头,对他来说那就犹如失去亲人般的痛苦,"当我手中的萨克斯再也奏响不出清脆、浑厚的音符,我活在这个世界上还有什么意义呢?"

欲哭无泪的姬国成把笛头紧紧地攥在手心,目光茫然地在小屋里飘移着,当他的双眼呆呆地望着窗外街头绿地中一些正在锻炼聊天的老人时,飘移的目光突然定格。

良久,他的嘴角露出了一丝不易察觉的冷笑。

2

78岁的姚老伯尽管年近耄耋,还患有严重的心脏病,但每个月的15号,他都要步履蹒跚地走到家附近的东兴路邮局领取养老金。虽然老伴和女儿多次劝说他:"大街上车多人杂,你这么大的年纪就不要再亲自去了,还是我们代你去领吧。"可是,固执的老人始终不从,好几次甚至还把家人痛骂了一顿。他始终觉得只有自己亲自上邮局把现金领取到手,才会放心、舒心。

这天上午8点10分,姚老伯像往常一样,挂着拐杖又与数十位老人一起早早地排队等候在东兴路邮局门口等待开门,彼此热情地嘘寒问暖。每个月的这天,既能领取到养老金,又能和一些老哥儿们、老姐妹相聚在一起见个面,说说话,对这些老人来说仿佛是一个能给他们带来欢乐的节日。尽管他们中的许多人体弱多病,行动不便,但他们还是不顾子女的劝阻,依然执拗地要亲自跑一趟。这种旁人看来也许是十分古怪的心理,他们的子女是不能理解的,但也很无奈。

8点30分,邮局准时开门。今天,姚老伯是排在第一个,当他看到营业员递上的2200元现金时,满是皱纹的脸上露出了幸福的笑容。他用双手颤巍巍地复点了一遍后,小心翼翼地把钱放进上衣左侧的内袋里,然后笑哈哈地向还在排队的老伙伴们扬了扬手:"我先走了,下个月再见!"

姚老伯走出邮局,刚走到附近的一个弄堂口时,只见身旁一个推着自行车的中年男子突然用右手扶住姚老伯的肩膀热情地叫道:"老爷叔,你怎么一个人出来啊?马路上汽车很多,你要当心安全哦！"说着，便将姚老伯往马路的边上拉了拉。

姚老伯呆怔怔地望着那个男子，没有吭声，心里却想：我不认识你啊，你是谁啊？

"老爷叔，你认不出我了？我是小狗子呀，原来和你家住在一条弄堂里的。"那男子继续说道。

"哦，你就是那个住在9号楼上的小狗子？人老了，记性不好了啊！一下子还真的认不出你了。"其实，此时的姚老伯根本就不认识什么小狗子小猫子，但出于礼貌，他也就顺着那中年男子的话了。

"老爷叔你的记性真好啊！我是住在9号楼的，现在身体还好吗？"那男子笑嘻嘻地拍了拍姚老伯的肩膀。

"不行啊，人老了，身上的零件都坏得差不多了，心脏不好，特别是腰部，经常是疼得直不起来哦！"

"啊呀，老爷叔，我学过按摩的，来，来，今天我给你按摩按摩，保你舒服。"那男子说着便拉着姚老伯在路边绿化带的一个石凳子上坐下，热情地在姚老伯的身上使劲按摩起来。

几分钟后，中年男子对姚老伯说："老爷叔，你现在站起来走走看，肯定舒服多了。"

姚老伯试着在绿化带里走了几步，感到腰部似乎确实舒服了些。"谢谢你，谢谢你，小狗子，你手上功夫还真有两下子啊！"拉着那男子的手，姚老伯不停地谢着。

"老爷叔，你不要客气，我和你是几十年的老邻居了，过几天我再来给你弄弄。"话音未落，中年男子便跨上自行车，飞速地消失了。

姚老伯继续在石凳上坐了一会儿后，便准备起身回家。同时，他下意识地摸了摸上衣左侧的内袋，突然发现放在里面的2200元养老金没有了。姚老伯急坏了，此刻，他已搞不清钱究竟是怎么丢掉的，心想，也许是掉在了邮局。于是，赶紧急匆匆地向邮局走去。当他刚走进邮局的门口，喊了一声"我的养老金……"，便两眼一黑，晕倒在地。

邮局的工作人员和周围的群众见状，连忙拨打了 110 和 120，疾驶而来的救护车迅速将姚老伯送往医院。刑侦支队的陈国明探长带领侦查员随即赶到了现场。辖地派出所的民警也很快联系上了姚老伯的女儿，他们会同其女儿马上前往医院了解情况。

然而，经过医生的全力抢救，患有严重心脏病和高血压的姚老伯虽然苏醒过来，但经受了如此沉重的打击的他，面对身旁的警察与女儿，只是一个劲儿老泪纵横地哭诉着："养老金，我的养老金哪里去了？我活不下去了啊！"他始终陈述不清事发的完整经过，给案情的调查带来了困难。

令民警不安的是，正当他们在医院里焦急地等待姚老伯苏醒过来时，分局指挥中心又传来指令，双清路邮局再次出现退休老人在领取养老金后被盗走的案件，要求马上前往出警。带队的陈国明探长当即决定，留下两个民警继续"陪伴"姚老伯，其余的民警立即随他驱车赶往案发现场。

在受害人的家里，严老伯痛哭流涕地讲述了事发经过。原来，这天上午 10 点 30 分左右，严老伯和老伴一起把刚从邮局领取的 2300 元养老金放入手提包，彼此搀扶着走出没多远，就遇到一个自称是严老伯的老乡的中年男子。那人用一口纯正的苏北话热情地向严老伯打招呼，问他是苏北哪里的，严老伯说是盐城的。那男子连忙说："太巧了，我也是盐城的，我们是老乡啊！"紧接着出现的一幕和姚老伯的遭遇几乎是如出一辙。中年男子在得知严老伯的颈椎不好时，便给严老伯做起了按摩。当严老伯回到家后，才发现存放在手提包中的养老金不翼而飞了。

"警察，这是我的活命钱啊！"严老伯紧紧攥住陈探长的双手不肯放下。

3

目睹那些丢失了被他们视作活命钱的养老金后的老人们那痛不欲生的样子,陈国明探长等民警亦是心如刀割。短短的一个多小时内,接连出现的这两起涉及退休老人养老金被盗的案件,虽然案值不大,但却在社会上引发了众多老人的不安全感,同时也给公安机关带来了压力。

回到办公室已是下午1点了,可陈探长却没有心思吃饭。他翻阅着桌上的受害人陈述笔录,心情十分沉重。良久,他拎起电话把自己探组的侦查员一一叫来后说道:"我们每个人家中也有年迈的父母,将心比心,如果是自己的父母碰到了这种事,我们做儿女的能心安吗?从现在起暂停双休日,全力投入侦查,争取尽快抓获犯罪嫌疑人,给这些老人和他们的家人一个交代。"

这是没有办法的事情,只要有案子发生,搞破案的民警就只得牺牲自己的休息时间。他们经常调侃说:"警察是执法者,但我们做警察的却偏偏经常违反劳动法。"

当侦查员们离去后,陈国明又给妻子打了个电话:"老婆,今天我要加班,晚上你陪儿子去学琴吧。"陈国明所说的学琴,其实准确地说,应该是学习吹奏萨克斯管。每个星期五的晚上,他都要开车带儿子到音乐老师家里练习,儿子现在已经考到八级水平了,明年准备冲刺十级。

陈国明从小就十分喜欢音乐,和妻子谈恋爱的时候,基本上都是在音乐厅度过一个又一个美好的夜晚。他尤其喜爱聆听管乐,车子里的碟片全是萨克斯管演奏的乐曲,尤其是肯尼基演奏的,他是百听不厌。因此,从小就让儿子学习吹奏萨克斯,他觉得只有萨克斯才能吹奏出男人的阳刚和霸气。每当看着儿子捧着萨克斯吹奏时那潇洒的样子,他就会露出骄傲的笑容。

夜已经很深了。

陈国明还和探组里的几个兄弟紧盯着电脑屏幕，仔细查看着街面监控录像。看着，看着，他突然发现两起案件的案发时段和现场均有一个头戴黑色帽子，身穿黑色上衣，下穿一条浅色裤子，骑着一辆自行车的中年男子身影。画面显示，8点54分，该男子首先骑着自行车经过东兴路邮局门前的东兴路上，约莫一分钟后，他又掉头向邮局方向骑了过去。再把监控录像的时间朝前推，8点46分，该男子就出现在了东兴路上。仅在八分钟的时间段内，他就骑着自行车在邮局门口来回了三四遍，并不停地向邮局门口张望。10点5分，该男子出现在双清路邮局附近的一个路口，推着自行车来回走动着。

"这家伙具有重大作案嫌疑。"紧盯着监控录像中该男子的视频图像，陈国明心中有点儿兴奋。"你们看，两起案子针对的作案对象均是刚从邮局领取养老金出来的老人，作案的手法也是"异曲同工"。立即将这两起案子并案侦查，继续追踪他的活动轨迹。"陈国明大声说道。

遗憾的是，虽然在街面监控录像中发现了嫌疑男子的踪迹，但是，由于接下去出现了道路监控的盲点，再也追踪不到该男子的活动轨迹。

线索就此中断，案件的侦查一时陷入僵局。

但是，陈国明没有气馁。他认为，一个多小时内连续作案两起，时间和线路均安排得紧密有序，犯罪嫌疑人一定是个有作案经验的老手。同时，从监控画面上可以看出，每次作案前，他都会事先选好时间与地点，并且进行过踩点。具有丰富刑侦经验的陈国明断定：这个嫌疑人屡屡得手后，他肯定会再次作案。

于是，针对嫌疑人的这一作案特点，陈国明布置侦查员在接下来的养老金发放日子，化装成路人、摊贩等各类人员，对辖区内的近百个邮局、银行网点采取守候伏击与视频巡逻相结合的方式，等待犯罪嫌疑人的出现，力争当场擒获。

然而，狡猾的犯罪嫌疑人似乎是和警察玩起了躲猫猫的游戏，在接下来的两个多月里，他再也没有出现。侦查员有点儿沉不住气了，怀疑犯罪嫌疑人是流窜作案，打一枪换一个地方，不会再来了。可是，陈国明却始终坚信自己的策略没错，要求侦查员不要急躁，继续守株待兔。

三个月后嫌疑人终于再次出现。

这天中午12点，李老伯到迎春路上的一家邮政储蓄银行提取了一万元现金后，刚穿过邮局前面的马路，迎面一个骑着助动车的男子笑吟吟地对他说："老先生，你好！你的面色不太好，是去医院看病吗？"

李老伯瞧了瞧对方，没有搭理。那男子索性将助动车停放好，热情地拽着李老伯的胳膊继续说道："老先生，我是社区卫生中心的医生，我来给你搭下脉搏吧。"接着，不由分说，便给李老伯搭起了脉，而且还不停地按摩起李老伯的颈椎、腰部。

路遇如此热心助人的社区医生，李老伯也就顺从地听其摆布起来："谢谢你了，医生。"

按摩了一会儿后，那男子跨上助动车，对李老伯说了句："老先生，我姓金，你以后到社区卫生中心来看病的话，就直接来找我，我免收你挂号费。"便扬长而去。

李老伯回到家中时，才发现口袋里的一万元现金不见了，但对自己的一万元现金究竟是怎么丢失的，却说不清楚。焦急的家人只得赶紧拨打110报警电话，向警方求助。

接到报案，陈国明带着两个侦查员迅速驾驶警车赶到了李老伯的家里。见到警察，李老伯像是一个犯了错的孩童般，只是一个劲地哭泣，嘴唇不停抖动着，却始终说不出一句话。

陈国明只好留下一个侦查员安慰李老伯及其家人后，立即来到辖区派出所，调阅了案发地附近的街面监控录像。在监控录像中他们看到,与前两次不同,这次犯罪嫌疑人骑的是一辆蓝色的助动车,并且没有戴黑色帽子,理着一个现今十分时尚的锅盖头发型。顺着街面监控录像一路追踪,发现一个小时后,该男子进入了大卖场附近的一家琴行。

4

此时的姬国成非常兴奋。

他终于有钱了。这次,他不仅购买了一个新的笛头,而且还花了4000多元购买了一支新的萨克斯,这是他早已梦寐以求的了,只是因为囊中羞涩,一直未能如愿。现在,吹奏着新买的萨克斯,他爽极了:"啊哈,老子现在是彻底鸟枪换炮了!"

姬国成将新买的笛头在萨克斯上安放好后,低下头轻轻地把嘴唇贴近笛头,犹如亲吻久别的恋人。随即,一阵洪亮中夹带着缠绵的音符在空间飘浮起来。都说好马要配好鞍。换了一个优质的笛头后,吹出来的音色就是不一样啊,一扫原本的沉闷与嘶哑。

次日清晨,姬国成便提着萨克斯快步朝住处附近的一家公园走去,每天早上或者下午他都要到这家公园的中心绿地和一群拉二胡、吹小号、弹扬琴的中老年器乐爱好者在一起弹拉吹唱,自娱自乐。但是,由于他的萨克斯上的笛头坏了,没钱购置新的笛头,已经一个多星期没去公园了。今天,当他一出现在公园时,那些器乐爱好者便关心地问道:"怎么回事,国成,这几天都到哪里去跑场子了?没空儿过来也要向老兄弟们打声招呼呀,大家都在等你啊!"

姬国成尴尬地笑了笑:"不好意思,不好意思,前几天身体不太好。今天,我先来吹一首吧,给大家赔个礼!"说着,便微闭双眼,摇头晃脑地吹奏起自己十分拿手的一曲《苏格兰的蓝铃花》。欢快的旋律在他的演绎下倾泻而出,显得荡气回肠。正在公园里晨练的人们纷纷围拢在他的身边，不停地鼓掌喝彩。

姬国成陶醉了。在他 52 年的人生道路上，虽然也曾经拥有鲜花和掌声，但这些鲜花和掌声绝大多数时候，是人们对他在监狱服刑时改造表现的一种鼓励。很多时候，面对这些鲜花和掌声，他的内心深处充满着惶惑。出狱后，他靠跟着别人后面跑场子演出来赚钱谋生，但他始终觉得自己只是一个街头卖艺的乞讨者，在那里他得不到一个"艺术家"的尊严和荣耀。所以，每吹出的一个音符都是苦涩的。

可是，当姬国成站在公园绿地、街心花园晃动着脑袋，忘情地吹奏着萨克斯时，他立马觉得自己就是这个"舞台"上的头号主角，虽然这种街头演出纯粹是自娱自乐，赚不到一分钱的收入，但却让他"赚"到了自尊。

自幼酷爱音乐的姬国成，从小学就开始学习吹奏萨克斯，他的梦想就是成为一个中国的肯尼基。尽管后来在人生道路上走了弯路，弄得自己穷途潦倒，但是，姬国成不管怎样缺钱，他依然有着对萨克斯吹奏艺术不懈追求的痴情。但这种痴情一旦遇到诸如笛头坏了、无钱购买喜爱的萨克斯时，他灵魂深处的那种劣根性就会萌发，甚至不惜为了"艺术"重新走上犯罪的道路，把肮脏的双手伸向那些弱势的退休老人。

当他又一次把目光聚焦到窗外那些行动迟缓的老人时，他坦然笑了。他为自己最近能连连得手的"辉煌"成果而洋洋得意："出来这么多年了，我姬国成的武功还没有废掉啊！"

萨克斯的旋律依旧在小屋里回旋着，但姬国成的脑海中却已在思忖着下一个作案目标，因为他还准备为购置一个高音萨克斯和一套架子鼓而"奋斗"："这些家什没有个七八千元是拿不下来的啊！"

5

　　这个骑着助动车、理着锅盖头发型的男子作案后马上就到琴行去干什么？

　　陈国明双眼紧紧盯着监控画面，陷入了沉思。通常情况下，窃贼盗取了钱财后，都会到商场、饭馆、按摩店等场所去消费。而这个"锅盖头"的反常举动，让和犯罪嫌疑人打了十几年交道的陈国明纳闷不已。

　　那么，该男子是不是就是前两次案件的作案人呢？当陈国明将从迎春路上的街面监控录像上翻拍下来的照片请姚老伯、严老伯辨认时，两位老人戴上老花镜看了老半天，最后还是摇头叹道："我们遇到的那个人是戴着帽子的，可这人没戴帽子，说像也像，说不像也不像，吃不准！"

　　这下，陈国明也有点儿吃不准了。他随后带了一名侦查员来到了那家琴行，了解该男子到琴行究竟是干什么去了。

　　让陈国明颇感欣慰的是，在这家琴行二楼的监控录像中他顺利地提取到了更为清晰的犯罪嫌疑人的画面。这是一个年约50多岁的男子，身高1.7米左右，身体结实，脖子上戴着一根金项链，尤其是那个锅盖头发型特别惹眼。

　　琴行营业员告诉陈国明，该男子是琴行的老顾客了，他经常到这里来买一些萨克斯上的配件。此人穿着时尚，说话的节奏抑扬顿挫，给人感觉非常富有艺术气质，尤其是对萨克斯等管乐器十分内行。他还经常会和营业员以及前来选购乐器的顾客侃些乐理知识、音乐家轶事什么的，兴致上来，还会当众吹奏几首。因此，他们对该男子的印象很深刻。但根据营业员的观察，此人虽然萨克斯吹得十分娴熟，可不一定是专业乐团的演奏家，更像是一个具有专业水准的发烧友。

那天，该男子是来配萨克斯上的笛头的。他爽快地对接待他的营业员说："我马上要去参加一个重要的演出，你给我选一个最好的笛头，原来用的笛头吹出来的音色实在是不行，价格不用考虑，拿最贵的。"

营业员便向他推荐了一个价值1700多元的笛头："这个是原装进口的，你试试看。"

那男子，从营业员手中接过笛头，装在自己的萨克斯上，试着吹奏了一曲《月亮河》。明亮、宽厚的旋律让他十分满意。"很好，到底还是进口的好，就拿这个了。"说着，就从口袋里拿出一沓钱准备付款。

"厚厚的一沓，应该是整整一万元吧。"由于当时该男子掏出的那沓钱是用银行封条封住的，所以营业员的印象特别深。

上了银行封条的一万元现金？这一细节不由得让陈国明心中一喜：李老伯被偷的正是刚从邮政储蓄银行取出的用封条封住的一万元啊！

该男子的作案嫌疑陡然增大。尽管如此，陈国明的心中却依然纠结，他还是很难把一个偷窃耄耋老人钱财的犯罪嫌疑人与一个从事高雅艺术的萨克斯乐手联系起来。

"从我的感情上来说，真的不希望把这两者画上等号。因为我本人也酷爱聆听萨克斯乐曲，我的儿子目前也在学习吹奏萨克斯。不瞒你说，我对从事演奏萨克斯的人，有着天然的尊敬甚至崇拜，实在不愿看到我们现在正在苦苦寻找的犯罪嫌疑人会是他。"陈国明指着监控画面中的那个"锅盖头"男子，对一旁的侦查员说道。

回到单位后，陈国明独自待在办公室陷入沉思之中。萨克斯乐手与犯罪嫌疑人二者之间强烈的反差，甚至让陈国明怀疑起他们之前的侦查思路：会不会是在根据街面监控录像追踪嫌疑人的行动轨迹时偏离了方向，从而导致看错了人呢？

当陈国明把自己的具有个人情感色彩的"真情"流露给探组

的侦查员时，这些随他办案多年的侦查员也有点儿暗暗吃惊："探长，现在街面监控可是我们追踪嫌疑人的天眼啊！"

但是，陈国明还是决定试着换一个侦查思路，到全市几个经常有器乐爱好者聚集的公园、街心花园去寻找这个理着锅盖头的萨克斯乐手。这样做，虽然有点儿像"人"海捞针，但相比仅凭监控录像中的视频图像来寻找，他的心中似乎多了几分踏实感。

于是，根据探长陈国明的指示，侦查员们拿着从监控录像上打印下来的照片，分头奔赴上述地方展开走访调查。可是，几天下来，毫无收获。但也就在这时，侦查员从大卖场附近的那家琴行获悉，曾经前来购买萨克斯笛头的那个男子又出现了。原来他是来退掉上次购买的那个笛头，说是回去用了以后，还是感觉不满意，决定退掉。因为是老顾客了，琴行同意退货，营业员按照规定，请他在退货发票上签了字。

陈国明立即驱车赶到琴行，在营业员的配合下找出了那张有该男子签字的退货发票，看到发票上仅笔迹潦草地签了一个姓。经过反复辨认，最终确定这是个"姬"字。

这个萨克斯乐手姓姬？会不会是他随手乱写或者就是假冒的姓呢？回到办公室，陈国明拿着那张退货发票，仔细端详后认为，上述可能性不大，姬，应该是此人的真实姓氏。因为从犯罪心理学分析，首先他到一个经常光顾的琴行去换笛头，从心态上说，是处在松弛的状态，没必要掩饰自己。其次，姬，这个字笔画较多，书写起来比较麻烦。而且，姬姓不是大姓，真的要假冒的话，王、李、许等笔画简单的大姓多的是，应该不会自找麻烦首选姬字。

有了嫌疑人的视频图像和姓氏，应该说陈国明和他的兄弟们已经在一步步"走近"嫌疑人了。为了更大范围内拓展破案线索，经分局领导同意，陈国明决定请求新闻媒体帮助，在当地的一家发行量甚大的晚报和电视台发布协查通告，恳请广大群众举报。

6

就在协查通告在晚报刊出和电视台播出的当晚,陈国明的手机就响个不停,举报线索纷至沓来。经过甄别,其中一名群众的举报具有重大价值。说是好像曾经在嘉江桥地区的一个小区棋牌室看到过此人,他经常到这家棋牌室搓麻将,但具体是哪个小区、哪家棋牌室却说不准。

陈国明立即带领侦查员对这一举报线索开展核查,由于举报线索十分模糊,且嘉江桥地区地域较大,人员结构复杂,侦查员只得对该地区一带的娱乐场所进行了地毯式的排查。经过连续数天的排查,终于有一棋牌室的老板对着嫌疑人的照片端详了半天,和陈国明说:"这个人到我这里来搓过麻将,究竟叫什么名字我也不知道,但我们都叫他'guocheng'。"

按照'guocheng'这个发音的读法,陈国明和侦查员一起进行了仔细琢磨,如果用普通话来表述,就存在着国程、国成等多种可能性。再进一步联想到嫌疑人在那张琴行的退货发票上留下的那个潦草的"姬"姓签字,陈国明推测,此人的姓名存在着姬国成、姬国程等几种可能性。于是,把"jiguocheng"这个读音名字的所有可能性,输入户籍信息系统进行查询,终于,一个叫"姬国成"的中年男子进入陈国明的视野。此人具有盗窃犯罪的前科,户籍地址虽然在嘉江桥地区,但实际并不居住在此,目前居无定所,行踪难寻。

当陈国明将该男子的户籍照片给琴行的营业员辨认时,他们一眼就认出来了:"是他,就是来买萨克斯笛头的那个人。"而被害人姚老伯、严老伯、李老伯以及那家棋牌室的老板也均一致认定该男子就是作案者。

至此,嫌疑人姬国成终于浮出水面。

但怎样找到行踪不定的姬国成却成了陈国明和他的兄弟们面临的一道难题。经过连续几天的查找，始终无法找到姬国成的落脚点。

就在此时，星期天下午，带着儿子暗中"混"在达华公园和一群器乐爱好者自娱自乐的陈国明，无意之中听到一个同样也是吹奏萨克斯的乐手说起的有关姬国成的一个小插曲，让他心中一喜。这些人是经常在一起吹拉弹唱的老搭子，每周总有那么固定的几天相聚在一起"演出"，姬国成作为这支乐队的骨干，每次都是风雨无阻，准时到达。可是，在上周他却意外地迟到了。

那个乐手回忆道，那天，突然下起了很大的暴雨，姬国成比往常整整迟到了半个多小时。当他骑着助动车出现时，大家不由得关切地问道："国成，怎么回事？到现在才来啊！"

"不好意思，迟到了，迟到了。这么大的暴雨，祁山地道积满了水，我只好绕了一个大圈子赶过来。来，来，我们一起对对音。"说着，他小心翼翼地打开用雨衣包裹着的萨克斯。

望着姬国成宁愿自己被暴雨淋得全身湿透，而将雨衣用于包裹住萨克斯不被暴雨淋湿，大家的内心很是感动。"国成这个人已经把萨克斯当成自己的女人一样呵护了，因为老婆、女儿纷纷离他而去，没有了家庭，如今只有萨克斯才是他的最爱。"那个乐手颇为同情地说道。

说者无意，听者有心。一个从达华公园到祁山地道的地理坐标迅速在陈国明的脑海里建立起来：按照经过这一路段所需花费的时间、路程，以及助动车通常的速度，通过测算和模拟实验，他推断姬国成应该就居住在丰庄或者嘉江桥这两个地区附近。于是，迅速在上述地区展开排查。

三天后的一个晚上，陈国明得知姬国成此刻正隐匿在丰庄路997弄601室一个朋友家中时，马上带领侦查员冒着倾盆大雨前去抓捕。

警车快抵达丰庄路 997 弄附近时，为了不暴露目标，陈国明让驾驶员将车上警灯关掉后停在远处，然后徒步进入小区。当他们悄悄上楼来到姬国成暂住的门外，正准备破门而入时，突然，一阵悠扬的萨克斯旋律从门缝中"喷泻"出，颇具伤感的旋律在楼道里慢慢地回旋着……

"这是《草帽歌》的曲子，肯定是姬国成在吹奏。"陈国明轻轻地说道，马上挥手示意身旁的侦查员暂停脚步，"让他把这首曲子完整地吹奏完毕，我们再动手吧。"侦查员们彼此会意地点了点头。于是，大家静静地伫立在门外，聆听着姬国成的吹奏。

一次抓捕行动之前，竟然先听听萨克斯音乐，此刻，陈国明和他手下兄弟们的心情怎么也轻松不起来。

当姬国成"送走"了最后一个音符后，陈国明立即敲响了房门。

7

当警察突然出现时，姬国成并没有显得惊恐。他知道，多行不义必自毙。在三个多月的时间里连续盗窃了五位退休老人的养老金，法网肯定已经牢牢地"罩"上了自己。警察迟早会找到自己的，只是没想到这一天会来得这么快。

曾经蹲过监狱的姬国成，深谙如何反侦查，为了逃避警方的追踪，每次作案前他都会把自己精心化装一番，并一会儿骑自行车，一会儿骑助动车，有时干脆徒步，还竭力东躲西闪，试图避开街面的监控探头。而每次作案后，姬国成都竭力宽慰自己："我这是为了艺术而去偷的，和那些为了吃喝嫖赌的窃贼不一样。"

姬国成也曾经忏悔过："那些被我偷的老人太可怜了，我也有年过八旬的父母，这是最后一次了，以后再也不做了。"有好几次得手后，他并没有立即逃离现场，而是远远地躲藏在一旁，望着那些被害老人痛不欲生的样子。

可是,姬国成已经收不住了。

机关算尽的姬国成,最终还是难逃法网。

"警察,我一定老老实实地跟你们走,只是我现在有个请求,你们能答应我吗?"

当陈国明刚准备给姬国成戴上手铐的瞬间,他突然低声恳求道。

"你说吧!"

"再让我吹下萨克斯好吗?这次进去后我不知道还有没有机会再吹了。"说完,将依恋的目光投向身旁的萨克斯。

就在这一瞬间,陈国明的心脏像被电流猛击了一般,原本怒视着姬国成的犀利目光,突然有了几分"柔情"。但他很快就恢复了威严,他知道,现在自己正在抓捕一个犯罪嫌疑人,警察的职责,不允许他在执行公务时,掺杂一丝个人的情感色彩。他没有说一句话,拎着锃亮的手铐高声喝道:"把双手伸出来!"

"警察,我求求你,再让我吹一曲吧!"话音未落,姬国成已双膝跪地。

握在陈国明手中的手铐突然在半空中"凝固",他的脑海里刹那间开始不停闪现儿子吹奏萨克斯的场景,耳边似乎也猛然响起肯尼基演奏的萨克斯乐曲……

陈国明的双眼紧盯着跪在地上的姬国成一言不发。

良久,陈国明指着桌子上的萨克斯,对身边的侦查员说道:"拿给他。"

姬国成站起身,捧起萨克斯轻轻吹了起来。顿时,一曲《人鬼情未了》的旋律响了起来,他的眼眶里慢慢泛出泪花。

你这个姬国成啊!究竟是人还是鬼?

凝望着姬国成吹奏萨克斯时那如痴如醉的神情和颇具艺术家风采的架势,陈国明不禁有了几分困惑。

凌晨1点,把姬国成送入看守所关押后,陈国明拖着疲惫的身躯回到家里,一把推醒熟睡中的妻子说道:"老婆,以后你负责送儿子去吹萨克斯吧。我不去了。"

"为什么?"他的妻子不解地问道。

陈国明默默地呆望着客厅里放着的儿子的那管萨克斯,没有回答。

这一晚,陈国明失眠了。

在以后相当长的一段时间里,陈国明开车时,车厢里再也没有响起萨克斯乐曲,那几盘肯尼基的经典乐曲的碟片也被他扔到后备厢里去了。他内心非常清楚,自己这样做肯定不是已经开始厌倦肯尼基和他演奏的萨克斯乐曲。但既然是这样,又为何会做出如此的举动?

陈国明自己也不知道。

(刘翔,1958年6月生,上海人。曾供职于上海市公安局政治部。中国作家协会会员,全国公安文联会员,上海市作家协会会员。著有散文集《时光——一个人的杨树浦叙事》《吃素者说》《刘翔来了》、报告文学集《为警亦风流》《上海大案》《上海大案续篇》《上海大案纪实》《上海大案实录》《上海大案揭秘》,主编《防诈骗攻略》,在《新民晚报》《解放日报》等报刊发表作品数百万字。)

出鬼

王建幸

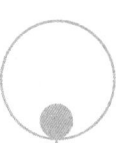

深夜，一场暴风雨突袭中国南方地区。一条黑影蹿入紫江市某医院，闪电中，黑影撬开了太平间的门——

星期天下午，春日和煦。肖剑陪着太太苏琳从著名的静安面包房取了预订的12寸蛋糕兴高采烈地往岳父家走。今天是他老岳父80岁生日，作为女婿必须以最隆重的礼节为老人家祝寿。除了蛋糕，苏琳还去首饰店挑了一块刻着生肖的翡翠玉佩送给老父亲。肖剑当然没有异议，尽管花了他半个月的工资。

车行到半路，肖剑裤袋里的手机响起鸟叫般铃声，掏出手机，屏幕显示来电人：石升。石升是刑侦总队重案队队长、肖剑得力的助手。这小子知道我今天有重要家事还打电话，不会发生什么大案了？他心里边嘀咕边按下接听键，问："石头，出什么事了？""石头"是同事们对石升的昵称。石升嘿嘿笑着说："肖大侦探，不是我要找你，而是一位漂亮的女生找你。"随即，电话中传来一个既陌生又似乎有些熟悉的声音："肖总队长，你不记得我了吧？"肖剑支支吾吾地应了一声，脑海中迅速搜索这个悦耳之声的储存。女人的声音对肖剑这个活在男人世界里的人来说本来就稀罕，特别是当太太苏琳在身旁的时候，肖剑更是谨慎小心。因为，自从他被外界称为"神探"后，苏琳对他的"关怀"倍增。也难怪太太敏感，肖剑那修长健硕的身材、中年男人的沉稳，以及职业侦探所特有的睿智和幽默，这些都是让苏琳为之骄傲的。正在肖剑打开记忆库搜索时，电话那头，银铃般的声音猛灌进来："我是陈亚男，公大刑侦班学生。"哦，肖剑记起来了。一个梳着马尾发型的假小子女生的身影映入脑海。前年，中国人民公安大学刑侦班的学生来总队实习，其中陈亚男就分在重案队，严格地说，她的带教老师是石升。记得每次看现场，她总是要提出稀奇古怪的问题"请教"老师，因此，留下了深刻的印象。就在肖剑思索的时间里，陈亚男的话像机关枪扫射过来："肖总，我们碰到了一起'鬼'案，愁死人了，因为案情牵涉到滨海，所以我们专程求教您这位大侦探老师。"溢美之词加上车窗外照来的暖暖阳光让肖剑觉得有些燥热，他问："亚男同学，你现在何处高就？""哎，说了半天，我忘了向老师报告，我大学毕业后分配在紫江市公安局刑侦支队，这次专程到滨海开展调查的。""什么，你已经到滨海了？"话刚说出口，肖剑察觉自己犯了一个常识性的错误，因为陈亚男是用石升的手机与他通的话，她此刻不仅在滨海，而且肯定已经在808总部了。正在通话时，握着方向盘的苏琳突然向他飘来冰冷的声音："怎么？又有事了？"听到这冷峻的盘问，肖剑脸上顿时泛出一抹红晕，他像是一个做错事的孩子似的悄悄地瞥了老婆大人一眼，只见苏琳本来春意盎然的脸色倏地变成了浓云密布的冬天。他自知理亏，因为今天的祝寿活动他早已答应苏琳。不仅是为了家庭聚会，也是为了弥补作为一名警探整日忙于公务而缺少对家庭的照顾的愧疚。可是，显然是案情重大，兄弟市的同行才专程求助。于是，他顾不得苏琳的情绪，将她送到岳父家后，掉转车头就回"808"。

一个"鬼"字足以吸引肖剑。

周日的城市道路十分畅通。20分钟后这辆黑色的轿车驶进了滨海市刑侦总队所在地——中山路808号大门。

走进会议室，石升正与陈亚男以及另两名男子热切地聊着。

见肖剑进门，陈亚男起身向他介绍站在身旁的两位男子：紫江市刑侦支队副支队长李楚江、侦查员张展。肖剑热情地与三位外地同行握手寒暄。

落座后，肖剑直奔主题问道："亚男同学，什么'鬼'案？"

亚男嗤嗤发笑没有回答。四十出头、双目炯炯的李楚江解释道："这丫头怕请不动您，故意说玄乎了。不过，肖总，这起案件真的有些诡异，连我这个20多年的老刑侦也从来没有遇见过。"

说着，会议室一面墙上的视频播放器播放出一段录像，站在一边的陈亚男做介绍——

画面：电闪雷鸣，暴雨如注，夜幕一片漆黑。雨帘中，三个穿警服的警察向一处闪着昏暗灯光的平房奔去，其中有一个女警的身影是陈亚男。

程亚男（旁白）：4月22日凌晨2点23分，紫江市刑侦支队接到报警，市第一人民医院太平间发生撬窃案。值班刑警、技术人员当即赴现场勘查。

画面：太平间的两扇大门半开着，随着刑警的脚步进门，只见两具赤裸的尸体横卧在地，还有一具尸体盖着白布躺在轮床上。

陈亚男：一具是11岁的男孩儿，另一具是83岁老妪，两人身上刚换的出殡寿衣被窃去。显然，这是一起性质恶劣的盗窃案。可是，上午当我们再次复看现场时却发生一件奇怪的事，那具在轮床上的男尸不见了！

"啊——"石升和担任记录的女侦查员姜菡不由自主地发出惊叹。

画面：轮床上白布单依然盖着一具尸体，一只戴着白手套的手慢慢掀开白布，白布下躺着一具男子的尸体。

石升发出疑问："咦，这不还是那具尸体吗？"

陈亚男说："不是的，那天我们所看到的男尸是一个年龄在40岁左右的人，这具尸体不是别人而是当晚陪同我们勘查现场的太平间看守人秦老伯!"

从画面上看,看守人秦老伯身上没有任何伤痕,只是眼睛惊恐地睁着。

李楚江说:"本来太平间发生盗窃案已经够怪异的了,不料又发生了这种状况,岂不是出鬼了?"

出鬼了?肖剑的额头顿时泛出一层油光,他盯着画面凝思了片刻,问:"此案与我们滨海市有何关系?"

李楚江答:"案发后,我们立即布控查缉,同时对那具失踪的尸体身份进行核查。据医院急诊室医生反映,4月21日中午11点26分,120救护车送来了一个因服毒自杀而生命垂危的男子。这个人在度假村登记的信息是:程辉,男,1974年生,滨海市人。"

"程辉?"原本在沙发上稳坐的肖剑猛然挺直了身体,"什么程?什么辉?"

陈亚男说:"工程的程,光辉的辉。"

肖剑急切地说:"把他的身份证给我看。"

陈亚男从牛皮纸的材料袋里掏出一摞材料,抽出身份证递给肖剑。肖剑接过身份证喃喃道:"是他,小辉!"尽管已经多年没有见面,但是,儿时的记忆仍然让肖剑确定,身份证上的人是疏影的弟弟、他的邻居、程辉,尤其是右额角上的那条淡淡的伤疤。

往事如烟,肖剑的思绪回到了30年前——

肖剑出生在滨海市东部一个石库门住宅区里。所谓石库门住宅,那必定是由两排联体三层砖木结构的楼房相对,中间隔着一条六至八米宽、铺着大块青石板地的弄堂组成,弄口往往有一座牌楼,上面刻着弄堂名以及建造的年代。肖家所在的弄堂名为"旅顺坊",建于1937年。解放前,一般是一户住一幢楼。解放后,由于种种原因,一幢楼住个三四家都是极平常的事。

肖家是20世纪60年代中期搬进去的。肖剑的父亲曾经是管这一片社区的民警,夹着蓝封面户口册天天"泡"在居委会里的年轻的管段民警与漂亮能干的女治保主任,自然而然顺理成章地由革命的友谊迅速上升为革命的爱情。两人结婚后,由肖剑父亲单位分配住进了这条弄堂的93号底楼,肖家有客堂间、灶披间(厨房),另外还拥有一个约20平方米的能看到蓝天的天井。在那个住房紧张的年代,在寸土寸金的滨海市,这种居住条件算是很不错的了。肖家的左邻是程家右邻是苏家。程家住在95号二楼,打开窗户能看见肖家天井。程家有两个孩子,大的姑娘叫程疏影,小的是男孩儿叫程辉,邻居们都叫他小辉。肖剑跟程疏影是小学同班同学,肖剑是班长,程疏影是学习委员。每天下午学校放学后,肖家的天井便成为邻居孩子温习功课和活动的场所。那时,程辉像跟屁虫一样总跟着他姐姐到肖家玩耍。男孩子天生好动,每次来,他吮着手指两眼惊慌地看着肖剑,怕肖剑嫌他捣乱。肖剑也确实轰走他几次。一次,他趁哥哥姐姐们在专心朗读课文时,竟然把肖剑藏在天井角落里的蟋蟀盆打碎了,急得肖剑和同学撂下书本满地捕捉那只常胜将军——金狮蟋蟀王。闯了祸的程辉哪里知道,这只黑头蟋蟀是肖剑山东老家的表哥熬了多少个不眠之夜才捉到的。不料在捕捉中,小辉一脚将金狮王踩死了,这让肖剑怎么忍得住,当场将程辉驱逐出家门。第二次是他告肖剑的"鸟状",说肖剑抱他姐姐。那天晚上,程家父亲吃罢晚饭摇着蒲扇一本正经到肖家,对肖妈妈提出"强烈抗议"。结果,肖剑被"恼羞成怒"的母亲狠狠地教训了一顿,当然免不了一顿"竹笋烤肉"的惩罚。天哪,孩子们是在做老鹰抓小鸡游戏时发生的肢体接触。肖剑是"老鹰",当然要抱住狡猾逃跑的"小鸡"的。从此,肖剑严正声明,程辉同学是不受欢迎的人!在天真无邪、五彩斑斓的孩童时期,苏家有个俊俏的姑娘叫苏琳,每次都躲在角落里,瞪着那双圆溜溜水汪汪的眼睛,乖觉地看着哥哥姐姐们读书写字玩游戏。那时,"男子汉大丈夫"的小帅哥肖剑还不屑带她玩呢。

90年代初,已经当上分局领导的肖剑父亲分到一套新公房,肖家搬出了狭小的弄堂,住进了生活设施齐备的电梯楼。不久,因为市里要开发沿江地区,位于浦江河畔的"旅顺坊"自然被列入市政动迁范围。从此,老邻居们各奔东西,天各一方,渐渐失去了联系。

时过境迁,一晃已经过去20多年了。

如今,程辉死了,而且尸体竟然还诡异地失踪了!这里究竟隐藏着什么秘密?

见肖剑双眼迷茫,善于察言观色的石升捅了他一肘,附耳问道:"肖总,你发什么呆?莫不是你认识这个程辉?"

童年的回忆容易让人沉醉。石升这么一问,肖剑如梦初醒,含含糊糊"哦"了一声:"他可能是我老邻居家的孩子。"

听到肖剑认识程辉,陈亚男兴奋地晃着马尾辫说:"天下还真有这般巧事,看来我们这趟没有来错,侦破鬼案有希望了。"

肖剑睨了陈亚男一眼,调整精神状态说:"20多年没见了,我还不能确定是不是他。"

案情介绍后,两地刑警商定:由石升队长配合紫江方面调查程辉的情况,肖剑随李楚江、陈亚男回紫江市实地勘查现场,然后再确定下一步侦查措施。

"程辉死了?"

"老板,千真万确死了!"

一个腆着啤酒肚、穿着一条背带裤、握着一把枣红色烟斗的50岁左右的宽脸男子,在这间古色古香显得十分宽敞的房间里踱着方步。从放置着整套茶具及装饰来看,显然这是一个豪华茶楼的包间。在黔州,请吃饭是应酬,请饮茶才是高规格有品位的接待。男子一会儿仰起头,一会儿若有所思地来回踱着步子,嘴里不断吐出带着一些香味的烟雾。一缕夕阳从窗外斜照进房里，把人和物及袅袅升腾的烟雾勾勒成一幅带着光边的剪影。突然，男子转身立定在一个穿着黑皮夹克的青年面前再次问道："你真的确定他死了？"

穿着黑皮夹克的男青年毕恭毕敬地答道："老板，您就放心吧，我'毒手'干事向来利索。而且，我按照您的吩咐让他'自杀身亡'。"

见"毒手"有些得意，男子不耐烦地将烟斗在茶几上的玻璃烟缸上敲了敲，说："兄弟，别误会，小心驶得万年船。我也是替人消灾。好，干得好！"说着，男子顺手用那只镶着象牙烟嘴的烟斗推了推茶几上一只黑色的考克箱，"里面是你的出境通行证和余下付给你的报酬。"

"毒手"拿过箱子，舔了舔焦黄的嘴唇激动地说："谢谢老板。"

宽脸男子费力地吊起松弛的眼皮从牙缝里挤出四个字："赶紧消失！"

"毒手"哈了哈腰说："我懂。"

等"毒手"匆匆忙忙走出昏暗的包间，男子掏出手机发出了一道冷酷的指令：送他走！

看着"毒手"离开茶楼的背影，男子长长地舒了一口气，从窗口转身，坐回茶几后面那把红木圈椅上，然后伸出浮肿的手从一只银盒里攥出一撮金黄的烟丝慢慢向漆黑的烟斗里填着压着，眼中露出一丝得意的凶光："小子，跟我玩，还嫩了点儿！"

刹那间，浑浊的眼球中闪出一幕幕惊心动魄的画面——

两个月前，黔州发生了一起特大交通事故，一辆大货车在高速公路行驶中突然方向失灵，造成六车追尾七死八伤的严重后果。事发后，经交警、公路管理部门联合勘查，事故原因是大货车严重超载，限载25吨的货车竟然违规装了35吨货物，而道路限制通过载重量为30吨，由此造成路面坍塌而货车方向失灵。本来，这起事故责任明确，司机及货运公司法人将负刑事责任。可是就在进入法庭审理阶段时，被告辩护律师竟然提出了一个让法官和公诉人都为之瞠目结舌的公路建设质量问题。律师指出：其一，按照国家高速公路建设标准，标明30吨载重量的实际施工要求应该有20吨左右甚至更高的预重量，就算货车超载，公路路面也不至于塌陷；其二，这辆货车是在高速公路行驶400多公里后进入黔州段才发生的事故，如果是由于超载造成的事故，那么在前400多公里为什么没有发生呢？因此，律师提出请国家道路质量检测权威部门对事故段公路重新做出检测鉴定的法庭请求。

一石激起千层浪。

黔州交通监理部门坚决不同意推翻原有的鉴定结论，但是，律师非常聪明，将法庭审理过程秘密录像后上传至网上，在新闻界及社会舆论的监督下，法庭不得不作出请国家权威检测部门重新勘查鉴定的决定。结果，从北京来的专家果然发现黔州段高速公路建设中存在严重质量问题：应该用螺纹钢网格捆扎铺设的道路基架，建设方偷工减料竟然用线材来替代；应该用砂石料作为填实的路基，竟然混杂了大量泥沙。鉴定结论：黔州段高速公路为"豆腐渣工程"。由此，事故主要责任从货车司机转为公路建设单位。

谁是建设方？

死者家属在责问，关心此案的老百姓在责问，省委领导也亲自过问。国家权威检测部门鉴定报告出示的第二天，法院发出传票，传讯黔州段高速公路承包方"光辉公路建设总公司"法人代表程辉。不料，公司大厦铁将军把门，人去楼空。打程辉电话，手机已关机。后来找到程辉的秘书，秘书反映，程辉在一个星期前便莫名其妙失踪了。鉴于案情重大，黔州省委下令检察、公安机关介入调查。但是，程辉就像空气从地球上消失得无影无踪。

程辉死了，死了好。

一死百了！

想到剪除了心头之患，这个肥头大耳的中年男子在这昏暗的空气污浊的房间里突然发出咯咯奸笑。门外的保镖不明就里探头张望，只见老板的脚翘在茶几上，两只交叉的鞋底板还在得意地晃动。

驱车 160 公里，两个小时后到了紫江市。在李楚江和陈亚男的陪同下，肖剑径直去了紫江市第一人民医院。

医院太平间在病房大楼北面的围墙边，是一幢灰色的平房。大间是停尸间，小间是看护人住的小屋。停尸间约 60 平方米，里面靠墙一排是铁灰色的冷藏库，阴凉的停尸间永远是那么肃静，唯一能给出曾经发生案件信息的是那扇大门的锁被撬弯了。小间的门关着，从窗户外朝里观察，20 平方米的房间里，挂着蚊帐的木床占据着半壁墙，靠窗是一张旧书桌，桌上放置着锅碗瓢勺煤油炉等杂物。显然，屋主人把书桌当作了灶台和餐桌。不用介绍便知是太平间看守人秦老伯的值班室兼宿舍。紧挨着太平间围墙旁有一扇边门，肯定是殡葬车运尸进出的通道。肖剑暗暗判定：那天，程辉的尸体一定是从这扇门运走的。

走出阴暗的太平间，肖剑他们又去了医院急诊室。院方已经通知案发当天抢救程辉的汪医生等候在办公室。

说明来意后，肖剑问："程辉是谁送到医院的？"

那个长着蒜头鼻的汪医生推了推眼镜答道："我记得姓程的是 4 月 21 日中午 11 时许，由市 120 救护中心送来我们医院的。"

在肖剑询问的时候，李楚江的表情是不屑一顾的，因为这些问题他们早就问过了。可是肖剑没有顾及这些，作为侦查人员，有些细节必须亲自调查。

肖剑问："没有亲友陪同吗？"

汪医生尴尬地搔了搔头说："没见有亲属陪同。哦，好像有一位度假村的女服务员一起来的。"

"女服务员？"

李楚江刚蠕动嘴，却被伶牙俐齿的陈亚男抢了先，她解释道："老师，案发后，我们做了初步调查，程辉是4月19日住进钱江度假村的。说是度假村，其实我们当地人都知道，这是一处比较高级的园林宾馆。21日上午约10时左右，清洁工进屋打扫房间时，发现程辉口吐白沫倒在了客厅的沙发上。"

又问："送到医院时，他穿什么衣服？"

"这个……"陈亚男被问住了，一旁的汪医生解了围："好像穿了一套丝绸睡衣。"

接着再问："死者服的是何种毒物？"

汪医生说："病人来医院后，我发现他仍然有生命体征，所以就采取了灌肠措施，可惜由于耽搁了最佳抢救时间，没能救过来。当时，我们也没有想到对他的胃溶液做病理化验，就送进了太平间。唉，不瞒几位说，我们市一医院急诊室是本市所有医院中最忙的，什么危急病人都往我们医院送，每天像打仗一样，这不，到现在我连中午饭还没吃呢。"

汪医生发着牢骚，肖剑心里明白他是在为没有化验毒物的失误而寻找理由，但是已经无法弥补的事抱怨有何用。于是肖剑向汪医生致谢，感谢他在百忙之中配合调查，并且留下嘱咐："汪大夫，如果有人来询问程辉的事，请您立即通知我们。"汪医生若有所思地点了点头。

出了医院，肖剑下一站的目标是度假村。在去度假村的路上，他们找了家小饭馆对付了一顿。其实肖剑的肚子早就唱空城计了。

钱江度假村顾名思义就建在钱塘江南岸一处依山傍水的山坳中。由于中间停车吃晚饭耽搁了半个小时，赶到距离紫江市区约30多公里的度假村时，天色已灰暗，但是，山坳中青瓦白墙的农舍、袅袅炊烟的景色仍然依稀可见。

程辉生前住在这个度假村的 08 号小楼里。在姓翁的女经理和一个留守现场的额头长着青春痘的年轻侦查员陪同下肖剑踏勘了 08 号小楼。

小楼掩映在一片绿荫丛中。月光下，奶黄色墙体的小楼轮廓分明，只是没有灯光没有人住的气息。翁经理介绍："程先生住在 08 号楼二楼 V6 套间。发生这种不吉利的事后，原先住在里面的客户当天都搬出了小楼，再说李支队长也通知我们封闭小楼等待进一步的现场勘查，所以这两天我们没有安排客人入住。"

鉴于发生了程辉尸体在太平间离奇失踪及看守人秦老伯遇害案件，所以这次勘查显得尤为重要。

度假村的小楼从外形上看是一栋大别墅，但是走进里面，其内部结构与一般家庭居住的别墅还是有区别的。主楼三层，裙楼二层。走进大门，两侧均是客房，并没有一般家庭的厨房和卫生间。走进大门是接待厅，服务台旁设有电梯，电梯旁是一个环形的楼梯。走上二楼，二楼两边共有四个大套间，V6 房间在左边的南侧。

打开房门，进门是客厅，客厅里的摆设无非是沙发、茶几、电视机之类的家具电器。客厅左边是卧室，右边是书房。李楚江指着客厅沙发对肖剑说："程辉就倒在沙发上。"肖剑问："现场没有遗留物吗？"此问的含义很明确：凡是服毒自杀的，在现场总是有装毒药的器皿或者其他包装物的。

青春痘说："案发当天，我们对现场进行了勘查，发现了程辉的随身物品：一只黑色皮制的滑轮行李箱、放有身份证以及各种银行卡的皮夹、一部手机。关键我们在客厅的茶几上发现了一瓶红酒和一只程辉喝过酒的玻璃酒杯。没有发现什么毒药包装物。"

"没有包装物？"肖剑顿时皱起了眉头。现场上的遗留物有时将决定侦查方向。见身旁的李楚江等都不作声，他明白了，现场上肯定没有留下自杀用的毒药包装物。于是，他转向另一个问题：

"你怎么确定酒杯是程辉喝过的呢？"

青春痘答："按照李支队长的指示，我们把现场上提取的所有物品带回局里做鉴定，虽然没有找到存放毒药的包装物，但是，在那只酒杯上我们提取到了指纹，更重要的是在酒杯残存红色液体中，我们检获到了氰化物的成分。"

随着青春痘的介绍，肖剑顺眼看了一下客厅里的玻璃酒柜，从摆放的格局判断，酒柜里应该有四只玻璃杯，现在只剩三只。青春痘注意到肖剑的眼神，自信地说："显然，有一只酒杯被程辉使用了。"听到这里，李楚江摆手打断了青春痘的话："不，这个目前仍然不能确定，因为酒杯上的指纹尚不能做出是否是程辉的鉴定。"青春痘和陈亚男不约而同惊异地看着自己的上司，"原因很简单，程辉的尸体失踪了。如果没有直接同本人的指纹比对，那么酒杯是否是程辉用过的目前我们只是一种判断而不是结论。"

肖剑向李楚江投去了赞许的眼光。毕竟是老干探，考虑问题就是不一样。

"进口红酒是哪里来的？做过化验了没有？"

意气风发的青春痘顿时露出了怯相，他偷偷瞟了他的上司一眼，可是李楚江板着的脸根本不理会他。青春痘只得嘛起嘴含含糊糊地说："那瓶酒可能是客房里配备的吧？哦，那剩下的半瓶酒经化验没有检出有毒成分。"

可能李楚江对以上这两个问题不以为然，他仍然延续着刚才的思路分析道："一个人要死，他肯定事先准备了自杀的工具或者毒药，但是，没有必要将包装物隐藏起来。肖总，这就是让我们百思不解的难题。"

肖剑预料到会出现这种情况，而且经过勘查他也已经对这起案件有了一个初步的判断。但是，在逻辑推理的证据链上仍有几个重要环节有待发现和查证。

接着，找当天发现现场的女清洁工谈话。女清洁工30多岁。

走进 V6 房间，不知是触景生情还是见到警察紧张，进门后两手搓着手指，表现出一副惊慌不安的样子。肖剑笑了笑说："不必拘束，请你把那天的情况如实说一遍。"女清洁工操着钱江地方口音断断续续地叙述了一遍，所述过程基本同李楚江他们在滨海时所介绍的一致。

肖剑问："那天，这个客人穿什么衣服？"

女清洁工说："穿了一套方格子的真丝睡衣。"

"电视机是否开着？"

女清洁工抬起眼睑说："没有啊。我开门进去的时候房内什么声音都没有，要是有声音的话，我们是不能擅自进去打扫卫生的。当时，敲了几下门以后，我以为客人不在屋里，所以——"

肖剑指着酒柜又问："你们是否每天都要擦一遍酒柜？"

这个问题出乎她的意料，女清洁工看了玻璃柜一眼轻声答道："如果客人没有用过酒杯，一般我们是不会去擦玻璃酒柜的，怕一不小心碰坏了这些昂贵的酒杯，要知道，一只酒杯抵得上我好几天工资呢。"

"好，那么，这个客人住进这里后，你为他洗过几次酒杯？"

女清洁工摇头说："没有洗过？"

"这个客人是否经常不在房间里？"

女清洁工说："他好像是上个星期天晚上住进来的吧。这个客人很有素质，房间里的东西摆放得整整齐齐，只是烟抽得厉害，每次我们打扫卫生时总要倒掉一大缸烟蒂。至于他出去不出去我就不知道了。反正有几次他不在房内，我们是开门进去的。"

肖剑向女清洁工道谢后，女清洁工如释重负地走了。在送别女清洁工的时候，肖剑不经意地说了一句："那天是你送客人去医院的吧？"

女清洁工说："不是我，是翁经理亲自送去的。"

等女工的脚步声下楼后，肖剑立即走到酒柜前，拉开玻璃橱门，只见三只酒杯中有一只没有摆放到位，在这只没有摆放到位的倒置的酒杯杯口下，肖剑借助勘查灯的侧光，发现了一圈水渍印。

明白了。

天色已晚，再说，肖剑认为还需要在现场做进一步调查，下楼时他对李楚江说："今晚我们就住在度假村吧。"李楚江当然是没有意见的，当即让一直在楼下等候的翁经理安排住房。善解人意的翁经理满口答应。可是肖剑却察觉到她那张漂亮的鹅蛋脸上闪过一丝不安的神色。

翁经理说："几位警官，不好意思，由于今天是周末，其他楼都住满了，只能安排在这栋08号楼了，不知方便吗？"

李楚江用征询的目光看了肖剑一眼，肖剑倒是爽快，说："没关系，这样最好。"于是，侦探们在度假村吃了晚饭，便全部住在了08号楼下。

肖剑住在V2房间，也就是V6房间的下面。李楚江在他的对面V3号房。李楚江送肖剑进房间，肖剑留下他继续讨论案情。肖剑询问，程辉的手机储存信息查证了没有？李楚江告知，这是一部新启用的手机，里面储存的信息不多。专案组对所有的信息都已经开展调查，其中通话较频繁的是一个黔州的手机号。通过电信部门了解，机主是一个叫陈欢的人。要了解陈欢的具体情况，必须去黔州调查。

两人的交谈不知不觉到了深夜。送走李楚江后，奔波一天的肖剑想冲个热水澡，刚拧开水龙头，忽然听到楼外的树林里有野狗的吠声，于是他匆忙穿好衣裤，奔出小楼探步树林，透过树叶斑驳的月光，只见一条野狗对着一只死猫又是狂吠又是撕咬。真是虚惊一场！当肖剑刚要回转，不料，眼前发生惊人的一幕，这条刚才还叫唤的野狗，突然蹬腿倒在了地上。

就在肖剑为这一幕惊恐不已时，手机的叫声刺耳地响起。打开手机，是一个陌生的手机号。这么晚了谁还给他打电话呢？肖剑想了想还是按了接听键。

"喂，是肖剑吗？"一个激动而又清脆的女声震疼了耳膜。肖剑答："我是肖剑，请问您是——"没等他把"谁"字说出，激动的女声说："我是谁？贵人多忘事，我是程疏影！""哦，是疏影！"耳边的声音与肖剑储存在记忆中那个梳着两条小辫子说话轻声慢气的程疏影反差实在太大了。程疏影才不管反差不反差，她继续狂说："阿剑，这么晚了，照例不该打扰你，但是，我实在憋不住了。今天晚上，有两个'808'的刑警找我，说是为我弟弟程辉的案件要我协助调查。我问他们发生什么事，我弟弟现在在哪里。他们支支吾吾不肯回答。你说急人不急人！虽然着急，但是我还是配合警察调查，把我知道的程辉的事都向他们说了。唉，真是见鬼了，前两天派出所管段民警也问起过程辉，要我告诉程辉的去向，可是，天晓得，我已经很长时间没有跟他联系了，只知道他一会儿国内一会儿国外，像只落毛蜂一样，真的不知道他在哪里。"

肖剑问："找你谈话的那个刑警是不是姓石？石头的石。"

程疏影说："听他自我介绍好像是吧。那副面孔像是欠他多还他少一样，老吓人的。"

"那你能想办法联系到小辉吗？"

程疏影说："我当着两个刑警的面拨打小辉的手机，谁知道他竟然停机了。嘿，你说急人不急人！"

肖剑安慰道："别急，警察找你肯定是有事的。哎，你是怎么知道我的手机号的？"

程疏影说："我当然不知道了。找不到你我还不会找你太太苏琳吗？"

哦，原来是太太"出卖"了肖剑。借此机会，他正要问程疏影几个问题："小辉是干什么的？"

程疏影答:"听他自己说在外地搞工程设计及建筑承包。"

肖剑问:"最近他有没有跟你联系过?"尽管程疏影刚才已经向肖剑表明她找不到弟弟,但是,肖剑他仍然再问一次。

程疏影迟疑了片刻反问:"肖剑,我弟弟是不是真的出事了?"

肖剑没有回避,诚恳地告知:"是有事,而且不仅是我们在找他。"

程疏影叹了口气说:"好吧,我老实告诉你,一个星期前,我正在公司上班,他曾经打过电话给我,问母亲的病怎么样了,说他寄了一笔钱给母亲治病,并且感谢我替他照顾母亲。我要他赶紧回滨海,因为医院已经发出母亲病危通知了。电话里他哽咽了,说公务忙实在脱不开身,所以一时无法回来。此后再也没有联系。"

最后,程疏影提出要见肖剑,肖剑欣然答应。

回房躺在床上,想着一天所经历的事:陈亚男、李楚江的突然造访,紫江医院的太平间,运尸床上那个红鼻子看守人,风景秀丽的度假村,野狗倒地,程疏影的电话……这些像一部波谲云诡的惊险电影一幕幕不断浮现在肖剑脑海中。当窗幔露出晨曦的微光时,他终于迷迷糊糊地入睡了。可是没睡多久,却又被远处雄鸡报晓所唤醒。肖剑一个鲤鱼打挺从床跳起,匆匆洗漱完毕,取出包里的物证袋,走出门外,只见清洁工正在清扫道路。他连忙奔进树林,还好,那条野狗和野猫还躺在那里。趁着清晨的明亮,躬身踏勘,在离死狗两米左右的草丛里发现了一个小纸团,肖剑捡起纸团慢慢展开,放在鼻下嗅闻,闻到了一种刺鼻的杏仁味。于是,他将纸团小心翼翼地放入物证袋中。

收好袋子,肖剑查看林中草丛,在草丛里发现了几枚脚印,不,严格来说是一溜被踩折了的草印。

"毒手"从老板的眼睛里读到了凶险。

他飞步走出了茶楼,打开车门,发动马达,踩足油门,迅速驶离了这个让他胆战心惊的地方。这是老板的茶楼,名为茶楼,实为老板的据点。茶楼每处犄角旮旯里都可能隐藏着那些穿着黑西服露出邪恶眼神的人。不是"毒手"胆小,而是他对老板太了解了。这种了解是从十年前的监狱生活开始的。

当年,他因为持械殴斗打伤人被判刑七年,在牢里遇见了被狱友尊奉为老大的李明奎。"毒手"进监狱后,照例被同监的人"校路子"。黑话"校路子"的意思是指用暴力的手段降伏对手。可是性格暴躁的他竟然犟头倔脑与那些人抗争,眼看要饱受一顿毒打,不料,被李明奎制止了。老大说,我就是看不得孬种!你小子是条汉子,跟我吧。出狱后,他并没有找先前出狱的老大,因为此时从事地产生意的老大摇身一变已经变为老板了,而且事业做得很大,在他们那个小地方,电视、报纸经常可以看到老板壮硕的身影。但是,以他桀骜不驯的本性,他才不会去找老板谋生呢。为了让他走正道,家里哥姐凑了些钱给他开了一家小饭馆,他与从小青梅竹马的小梅结婚生子,日子过得挺滋润的。其间,得知他出狱后,老板像老朋友一样经常约他喝喝茶聊聊天,逢年过节还发红包给他,他十分感激。他既不会得罪老板,但也不会去碰黑道。因为他知道,一旦踏入黑道,那将永无返回之路。可是天有不测风云,去年秋天开学第一天,他的小饭馆所承包的一所小学中午盒饭,竟然发生了集体食物中毒事件,几十个学生和老师躺进了医院。作为事件责任人的他立即被警方传讯调查。顿时,家中天塌地陷,六神无主、情急之时小梅求助李明奎,结果神通广大的李老板"仗义"出钱出力摆平了风波。事后,他向老板表忠心,只要大哥你有用得着兄弟的地方,我"毒手"万死不辞。于是,就有了这次合作。这次合作除了报答老板解救之恩外,还有就是那笔50万元的报酬着实让他心动。中毒事件风波平息后,他的小饭馆是再也不能开了,一家老小吃什么?连刚出生的儿子奶粉钱他也掏不出。为了让老婆儿子和年迈的父母今后衣食无忧，犹豫再三，他终于答应了老板的"请求"。

　　车上了高速，一路顺利。他终于可以喘一口气了。可是，开了没有多一会儿，路面突然拥堵起来，他只好跟着前面的车慢慢爬行，脑海中浮想联翩。

　　那天夜里，他根据老板提供的地址摸到了钱江度假村，借着那棵紧挨08号小楼的老杏树爬进了二楼程辉的书房，书房的窗户半掩着。进入房间后，他蹑手蹑脚轻轻移门探听，只听见客厅里一男一女开着电视正在交谈。男的说："这次多亏老同学帮忙，才让我有了一处栖身之地。"女的说："不必客气。可是小辉，恕我直言，你这样东躲西藏总不是长久之计。"男的叹了一口气说："你让我怎么办？我哪里会想到李明奎这家伙心会那么黑，竟然把工程做成这样子？一切的一切，怪我利欲熏心，好好地干好建筑设计老本行就行了，却鬼迷心窍非要承包什么大工程。唉，全是贪得无厌在作怪。"女的劝说："世上没有后悔药，你还是多想想怎么收拾这种被动的局面吧。好了，今天是我值班不能多聊了，你也早一点儿休息，我走了。"说着，女的起身走出了房间，男的礼貌地送她下楼。"毒手"迅速走进客厅，在男的酒杯里投下了老板准备的那包白色粉末……

　　拥堵的原因是前方一段曾经发生特大交通事故的公路正在重新铺设，所以本来双向车道改为单向来回。车辆排起了长龙，驾驶员大都摇下车窗焦急地埋怨，他也按下车窗探头张望。当熬过了这段路正要加速通行时，突然，旁边一辆并排行驶的车里，一个狰狞的家伙向他伸出了黑洞洞的枪管。随着"嘭"的一声，丰田车突然方向失灵，撞向了高速公路隔离带。

　　橘红色的太阳从钱塘江入海口跳了出来。
　　清早，肖剑拨通了石升的手机，石升抱怨："我的肖大侦探，才睡了没有几个小时便被你吵醒了。"肖剑才不理会石升的矫情，询问昨天的调查情况。石升懒洋洋地说:"程辉查到了。"肖剑虎着脸责问:"为什么不通报我?"石升狡辩道:"本来我是要向你报告的,但是,在没有彻底查清楚前,我想匆忙汇报也不妥,你不是一再教导我们,查证线索要完整,而且要一查到底。再说,我们找程疏影谈话结束时已经很晚了,怕打扰你休息,所以——"肖剑正要回话,石升又说,"肖总,你知道程辉为什么要自杀吗?哎,这小子是黔州公安要抓捕的对象。""啊——什么案子?"石头说:"据程辉户籍所在地派出所反映,一周前,黔州省公安厅有两名同志到派出所布控程辉。案由是今年2月5日,黔州高速公路上发生了一起特大交通事故,鉴定结论是由于公路建设质量问题而造成了这起死伤十余人的特大交通事故。程辉就是当年这个工程的承包公司法人代表。可是当法院发出传票时,程辉却失踪了。正因为出现了新的情况,所以我准备上午就致电黔州警方做进一步了解。"

"哦,原来程辉是负案潜逃的对象。"石升的报告使得肖剑在本案逻辑推理的链条上接上了重要的一节。

刚结束通话,李楚江推门进来,肖剑向他通报了石升调查的情况,建议马上召开案件分析会。

李楚江问:"在度假村吗?"

肖剑摇了摇头说:"回局里。"同时,将物证袋交给李楚江,"回局后请立即对纸团进行毒物化验。"

侦查分析会在紫江市公安局召开。分管刑侦的张副局长、刑侦支队长王三观,以及专案组侦查员坐满了会议室。李楚江简要介绍三天来的调查工作情况后,焦点问题仍然是确定案件性质。

"案件性质我认为已经很明确了。"支队长王三观伸出手指轻轻叩着桌面说,"太平间发生的是一起性质比较恶劣的盗窃案,虽然其中一具男尸不见了,但目前没有任何证据证明他的死是他杀,所以我认为,我们不必杞人忧天,抓到那个盗窃犯什么疑问都解决了。"

肖剑认真记录低头不语,因为他代表的滨海刑警是协办方,理应听取主办方意见。

这时,分管刑侦的张副局长说:"三观队长,今天我们既然请来了大名鼎鼎的肖总队长,而且他昨天一到紫江,便不辞辛劳展开调查,是否听听肖总对这起案件的分析?"显然,张副局长对王支队长先入为主的发言是不满的。

张副局长的谦逊和尊敬,让肖剑不好推辞,他站起身走到题板前写了几个要点,说:"既然张局点了名,我就谈几点粗浅的看法。首先,我认为,太平间的盗窃案直接引出了程辉尸体的失踪案。"众人被这种直截了当直奔主题的发言吸引住了,"太平间发生的盗窃案应该是一起偶发案件,但是,由于当天舆论和网络的炒作惊动了案犯,于是便发生了程辉案件。"

王三观问:"怎么理解?"

肖剑解释道:"风雨交加的夜晚,窃贼撬开了市一医院太平间,其目的是盗取死者身穿的寿衣。虽然案值不高,但足以博人眼球。也正因为好事者将此案上网传播,使谋害程辉的案犯惊慌失措。"这时,一名侦查员插话:"这事我们查清楚了,当晚,是医院里的值班医生以'出鬼了'为标题,最先将图片文字发在网上。到今天为止,网上点击量已达数十万。"

精明的王三观并不理会什么点击量不点击量,他在肖剑刚才说的一句话中捕捉到了一个重要信息:"慢,肖总队长,你凭什么说程辉是被谋害的?"

此言一问,满场惊诧。不仅是王三观支队长瞪眼质疑肖剑,在场所有的人都用讶异的眼光看着肖剑。之前,对程辉的事,都认为只是一具自杀者的尸体神秘失踪而已,而对死亡原因并没有追究,也就是说,在这之前所有的人对程辉的死亡原因是没有产生过怀疑的。所以,当王三观敏感地捕捉出肖剑分析中"谋杀"

这个惊世骇俗的结论时,大家才会如此震惊。

只有李楚江一手在纸上记着什么,一手撑着腮帮不为所动。

可能肖剑已然成竹在胸,面对王支队长的诘问和众人怀疑的眼神,他微微一笑:"刚才楚江同志介绍了,程辉是因为有案在身潜逃到紫江。从逻辑上推理,他的自杀完全合情合理。可是在现场,我却发现了一个奇怪的现象,这就是,当晚,程辉不是一个人喝酒,应该还有一个人,这个人对程辉的死有重大嫌疑!"

"现场还有一个人?是谁?依据是什么?"这次,不仅是王三观神经紧张了,连端坐在会议桌首主持会议的张副局长也晃动了身体。因为,他们都去现场勘查过。

为了缓和气氛,肖剑画出了现场草图,说:"其一,现场客厅里有只玻璃酒柜,我想大家一定都看到了。"有几个年轻侦查员在交头接耳,"酒柜里共有四只玻璃杯,其中有一只是当晚被洗净后放回去的。"

"啊——"王支队长的眼珠瞪得像牛眼。

"我为什么确定这个酒杯是当晚那个犯罪嫌疑人喝的呢?因为在这之前,清洁工从来没有清洗过酒杯。如果是清洁工洗的酒杯,一般情况下,她会按照操作规范,将酒杯洗净擦干后,整齐地放在原位。而我所观察到的酒杯,不仅没有擦干,而且还放错位了。据此,我判断,当晚案发现场应该还有一个人,这个人极有可能就是凶手!他之所以要洗掉酒杯,其目的不言自明,就是要造成程辉服毒自杀的假象。因为,如果现场上留有两个人的酒杯,一人死了,另一人却安然无恙,岂不是留下了谋杀的嫌疑?可是聪明反被聪明误,正由于他的这种谨慎反而暴露了谋杀的痕迹!

"其二,昨日深夜,我被狗的吠声所惊动,结果我在08号楼外的树林里不仅发现了可疑的脚印,而且还捡获了一个纸团。"

李楚江插言:"经化验,纸团中含有氰化钠成分。"

肖剑向李楚江颔首致意,继续推理:"凶手作案后,将毒药包装纸随手扔在了树林里,一只野猫舔了纸团后倒地死亡,而这条野狗发现后,发出悲哀的吠叫。动物的相继死去,一个曾经装过毒药的纸团,以及一溜神秘的脚印,充分证明这是一起谋杀案。难道一个要自杀的人还会顾及现场留下毒药包装物吗?"

所有的人被肖剑严密的逻辑推理折服了。也许此刻他们都为现场勘查时的重大疏漏而懊悔。

"就算程辉是被谋杀的,那么谁要谋害他?其目的又是什么?"现场接连发出疑问。

"问得好,其实对谋杀程辉的目的我此时也只能是推断。"肖剑喝了一口茶,轻轻放下茶杯,"不要忘记黔州发生的那起特大交通事故,这起事故的审理一波三折,大家马上上网查阅就能知道答案了。"

肖剑的提示立刻有了响应,眼明手快的陈亚男愣头愣脑地举着手机说:"查到了,原先事故主要责任是那个货车司机。后来律师提出重新调查,结果,重新鉴定后事故主要原因是公路建设质量存在重大问题,由此黔州法院依法传讯高速公路建设承包公司法人代表。"

"这个公司的法人代表就是程辉!"

"哎,这不正是程辉潜逃并自杀的原因吗?"面带讥诮的王三观仍然坚持着自己的观点。

肖剑实在忍不住了,严肃地告诫:"三观同志,作为国家刑事侦查人员,我们既不要随意扩大案情,但也千万不能对现场中发现的疑点视而不见,那是要走弯路的。我坚信我的判断:程辉是被谋杀的!肯定有人不想让黔州这起事故的真相大白于天下!设想,如果程辉被抓的话,他将会供出什么黑幕呢?"

"黑幕?哈哈——"刚才被肖剑一番义正词严的忠告说得面色发红的王三观,此刻似乎又找到了反击的机会,"肖总队长,你的想象力实在太丰富了,远在千里之外的你竟然判定黔州交通事故背后有黑幕，岂不是犯了作为侦查人员凭臆想推断之大忌吗？"王三观的嘲讽直击要害。

这时，手机传来石升的短信：黔州公安已正式发来协查，请我们务必查清程辉死亡案情，因为程辉的死将使黔州纪委、检察、公安联合调查组的工作为之困顿。

及时发来的短信提醒了肖剑。他中断了发言走出会议室，立即与黔州省公安厅刑侦总队鲁明总队长通话。鲁明是他在刑警学院进修时的同窗好友。电话中，鲁明告诉肖剑，他正是"2·5"案件专案组成员。据初步查证，由于公路建设中偷工减料等重大问题，造成了七死八伤的严重后果，而程辉正是该工程的承包方。虽然程辉是该工程承包公司的法人代表，但是，以他一个外乡人在黔州的人脉关系是根本拿不到这百亿工程的。因此，有理由怀疑，在程辉的背后有一个贪污、侵吞国家建设资金的巨大黑幕，如果这个关键人物"自杀"身亡，那么黑幕一时就很难揭开。换句话说，程辉背后的那些黑手就能逃避追查逍遥法外。

案情比想象中要复杂得多。肖剑当即将鲁明的话向大家做了通报。

这时，张副局长提出疑义："既然凶手已经造成程辉自杀的假象，那么他为什么又要盗走尸体呢？此举，岂不是此地无银三百两吗？"

这个问题触动到肖剑今天所能分析推理的底线。因为，他已经怀疑此案另有蹊跷，只是现在没有进一步的证据证明而已。顿时语塞。

见肖剑沉默不语，王三观又提出疑问："还有，看守太平间的秦老伯是怎么死的？为什么会死在太平间里？请肖总点拨点拨。"虽然问题有点儿刁钻，但是，这也确实是需要做出解释的。肖剑心里明白，张副局长和王三观先后提出的这两个问题其实是一个问题，如果讲出程辉尸体失踪的原因，那么秦老伯的死也迎刃而解了。

他考虑了片刻，说："三观支队长问得好，其实这个问题不难解释。"听肖剑说得如此轻描淡写，王三观等人伸长脖子静候答案，"凶手为什么要盗走程辉尸体？我想还是晚上太平间的盗窃案打乱了谋杀者的如意算盘。"

王支队长追问："怎么讲？"

李楚江实在憋不住了，他替肖剑回答："如果他们要谋杀程辉，何必那么费心费力地投毒布置假象？其目的不言自明，他们让程辉'自杀'的根本目的是不想惊动我们侦查机关，因为只有程辉自杀身亡，才能使他们逃避警方的追查。所以，当太平间意外发生盗窃案后，咱们紫江警方要核查尸体身份。这就有可能让他们精心设计的'自杀'假象的如意算盘落空，因为在调查中我们极有可能发现程辉不是自杀身亡的。当然，盗走尸体也只是掩耳盗铃而已。可是，如果没有肖总队长仔细勘查现场，发现了重大疑点的话，之前，我们也不是被对手迷惑了吗？"

李楚江的回答是有力的。但是在肖剑的心里还隐藏着另一个更为大胆的推测，只是目前不便公布而已。通过实地调查，肖剑敏锐地注意到一个重要的细节，程辉被送进医院后，医生为什么还要对他进行抢救？如果程辉是在晚上被氰化物所毒害，那么不需要一分钟他就会倒地身亡。第二天上午，当救护人员到现场后，凭他们的专业知识也绝对不会再将程辉送医院，而是直接通知殡仪馆车辆运走尸体，还有那个经验丰富的汪大夫也不会采取灌肠的急救措施，因为此时程辉早已气绝身亡。在春暖花开的4月，可能连尸僵都已经出现了，一个连尸僵都出现的死者还需要抢救吗？

肖剑的脑海里如翻江倒海般激荡。但是，在没有进一步证据证明的前提下，他是不会贸然公布这个重要疑点的，因为这不仅不利于目前追查凶手的主线工作，反而会扰乱侦查员们对案件的判断。更重要的是怕泄露这个绝密的信息,对下一步将要采取的侦查措施不利,甚至可能对那个依然活着的"他"不利。

最后,侦查会议做出两个重要决定:一是立即调查程辉在钱江度假村期间,所有进出度假村人员的情况,以期发现凶手的蛛丝马迹。二是派员去黔州了解"2·5"特大交通事故案情,以寻找此案幕后黑手。

当天傍晚,肖剑回到了滨海。

鲁明飞来了。

"老同学,接到你的电话,我哪里还等得及呢?经向上级请示后,买了飞机票就赶来了。"肖剑刚跨进"808"大门,鲁明在石升的陪同下迎了上来。随同他一起来的还有省纪委和省检察院的两名办案同志。

老同学来了自然要热情招待。所谓的热情招待无非是让食堂加两个菜。肖剑说,老鲁,咱们喝两杯吧?鲁明说,免了,等案件侦破了,再喝庆功酒吧。肖剑也不再客气。搞刑侦工作的都知道,在案件没有侦破之前,是绝对不会端酒杯的,因为谁都没有那个兴致。

席间,肖剑简要地将案件调查情况向黔州同志做了通报,鲁明也把"2·5"案件详细地向肖剑他们做了介绍。有一个数字让肖剑震惊,经国家道路检测中心对事故段公路用料测算,由于偷工减料,那些"蛀虫"至少贪污了国家上亿元工程款。

谁是蛀虫?这些钱到哪里去了?

鲁明凝重地说:"此案已引起中纪委领导的重视,责成黔州省委调查清楚。"

石升说:"所以那些幕后的黑手要杀害程辉!"

肖剑安排鲁明他们住在总队宿舍,一来安全保密,二来商量工作方便。

忙了整整两天的肖剑终于回到了家里。他洗了澡，换上了一身干净的衣裤。苏琳纳闷地问他："你还要出去？"肖剑嘿嘿一笑，带着歉意地说："晚上我约了程疏影见面。"不料，苏琳爽快地说："快去吧，为小辉的事疏影她急死了。"肖剑和程疏影已经20年没有见面了，上一次见面是在他和苏琳的婚礼上。后来程疏影去美国留学，再后来就没有她的消息了。

俩人约在一家咖啡馆见面。留过洋的人大都喜欢泡咖吧。

走进咖啡馆，程疏影已经坐在靠窗的那张桌子边等着肖剑了。借着柔曼的烛光，肖剑悄悄观察昔日的同窗，程疏影的模样没有大变，还是那样瘦削，还是那种哀哀怨怨的眼神，只是眼角出现了细细的皱纹。

互问了一些工作生活境况后，话题自然转向了程辉。

可能是咖啡馆的闷热，抑或谈起程辉心中焦虑，程疏影解下了那条米色的格子围巾，说："我真没想到小弟他会出事。"

服务生端上了两杯咖啡。

肖剑向咖啡里添了一小勺牛奶，搅动着，问："程辉究竟是干什么的？"程疏影说："说来话长，你知道我们家是中医世家，父亲的心愿是让他学医，这样送他去日本留学，谁料到他在医学院学了两年后，竟然改学了建筑工程设计。"肖剑说："这个我可以想象到，小时候程辉就调皮好动，以他的性格，学医确实难为他了。""是啊，他从小就喜欢涂涂画画，学设计当然也是不错的。留学回国后，他去了西南发展。他对家里说，国家战略决定西部大开发，商机无限。其实，我知道，他是跟那个女同学走了。"

"女同学？"

"是啊，是在日本留学时认识的。那年我去日本探望小辉还见过她，人长得不错，有点儿像电影明星宁静，黔州人，父亲好像还是省里的什么厅的厅长。"

黔州？肖剑的脑海里马上跳出那起特大交通事故。肖剑问：

"你有没有听说他承包过高速公路建设？"

程疏影说："这事我知道。那年，好像是前年春节，他打电话到家里，说不回家过年了，因为他要竞争一个很大的工程项目，一旦竞标成功，那么他的事业就翻开了新的一页。具体是什么项目，他没有说。"

肖剑想了想还是决定把实情告诉程疏影。肖剑抚摸着咖啡杯的把手说："他承包的是高速公路建设，由于工程质量问题发生了重大交通事故，而且性质很严重。"

程疏影瞟了肖剑一眼后，她的身子先是前倾后又慢慢靠紧椅背，两只手的手指局促地捏着那条质地柔软的围巾。许久，她的脸转向夜色朦胧的窗外，轻轻叹了口气说："唉，逃得过初一逃不过十五。"

听到这忧伤而又掺杂着一丝焦虑的感叹，肖剑心头为之一惊。什么叫"逃得过初一逃不过十五"？看来程疏影这声感叹中隐藏着某种复杂的含义。

就在程疏影发出感慨的时候，肖剑的眼睛一刻也没有离开过她那张清淡而又精致的脸。倒不是因为他还没有割断内心深处对疏影那份情愫，他们俩的事，早已被时间的烟云尘封了。当年，他俩小学毕业后考进了同一所重点中学，又分别考上了大学，肖剑子承父业进了公安院校，程疏影考入了医学院。俩人从两小无猜正向恋爱关系发展时，肖剑的父亲及时发出了警告，因为程疏影家的海外关系实在太复杂，为了肖剑的政治前途，肖家坚决不同意接纳程家女儿。敏感而又自尊心极强的程疏影大学毕业后毅然去了美国继续深造。肖剑懵懂地感觉他伤了她的心。一晃已经过去20多年了，今天，面对昔日初恋，他不想解释当年为何疏远了那份情感，让这份歉意永远埋在心底吧。刚才程疏影那一声意味深长的叹息，倒是引出他作为职业侦探的敏感。

她真的不知道程辉已经遇害了吗？

这些天，网上将紫江医院太平间"出鬼"的事炒得沸沸扬扬，而且已经有人将程辉"自杀"身亡、尸体神秘失踪的事也登在了网上。当今社会是一个没有秘密的世界。作为当事者的家属，程疏影她不会不知道程辉"遇害"的消息。可奇怪的是，从见面开始至此，程疏影竟然没有询问过一句关于程辉死亡原因的话，更没有义愤填膺地要求我肖剑这个"808"大侦探尽快缉拿凶手。哦，这太不正常了！难道她知道程辉的下落？

诸位读者，这就是肖剑心底最隐秘的推断：程辉没有死！这也是他如此急切地约见程疏影的原因。

肖剑决定单刀直入："疏影，小辉就如我的亲弟弟一样，如今，发生了这些事，我们应该帮助他，这种帮助不仅是为了尽快了结'2·5'案件，同时，也是为了保护他不再受到伤害。"顿时，程疏影抬起头紧张地看着肖剑。她的表情告诉肖剑，她被这番话打动了。看到程疏影这样的神态，肖剑心里便有了底，他趁热打铁严肃地说："如果你知道他的下落，请现在就告诉我。"

程疏影那单薄的身子颤动了，随即，眼窝里落下了一串泪水："阿剑，我信任你。虽然你没有成为小辉的姐夫，但是，你仍然是他小时候最崇拜的剑哥。"

肖剑被程疏影的话感动了："相信我，我一定会查明真相的。"程疏影迟疑了片刻，说："好吧，我告诉你，小辉他没有死。"

虽然肖剑怀疑程辉尸体不翼而飞另有蹊跷，但是，当程疏影说出他真的没有死的话时，他还是被惊到了。

肖剑俯身急问："程辉他现在哪里？"

程疏影低着头说："他躲在无锡老家。"

程辉找到了。

事不宜迟。走出咖啡馆，肖剑立刻打电话通知石升。在程疏影的陪同下，连夜驱车赶往无锡。在太湖边的一个偏僻的村庄里找到了程辉。

车上,肖剑发出一连串的问题。面目憔悴的程辉沉默了一会儿,终于说:"剑哥,与其被他们暗杀掉,不如被你们审判。好吧,我将整个事件过程如实告诉你。"

程辉两眼空灵地漠视前方,说:"那是前年的冬天,小欢,噢,陈欢是我留学时的同学,也算是我的初恋情人吧。她告诉我,黔州高速公路建设有一个重大工程项目要上马。作为做工程建设设计的我,当然是想拿到这个上百亿元的大项目。可是,对于我们这种民营公司来说修造高速公路是有困难的,一是技术,二是设备,三是施工队伍素质。一句话,资质不够。正犹豫中,小欢说,这些你都不必顾虑,我父亲说他会帮你的。"

肖剑问:"陈欢的父亲是干什么的?"

程辉说:"省交通厅厅长。"

"就这样,我根据小欢父亲的建议,与他介绍的李明奎工程建设公司联合注册了一家道路建设公司参加竞标。有小欢父亲暗中帮助,自然我们公司中了标。中标后,李明奎对我说,程总,你负责勘察设计,我负责整个工程建设。我虽然有些不悦,作为公司法人代表,我应该全面负责工程建设,而姓李的这么分工岂不是架空我吗?但是,强龙斗不过地头蛇。李明奎这个人在当地是个极有势力而且神通广大的人物。再说,我也没有公路施工实际经验,多一事不如少一事,只要能赚到钱就行了。"

肖剑问:"那你们是否按国家标准设计建设的呢?"

程辉说:"这是肯定的。国家对高速公路修建是有标准的,一般预算是一公里一个亿,如果在山区和复杂路段一个亿还不够。正因为李明奎负责施工,我也就懒得去工地。"

肖剑说:"难道你没有发现他们施工质量有问题吗?"

程辉瞥了肖剑一眼,嗫嚅地说:"我——我发现过他们在有些路段没有按设计标准施工,说白了就是偷工减料。但是,每次我去工地,姓李的总是跟在屁股后面盯着我。他解释,材料涨价涨得厉害,如果不降低标准用料,怕是要倒贴老本。我在利益面前既没有坚持又不敢举报,但是,我心里一直是担忧的。因为学建筑设计的我深知,如果在建设材料上降低标准总有一天会出大事的。'2·5'事件发生后,虽然他们一手遮天,确定了司机超载为事故主责,其实,我心里明白,这完全是由于施工质量而造成的严重后果。可是我又是承包方法人代表,那些天,我真的是度日如年如坐针毡。当我得知北京来的权威部门重新勘察鉴定后,我就——"

"你就躲了起来?"

"唉,这可是要杀头的。"

程辉的交代,已经让肖剑对整个事件的幕后人物有了较为清晰的轮廓。实际上,程辉在整个事件中只是一个傀儡而已。肖剑暗暗佩服黑幕后面这些人物的老谋深算。当初,陈厅长、李明奎之流之所以要拉程辉这个外来和尚念经,无非是怕万一有什么"风吹草动",可以有程辉这个挡箭牌。他们一定早就预谋好利用这项百亿元大工程来中饱私囊。

真的很阴险!当然,程辉的利欲熏心也导致了他蹚进了这潭浑水。

肖剑问:"既然你是'清白'的,那么,为什么要潜逃呢?"

程辉说:"我是公司法人代表,自然要承担'2·5'事件所有的法律责任。"

"哦,所以你在压力下选择了自杀!"

"不——不,是他们要谋害我!"

"谁?"

"肯定是李明奎!我死了,那么他的那些肮脏事都可以推到我身上。而且,他们幕后的交易也就'人死证灭'了。"

车闪着警灯在高速公路上奔驰。沉闷的空气让肖剑打开了车窗，窗外的风如野马般呼啸蹿进了车内，肖剑的脑子也在急速地运转。

突然，他出其不意地问道："程辉，你根本不是被谋杀，而是掩人耳目制造了一个被谋杀的假象。"

倏忽间，程辉浑身颤抖，那双布满血丝的眼睛惊悸地看着肖剑，路边掠过的灯光将他的脸照得光怪陆离。他问："你，你是怎么知道的？"

肖剑鼻翼翕动哼了一声："你的这些小伎俩能瞒过我这个大侦探吗？"

程辉长长地舒了口气："好吧，事到如今，我把真相都交代了吧。那天傍晚，我突然接到小欢打来的电话，她要我赶紧离开钱江度假村。我问，为什么要离开？她说，有人要谋害你。我顿时大吃一惊，因为我藏在紫江的事只告诉过小欢。当时我就责问小欢是否出卖了我。小欢说，傻瓜，如果我出卖你，还会打电话通知你吗？程辉，难道你还不了解我对你的感情吗？这时，我哪有心思跟她谈感情问题。回国后，小欢在父亲的'劝说'下嫁给了省里某领导的儿子，可是俩人婚后根本过不到一起，只是一桩政治联姻而已。他的父亲为此官升了一级。可我却依然对她不离不弃。"

程辉的话扯远了，心急的程疏影提醒他："那么究竟是谁出卖了你？"

程辉说："在我逼问下，小欢终于坦白，案发后，她父亲曾经关心过我的近况，小欢天真地将我躲在紫江的事告诉了他。那么，用屁股也可以想出来，李明奎的后台老板是小欢她爹。她爹既然知道我藏匿的地方，那么姓李的也一定会知道我的下落。得到谋杀的信息后，我立即做了相应的准备，我想过转移躲藏点，但是我深深地知道李明奎他们是绝对不会放过我的。如果今天不是你剑哥而是黔州来的人问我，我是绝对不会吐露实情的，因为他们的势力实在太大了。哦,对不起又扯远了。我分析,他们不会用刀枪之类的简单方式把我结果了,如果这样的话,必定会引起警方的重视和追查。那么唯一可以向世人交代的就是让我畏罪'服毒自杀'!当晚,我请翁惠娟,哦,就是钱江度假村经理,她也是我在日本留学时的同学,我之所以躲到她那里,我认为这是一处绝对安全的地方。翁惠娟如约而至来我房间聊天,我有意开着电视,让凶手'有机可乘'。后来发生的事,果然如我所料,凶手不敢从别墅正门进来,因为那里安装着监控探头,他只能借着楼外那棵老树潜入我的书房,偷听我和小惠的谈话。"说到这里,程辉已经摆脱了惊慌,竟然为自己的聪明预判而露出了得意的神态。一个人在回顾自己光辉事迹的时候,往往是眉飞色舞的。此时,已经无须发问,程辉滔滔不绝地继续陈述着:"说老实话,我当时心里也很害怕,于是就取出一瓶红酒与小惠对饮壮胆。我们聊了一会儿,小惠她要值班,所以就告辞了。我送她下楼,在楼下,发现原先我虚掩的窗户果然被打开了,这下我更加确定,凶手一定已经在我房里了。上楼后,我并没有喝下杯中的酒,因为我已经发觉酒杯被移动了。当晚,我一夜无眠。第二天早上,我将小惠的酒杯洗净后放入酒柜,再将我的那杯被下毒的酒倒入马桶冲走放在原位,造成服毒自杀的假象。当我听到清洁工敲门的声音时,我吞下了事先准备的野杜鹃。"

肖剑惊诧不已:"你怎么知道杜鹃花有毒?"

程辉的脸生动起来:"剑哥,你别忘了我家是中医世家。从小我耳濡目染对什么是有毒的植物太熟悉了。这些花就是从度假村后山坡上采来的。"

真的让人难以置信。

程辉说:"当然我这样做是有风险的,因为杜鹃花的毒性是六级,如果不及时抢救那也会有生命危险的,但我确信清洁工发现我昏迷后,一定会打120急救电话,而120急救人员也一定会送我去医院抢救的。当我醒来时,已经躺在太平间的尸床上了。"

肖剑暗暗佩服程辉的精巧设计,因为野杜鹃不仅能使服毒的人产生恶心、无力、呕吐,更重要的是还会出现血压降低、脉搏缓慢,甚至心脏突然停止跳动的假象。长期以来他一直没有放弃对法医学的研究,但是真案实例还是第一次遇到。四天前的场景可以想象,当汪医生对病人采取灌肠措施后,病情非但没有缓解,反而心脏突然停止了跳动,他也只得无奈地在病历上写下了"因抢救无效死亡"的结论。多么精彩的一幕。

开车的石升终于憋不住了,质疑道:"如果把你直接推入太平间冷藏箱,你岂不是也要冻死吗?"

曾经学医的程辉轻松地解释:"不会的,因为我的亲属还没有来医院办手续呢。再说,冷冻了,僵硬的尸体是无法换寿衣的。"

石升问:"那么,看守老头儿的死又是怎么回事?"

"唉,天下真是无奇不有,谁知道那天小偷会光顾太平间。警察勘查现场的时候,我全都听见了,但是又无法逃走。当太平间大门重新锁上后,我只好躺在冰冷的床上等待机会。正在百般纠结的时候,只听门锁打开,那个看守老头儿推着刚去世的死者又进来了。等他将尸体推进冷藏箱,经过我的床边时,我突然坐了起来,哪知老头儿当时就吓得昏倒了。我又不能救他,只好将他抱上了床,盖上白布单后,就逃走了。"程辉问,"那个老头儿他现在怎么样了?"

肖剑冷冷地回答:"他被你吓死了!"

真的是惊险无比,如同一部恐怖小说。

天亮了。

迎着朝霞,肖剑一行回到了滨海。由于程辉的到案,接下来的侦查工作变得明朗。

接到我们"808"通报后,紫江方面由张副局长率队上午10

点便赶到滨海。经协商,为了保护重要证人,决定将程辉暂时羁押在滨海。鲁明他们将程辉的口供材料带回黔州,向省委、省纪委主要领导汇报,并马上拘捕李明奎,控制交通厅厅长陈进贤,即小欢的父亲。紫江方面,重新勘查现场,对所有当事人做详细笔录,涉及"2·5"案件的相关材料尽快移送黔州联合专案组。

两个月后,肖剑作为公诉方证人参加了黔州法庭的审判。

当陈进贤、李明奎、程辉等人一一走入法庭被告席上时,肖剑看到了一个头上缠着绷带、坐着轮椅的年轻人。鲁明告诉肖剑,他就是执行谋杀任务、差一点儿被李明奎灭口的"毒手"。

天网恢恢,疏而不漏!

走下法庭高高的台阶时,我接到苏琳的手机短信:肖大侦探,明天晚上为老父亲补过八十大寿,同时也为你庆功。请你务必拨冗出席。

哈哈!

（王建幸,笔名肖剑、聿土,1955年11月生,江苏无锡人。曾任上海市公安局工会专职副主席。中国作家协会会员,全国公安文联会员,上海市作家协会会员。代表作有长篇小说《我不是孬种》《滴血十字架》《狐踪谍影》,中短篇小说《月光下的罪恶》《狼血》。《滴血十字架》《狐踪谍影》荣获金盾文学奖,《我不是孬种》荣获人民警察杂志社优秀作品一等奖。《狐踪谍影》改编成电影。）

特殊『朋友』

王建幸

著名摇滚歌手臧天朔先生逝世的 2018 年 9 月 28 日那天，我的手机里响起了他的那首成名曲《朋友》。听着听着，我的眼仁中竟然闪出了他的身影，他曾是我的对手，亦是我时常会想念的"朋友"。

于是，我写了以下这段文字。

A

20 世纪 80 年代末，深秋的上海连续下了几场雨，冷风愁雨，落叶飘零。都市东边的提篮桥地区，夜间连续发生盗抢案件。一时地区居民传闻四起人心惶惶。派出所老资格所长徐敬礼坐不住了，他亲自带领全所警察日查夜巡，可是，案犯像是幽灵一般仍然在东区徘徊。焦急无奈之下，平日趾高气扬的徐敬礼盯着桌上那部红色电话机犹豫了半天，最后还是拎起听筒拨了分局刑侦队队长郭启明办公室的号。

电话嘟嘟响了一阵后，听筒里传来一个洪钟般的声音："喂，谁？请说。"那胶东口音，一听便知是郭启明的声音。

"大老郭，是我，徐敬礼。"

"哎哟，今天太阳从西边出来了，什么时候老班长想起找咱谈心了。说吧，有何指教？"当年打进上海的时候，徐敬礼是郭启明的班长。

"别酸溜溜的。我有事找你。"

"啥事?"郭启明调侃道,"亲家,是不是有什么好吃好喝的想着咱老郭了?"

"哎呀,孩子都大了,别老是亲家长亲家短的,多尴尬。"

"什么尴尬不尴尬的,两个小孩儿从小在一个院里长大的,早就好上了,我看就是你横插一杠子棒打鸳鸯。今日正好来电话,这事就算我老郭低一回头,请你同意将闺女嫁给我儿子。"

"哎呀,我的郭大队长,什么时候了还扯闲篇。这两天我都火烧眉毛了,你还想着吃喝。再发生案件,我怎么向老百姓交代?第一起案件发生后,我就亲自带队伏击守候,不料守了东头空了西头。这叫个啥事?"徐敬礼真的急了,这说出的话也是东一句西一句的。

"你不是总说要跟我老郭换岗位吗?这案子是那么好破的?"

"好了,我向你敬礼收回错误的言论,并向你道歉好吧。"

"老徐,你这叫'按下葫芦起了瓢'。咱山东人还有一句俗话。"

"怎么讲?"

"穿开裆裤过年,顾前顾不了后啊。"

徐敬礼听后那张老脸涨得像紫茄子似的。话糙理不糙。好在是一起扛枪打进上海的老战友,他知道郭启明不是讥讽他。"老郭,你总不能眼看我老徐年底上台坐那'冷板凳'吧?"这里有必要解释一下,"冷板凳"一词,发端于那个新来的局长温聚才,姓温,但是此君的脾气不仅不温和,可以说还有点儿火爆。去年年终总结交流大会,当着台下1000多名干警的面,第一次登台亮相的温聚才竟然点名让考核落后单位的主官上台"汇报"工作。寒冬腊月的,那些个被点名上台的科所长,谁腿肚子不转筋。汇报完了,还不能回原座位,政治处在台下前排早就留好"专座",请这些落后单位的领导"专心致志"地聆听先进单位代表的经验交流。众目睽睽之下,"专座"上的那些一方"诸侯"个个汗流浃背,连坐在后面的单位民警也都无颜抬头。此举,无疑在不温不火的虹港公安分局点着了一把火。"一年落后找根子,两年落后搬位子。如果虹港分局明年在全市公安机关考核中不进入先进行列,我温某自动打辞职报告!"温聚才剑眉上挑,铁掌拍案,铮铮有声。这就是徐敬礼所称的"冷板凳"。"唉,这坐冷板凳倒是次要的,可老百姓传得邪乎。现在辖区姑娘夜里下班、上班又要家人送了。你说,急人不?"

说到此,郭启明的脸黑沉了下来。发生刑事案件,加强防范是派出所的事,可破案却是刑侦部门的主要责任。尽管局里宣布元旦前发生案件由派出所为主组织侦破,因为刑侦队要集中兵力侦破那些市里挂牌的大要积案。不是他不派侦查员增援派出所破案,实在是手上没有得力干将可派。但是,想到连续发生的盗抢案,郭启明他怒火中烧:"娘的,实在是太嚣张了!敬礼,你让我再盘点一下,等回音。"电话挂了。可是,郭启明的心情却更加纠结了。他从抽屉里摸出一包烟丝和卷烟纸,熟门熟手地卷了一支烟叼在了嘴上,刚才徐敬礼"老百姓又开始害怕走夜路了"的那句话,让他心沉得老半天都没擦着火柴点上烟。盘算自己的家底,整个队拢共六十来号人,东西南北四个片区34个侦查员铆死了17个派出所地区,四个专业组加技术室一个萝卜一个坑,两个队副加指导员各带一个专案组,连警院实习的学员都分下去了。只有他自己是自由中卫,整天奔来跑去忙得像火烧猴屁股似的到处蹿。根本没有兵将可派啊!正在这时,桌上电话铃响起。"喂,是肖剑?怎么,人抓到了?好,明天早上我派车去接你们。案件移交后放你两个小时假补补觉。下午2点到我办公室来报到。对,有重要任务交给你。"接了这个电话,郭启明心情陡然阴转晴。他点着了烟,在办公室踱了两步,自言自语道:"行,肖剑这小子顶上去一定能镇住。"人一高兴,脸部肌肉即刻松弛下来。郭启明拎起电话拨号,电话接通:"喂,徐大所长,看在咱是亲家的分儿上,我决定派本队特别能战斗的特勤组探长肖剑同志增援你们破案。"

"肖剑,是那个高个儿小伙儿吗?行啊。"

"案子破了别忘了请我喝酒。"

B

经过 36 个小时的奔波,从福州开来的列车终于停靠在上海站。

与前来接站的林康副队长接上头后,肖剑终于长舒了口气。要知道,他们四个刑警押了六名特大走私嫌犯回上海,这一路比在当地追捕都辛苦。客车有一等包厢,可是按出差规定不能报销;买卧铺,兵力分散不安全。最后,肖剑决定索性坐硬座,在旅客众目睽睽"监视"下还安全些。于是,四名荷枪实弹的刑警,押着六名戴铐的嫌疑犯,一路不眠不息地回到了上海。

回到队里,办完案件移交手续后,肖剑和衣躺在沙发上睡着了。这盹打得连吃午饭都过了点。直到闹钟响,他才揉开眼皮,睡眼惺忪地奔进队长办公室。小伙子实在太累了。

"报告队长,肖剑向您报到。"

正伏案阅卷的郭启明一见肖剑,便起身握住肖剑的手,说:"好小子,整整 14 天,行程千里,转战八闽大地,出色地完成了侦查追捕任务。你们辛苦了。"

"不辛苦,这次专案侦查福建省厅很重视,专门派了两名经验丰富的刑警协助工作。否则我们两眼一抹黑,连闽南话都听不懂。"

"好。所有涉案人员一网打尽,这起公安部挂牌的特大走私案总算可以结案了。"

"队长,我马上写追捕工作报告。争取晚饭前完成。"

"不,报告让小金他们写。我这么火急火燎地叫你来,有一项新的任务要交给你。"

"什么任务?"肖剑问。

郭启明摆了摆手,说:"坐下,你先将这几份案件材料看一下,然后我们再谈。"说着,郭启明将一沓案卷推到桌前。

听到有新任务,肖剑拉过椅子坐下后,连忙翻阅案卷,一起、两起、三起,边看边在随身带的笔记本上记录了案件发生的时间、地点、案犯体貌特征等重点内容。

"半个月不到,东区连续发生了三起盗窃、抢劫案。当然,其中那起盗窃案与抢劫案不是一个类型,但是,就那两起拦路抢劫案就够我们喝一壶的了。"郭启明卷了一支喇叭烟给肖剑,肖剑推了:"嘴苦,不抽了。""唉,没有睡好觉,吃啥啥不香。"说着郭启明自己点上烟抽了起来,"连续发生抢劫案,影响很坏,案发地老百姓又出现夜送女同志上下班的现象了。这种只有在1983年'严打'前才发生的案件现在又抬头了。这是对我们刑警的公开挑战!说说,阅卷后的想法。"

肖剑考虑了片刻,说:"从两起抢劫案来看,我认为除了加强地区防范巡逻外,重点是抓现行。"

"抓现行,你有把握?"郭启明推了推绑着胶布的老花镜,那从老花镜后面射来的目光有点儿咄咄逼人。

"队长,我试试吧。"

"哦,看起来你心里已经有谱了。"

肖剑笑了笑没有回答。说实话,虽然有了伏击抓现行的想法,但只是一个朦胧的概念,具体方案有待勘查现场后才能确定。

"队长,如果您没有其他指示,我立即去提篮桥派出所报到。"

"这小子,我还没有下达命令呢。"

"这还用说。"

肖剑向队长敬礼告辞。他两脚刚要跨出门槛，后面追来郭启明的叮嘱："你只能在你们特勤组带一个助手去。余下的人我要另用。"

肖剑停下匆匆的脚步转身抱怨："啊，只能带一个兵上阵？队长，这也太少了吧。"

"你是破案还是去干仗？破案主要是靠脑子，人多反而误事。没得商量，只能带一个。老子这里缺人呢。"可能意识到这话说得前后矛盾，郭启明马上补了一句，"去、去吧，徐所长那里有的是兵。你去调动吧。"

郭启明连哄带赶地将肖剑送出了门。

C

市第一人民医院的内科病房里，16床的一位头发花白的病人头戴氧气罩，手插输液管，旁边的检测仪上，正跳动着心率、血压等生命体征指示灯。

女护士推门进来，走到守护在病床边的一个姑娘身旁，俯身轻轻说："李小姐，你上次预交的诊疗费已经用完了。请你赶紧去楼下收费处交费。"接过护士递来的账单，姑娘一脸木讷。在换输液瓶的护士又叮嘱了一句："李小姐，抓紧去交，因为你母亲的药最晚明天要接上，否则就要停药了。"

"药不能停。"姑娘急了，"停了，我妈妈怎么办？"

"我也知道不能停，但是药房是根据交费凭证配药的。这个你懂的呀。"

"知道，知道，谢谢你，护士姐姐。我会想办法去交的。"

护士走了。李芳木木地走出病房，不知不觉走到楼道头的窗口边。倚着冰冷的窗框，望着楼下星星点点般的万家灯火，姑娘那没有血色的脸上簌簌直掉泪。到哪里去借钱呢？这些年，为了给母亲治肾病，变卖了家中所有值钱的物品，还借遍了所有想得起来的亲戚朋友。连父亲唯一留下的那块英纳格手表都当掉了。随着年老体衰母亲的病情越来越严重，医生说现在抢救只能暂时维持，但是，最终是要换肾。大学刚毕业的李芳，好不容易入职一家广告公司当文案实习。一百出头的工资加上母亲百元退休金，平日生活无忧，可是遇到这种大病，不仅要透析、服药，还要补充营养，这点儿钱根本不够开销。欠了一身债。明天，明天就要断药了，怎么办？此刻，李芳真的想爬上窗台跳下去解脱苦恼。

这一切，都被一个鬈发高鼻梁、着一套深色夹克装的男子看到了。他是来探望李芳妈妈的，当他拎着水果袋推开病房门时，听到护士在催李芳交医药费，他驻足放下水果袋轻轻退出。他没有去安慰李芳，而是急急忙忙下楼来到了收费处窗口，问："内科病房16床病人要交多少医药费？"窗口里的一位女职员查看了电脑，说："至少还需要交5000元，否则，明天就准备办出院手续吧。"

"什么，出院？"

"没有钱让医院怎么治疗？"收费处的职员瞥了一眼，"小伙子，你是病人家属吧，别在我这儿浪费时间了，快点儿去凑钱交费救你亲人要紧。"

"小芳，你放心，我一定会帮你和阿姨的。"鬈发青年心里默念着誓言，攥紧拳头走出了医院大门。

D

回到特勤组。同事们见肖剑回来，主动围了上来。肖剑传达了队长的指示，布置了诸如写工作报告、做好案件收尾工作等琐事。然后他给支瑛打了电话。他之所以决定让支瑛参加这次抢劫案侦查行动，基于两个原因：一是通过这次在福建辗转追捕两个星期的实战检验，这位中国刑警学院毕业的大学生的业务能力让他十分欣赏,无论是从一般的法律文书、驾车、擒拿格斗,还是到现场勘查、案件分析、快速反应能力都非常出色。更可贵的是在这个姑娘身上没有骄娇二气。二是他看了两起抢劫案材料后,一个初步的侦查方案已然在他脑海里有了雏形。他需要一名胆大心细的女侦查员做"诱饵"。这是一次非常危险的行动,也是他十分慎重的选择。带女警参加这种行动确实有点儿冒险,但是,他的行动方案里,这是个不可或缺的角色,或者说是一个决定全案侦查成功与否的关键。他对她寄予全部希望。

"支瑛同志,休息好了没有?"电话里,肖剑和颜悦色地问候。上午回局后,肖剑让支瑛先回家休息了。

"师父,您休息了没有?我刚起床,准备去菜场买菜,晚上陪爸妈好好吃顿饭呢。"

"对不起。请你今晚9点到提篮桥派出所报到。"丈二和尚摸不着头脑的支瑛在电话那头愣住了:"师父,这大晚上去派出所——"

"别问了,有新的重要任务需要我们去完成,我已经请示过队长了,这次行动,请你做我的助手。好吧,晚上见。"

挂了电话,肖剑又看了一遍案件材料,他发现两起案件发生时有两个共同特点:一是深夜;二是雨天。于是,肖剑拎起了电话咨询气象台,气象台值班员告知:今天本市晴转多云;明天白天大到中雨,夜里阴转晴。

"呵,天助我也。"肖剑兴奋地一拍桌子,现在唯一做的是必须勘查现场,包括案犯作案后的逃跑路线;因为他要选择伏击地点。万事俱备,只欠东风。他决定:今晚实时实地勘查现场,明晚行动。

当晚,肖剑和支瑛在派出所治安警长国清的陪同下,按照案发时间,仔细勘查了两起抢劫案件的案发现场。边勘查现场,国清警长边向两位侦查员介绍:

"第一起案发地点是昆明路下海庙后面的一条小弄堂里,时间是 11 月 12 日晚上 11 时 34 分，被害人是一名搓麻将晚归的中年女性，赢了钱的被害人，一路哼着越剧回家，哪料到，刚进小弄堂就被从后面蹿上的歹徒抢走随身挎的皮包一只，包内有人民币 3440 多元，以及手表、钻戒等，然后歹徒向霍山路方向逃去。

"第二起案发地点是舟山路、周家嘴路一条小弄堂内，时间是 11 月 19 日晚上 11 时 05 分左右，被害人系商店下班女职员。也是在回家的路上，被抢走皮包一只，包里有现金 500 多元。"

肖剑对第一起案件发生后，案犯选择从原犹太住宅区逃遁颇感兴趣。这一大片建筑群，无论是犹太教堂、咖啡馆，还是住宅、公园，不仅透出浓浓的巴洛克风格，还散发出维多利亚时期所特有的欧陆风情。弄堂小道保留着 60 年前建造时的鹅卵石路面，让人仿佛回到了二战时期的波兰、捷克等东欧国家。国清警长告诉肖剑，当年有近三万犹太难民先后逃到上海，其中大部分犹太难民集聚在这里建房定居，可能是为了便于紧急情况下逃遁，所以就设计了这种大墙里面套小弄、小弄连支弄、支弄通大路的内部道路结构。

站在弄口，肖剑抚摸着斑斑驳驳、浸润着历史沧桑的墙面若有所思地说："国清警长，我在你第一起案件的工作报告里发现，那天，正在附近巡逻的民警听到被害人呼救后，发现案犯后，一直追到这片区域后才失去目标的。"

国清答道："是的，第一起案件案发地在提篮桥监狱后面的昆明路上，可是当被害人呼叫后，那家伙却穿过长阳路窜入这片区域，喏，就是从这条弄堂逃走的。如果不是经常走这条弄堂，或者就是住在这一片的人，谁能知道在弄底有一条支弄能通往霍山路呢？"

"那你们事后排查了没有？"肖剑问。

"案发后，我们开展了地区嫌疑排查。可是，由于夜深雨冷，路上行人稀少，没有访查到有价值的线索。"

"唔，这片地区现在居住多少居民？"

"没有具体统计过，如果从舟山路头到大连路尾，估计有三万多人。这个请你放心，案发后，我们徐所长亲自带队下地区，根据被害人提供的案犯体貌特征发动居民排查，遗憾的是至今也没有发现嫌疑人。"

肖剑他们边聊边走进弄堂，大弄小弄每条都走了一遍，支瑛还画了线路图。

现场勘查一直到凌晨才结束。

回到所里，肖剑向徐敬礼所长汇报了伏击案犯的方案。徐所长同意由国清警长率领治安组民警配合肖剑他们行动。

第二天清早，橙红的太阳刚露了个头，即被乌云遮盖住了。上午还是霏霏细雨；熬到了午后，一场瓢泼大雨倾盆而下。

晚上10时，肖剑一声令下，行动组分三路准时出动。

雨下了整整一天。都说秋高气爽，可是上海的秋天时不时要下几场雨，总雨量也位列夏季之后，达95毫米左右，尤其是在深秋季节经常阴雨连绵。晚10点以后，雨量明显小了下来。阴云密布的夜空中，竟然跳出了一轮弯月。天气寒冷，只有霍山公园对面那片犹太住宅群里的寥寥几个窗口还亮着灯光。

这时，靠近长阳路的一条弄堂小道上，走来了一个女子。那女子，身材修长，手拿收拢的雨伞，肩搭白色小皮包，长发飘逸，步履轻盈。月光中，白色的高跟鞋正敲打着湿漉漉的泛着蓝光的鹅卵石路面，发出"笃笃"清脆的声响。雨霁月明，弯月如钩。那清蓝蓝的银钩，将这个窈窕女子的身影钩得老长老长；"笃笃"的脚步声，在空寂的弄堂里回响。那连月光洒落都能听得到的静谧，此时竟然有些恐怖。

潮湿的空气中，女子向弄堂深处走去。

"笃笃"的脚步声，穿过逼仄的弄堂，也蹿进了一只竖起的耳朵里。在弄堂拐角处蛰伏着一条黑影，蹲在地上的黑影，正拿着树枝在鹅卵石上画着什么,莫非在计算着那自远而近"笃笃"声的距离?黑影嘴角叼着的烟头随着他腮部一鼓一瘪的呼吸,发出忽明忽暗的光,那微光,照出被垂落的鬈发遮盖的半张脸;那半张惨白的脸上,一道挺直的鼻梁勾勒出男子刀削般的脸部轮廓;紧绷的脸皮上有一道暗红色的伤疤,那伤疤在神经似的抽搐中像一道蚯蚓爬在灰惨惨的脸上;聚焦的瞳孔中,射出的是一道贪婪又凶狠的幽光。

高跟鞋走近了。黑影似乎闻到了女人的香水味。他迅速将烟蒂掐灭。烟蒂被鞋底磨碎。

猎物终于出现在那拱楼下的弄口。

可是那女子并没有察觉到角落里埋伏着一匹馋涎的"狼"。当她闻到空气中飘来一股烟味时,黑影已经蹿腾到她的身旁。趁她惊慌之时,突然伸手抢夺她背着的那只精致的小白包。"强盗!"女子那个"盗"字还没有喊出,黑影就扑过来掐她的脖子。哪知,女子身形一闪,拎起小包甩向黑影,边甩边叫嚷:"肖剑,快来呀,歹徒在这里哪!"黑影一愣,顺势抢过女子皮包就逃。这时,从后面传来一阵脚步声,黑影机灵地向侧旁的一条暗弄逃去。"嘿,谁能在这八卦阵似的小弄堂里抓到我,那真的是神了。"黑影得意地露出牙齿笑了。杂乱的脚步声渐渐没了音,黑影人扯了扯衣领,神抖抖地向霍山公园方向弄口走去。哪料到,当他走到弄口时,突然,一个身高足有一米八、一袭风衣在寒风中拂动的男子挡住了他的去路。看不清风衣人的脸,因为那盏昏暗的路灯灯光被挡在了他的身后。

"怎么,连个招呼也不打,就这样走了?"风衣人潇洒地叉开两条大长腿占领了整个弄口,调侃道。

打招呼?抢劫还要跟人打招呼,岂不咄咄怪事,从古至今闻所未闻!

"喂,你是谁呀?"黑影人笼在衣袖里的手悄悄抽刀。

这点儿小猫儿腻哪逃得出风衣人的眼睛。

"哎,小贼,别搞小动作了,你他妈的也太没眼力见儿了。"说着从腰间摸出了手铐,"我是警察!"

黑影人哪买这嘴巴账,挥刀向前横刺里划向风衣人。刺时未闻风衣动,不料,刀近身时,忽见风衣舞动将刀裹挟,只见那警察手起掌劈,咣当一声,刀被击落。黑影还想垂死挣扎,冲拳猛击警察软肋,说时迟那时快,警察左手一搁,右手抓腕,侧身伸腿,就势一拖,黑影一个趔趄扑倒在硬生生的鹅卵石上。可怜那挺拔的鹰钩鼻了,磕得一脸鼻血。

不容小贼翻身,单膝压背,一副锃亮的手铐已铐住了黑衣人的手。

E

一箭中的,初战告捷。

本来,肖剑将案件移交给派出所就可以班师回朝了。可是,徐敬礼所长说什么也不让肖剑和支瑛走。理由有两点:其一,犯罪嫌疑人究竟作了几起案件还没有证实,案件岂能移交?其二,你肖剑探长神勇,上手即破疑案,希望能留下审讯案犯,也让我们派出所民警见识审讯技巧。

肖剑以年底队里活儿忙,坚辞回队。不料,徐敬礼所长抬出了与郭队长生死之交的关系。当郭队长得知肖剑他们只用两天就生擒犯罪嫌疑人,高兴地答应了徐敬礼的请求。于是,肖剑和支瑛只得留在了所里继续审案。其实,从内心来讲,肖剑也想亲自审讯这个"胆大妄为"的家伙。在强大的查缉声势中,他为什么还要顶风作案?这是何种心理驱使下形成的?正在参加政法学院研修班学习的他,最近又迷上了犯罪心理的研究。

新改建的派出所审讯室规范敞亮。录音、录像同步开启。肖剑和国清警长同坐审讯桌前,侧后那张案桌坐着的是担任记录的支瑛和民警钱昕。

正襟危坐的国清干咳了一声,两个民警将戴着手铐的黑衣人押上。

"请坐。"国清指了指审讯桌前的椅子。

这个刚刚落网的犯罪嫌疑人倒也不怵,大模大样地坐在那把有盖板的特殊椅子上。刚落座,这小子就跷起了二郎腿。从进门到跷腿这一连串动作,眯缝着眼悄悄观察对方的肖剑便判定:这家伙对审讯环境特别熟悉,甚至熟悉到有点儿像回到姥姥家的感觉。肯定是个有前科的家伙。

落座后的嫌疑犯,一甩湿鬈的长发,抬头正遇肖剑逼视的目光。见肖剑这身打扮,他不由自主地哆嗦了一下。肖剑依然披着那件米色的风衣,而刚才那个"孤身"进弄堂的女子则换了一身警服,只是那双白色高跟皮鞋没换掉。

这两个警察是狠角儿,黑衣人那条跷起的二郎腿悄悄放下了。

"姓名?"国清问。

"戴斌。"嫌犯低头答。

"出生年月?"

"六四或六五年的吧。"

"说准了!"

"反正我是属龙的。"

"跨年龙那就是春节前出生的。"

"我是大年三十晚上生的。"

"对了,过了年你就是属小龙了。"

"什么是小龙?"

"就是属蛇。"

"哦,蛇叫小龙。有意思。"

"1965 年头上生的,那今年是 23 岁。"

嫌犯点了点头:"虚岁 24 啦。"

这段对话像是茶馆里聊天,颇为有趣。国清用余光悄悄瞟了肖剑一眼,肖剑闭眼静默,一只手托着腮帮,一只手在玩着那支没有开帽的水笔。

见此状,国清警长"啊哼"一声,只得继续发问:"文化程度?"

"初中毕业,高中没读几天。"这小子总是阴阳怪气的。

"家庭住址?"

"岳州路祥安里 4 号。"

"为什么要持械抢劫?"

"肚子饿了,想弄钱。"

"难道你没有家人吗?"

"没有。我父亲生癌死了。"

"那你母亲呢?"

"早死了!"

肖剑注意到,当国清问到嫌犯母亲时,他的态度陡然由随性转变为怨恨。

肖剑侧脸使了个眼色,支瑛马上离桌出门。她明白肖剑的意思,根据嫌犯交代的姓名、年龄、住址立即与当地派出所联系,核查户籍资料,了解嫌犯表现及家庭成员情况。这是审案必须要搞清楚的。

常规的话问完了,国清又看了看肖剑,肖剑向国清跷了跷大拇指,国清警长只得继续审下去。

"戴斌,你将昨晚作案的经过老实交代。"

戴斌睨了审讯者一眼,说:"警官,这还用交代吗?诱饵不就是那个刚刚出去的穿白高跟鞋的女警察,抓我的就是眼前这位身手不凡的大侠吗?落在你们手里算我倒霉,还用得着费那劲交代吗?"戴斌头一歪,对着临时担任记录的钱昕说,"警官,麻烦你将昨晚的事写一遍,我签字就是了。"

"你、你也太嚣张了，"国清嗖地站起，撸起袖子要走过去，被肖剑悄悄攥住了。

"戴斌，别看咱们隔着案桌都坐在椅子上，可是，我的椅子是审讯官座，你的椅子是有盖板封住的被审座。也就是说，我们代表国家依法审讯犯罪嫌疑人，而你现在的义务就是要如实交代犯罪事实。法律供词必须是犯罪嫌疑人本人供述，我们写算哪门子事？改天你到法庭翻供，说我们编造供词，知法犯法，那岂不是让爷儿们掉饭碗了吗？"肖剑坐直身子一通摆道论理，说得嫌犯无语。

"大侦探，你真是好口才。反正都是明面上的事，说就说。"嫌犯揶揄了肖剑一句，随后将昨晚作案经过交代了一遍。

这时，支瑛推门进来，递给肖剑一份电话记录。肖剑看了一眼，问："戴斌，农场放了你几天假？"

"啊、啊——什么农场放假？哦，是的，我是请假出来的。"嫌犯显然有些措手不及。

"什么理由？"

"家人生重病。"

"你不是没有家人吗？怎么三分钟不到，又蹦出家人来了？"

"我、我没有讲实话，我妈生重病躺在床上，所以农场特别放我半个月假。"

"你妈不是早死了吗？"

"生病的是我后妈。这个恶妇早就该入地狱了。"

"那你为什么还要请假回家探望她。"

"我、我是借此机会出来透透气，领领行情，顺便潇洒几天。"

"哦，领领行情，潇洒几天。说，这次出来做了多少坏事？"国清问。

"哪会做多少坏事，不就是昨晚喝了一点儿酒，酒后乱性，就动起了歪脑筋。唉，这不都主动交代了吗？"

翻看着电话记录的肖剑自言自语地说:"怪不得昨天晚上你要作最后一次案,原来今天是你回农场的日子。"

"是的。哎,不是。我只作过这次案,不巧被你们抓了个现行。我认栽了。"

"别装了,我肖剑从来不冤枉人,之前那几起抢劫案也一定是你干的吧?"

"什么另外几起案件?我、我不知道。请问,你有证据吗?"

"证据?笑话,自己长了这个样,还问我要证据,有意思吗?那些个被害人对案犯体貌特征都有详细的描述。"肖剑拿起案桌上一沓材料,扬了扬说,"黑衣、鬈发,一副深凹的眼窝子,当然最突出的是你的鹰钩鼻子,哦,还有左脸颊上那道刀疤。还需要我出示证据吗?"

被肖剑这一猛击,戴斌蒙了,愣怔了片刻,忽然他扬起脖子呵呵嗤笑起来:"尊敬的探长,难道在一个大雨滂沱漆黑的夜晚,你能看得清一张被长发遮盖的脸吗?笑话,天大的笑话!哈哈,我没有想到你的智商会这么低。"

支瑛紧张地看着肖剑。这是一个常识性的问题。尽管罪犯抢劫时与被害人近距离接触,但是,如果在漆黑深夜的大雨中,这种辨识度是极低的。那么,肖剑对案犯特征的描述就有"诈审"的嫌疑。这是非常危险的一种审讯方法。在犯罪预审学里,在没有证据链支撑的情况下,"诈审"方法是不允许的。连坐在一旁的国清警长的脸都紧张得有点儿僵硬。可是肖剑却气定神闲地看着对方洋洋得意的脸。静默了一分钟,突然,肖剑收起风衣站起,嘿嘿冷笑一声,指着戴斌说:

"小子,你终于露出了狐狸尾巴。请问,你是怎么知道前几起抢劫案发生在雨夜?"

"哦——"顿时,戴斌头冒冷汗,张口结舌,不知如何回答。

"喂,朋友,刚才我根本没有说是什么时间、什么地点、什么环境下发生的案件，你怎么知道案发时是夜里，而且还下着滂沱大雨呢？答案只有一个：除非你就是作案人！"

"啊、啊——"戴斌捶胸顿足，后悔莫及。

"嘿嘿，我当然知道风雨交加的漆黑夜根本看不清面貌特征，这是常识。小子，我只是略施小计让你上钩而已！因为我从你进门的那种神抖抖的样子就判定，你是一个既聪明又自负的家伙，所以故意露出破绽引你自爆。还不老实交代！"这时，肖剑两道剑眉竖起，怒目逼人，一改刚才慵懒的样子。

"你、你是个诡计多端的魔鬼！"戴斌咬牙切齿，在牙根里磨出了这句狠话。

接下来，没多费口舌，戴斌倒也爽快，交代了另外两起抢劫案。

唯一遗憾的是，经对戴斌家里依法搜查，只搜到了第一起案件中被劫的那块女式雷蒙威金表。

审讯毕，嫌犯看了讯问笔录，无误，签字捺指印，民警送他进看守所收押。临踏进囚车门时，戴斌那双躲在乱发后面的眼睛恶狠狠地盯了肖剑一眼，突然冷冷地说："这次算我倒霉，又栽在你的手里了。"

F

"什么叫又一次？难道我们还有第一次吗？"

肖剑盯着戴斌的脸细细打量，虽说自从警以来，他参与侦破了一系列刑事案件，但只要他打过交道的案犯，他都不会忘记。有的他还能直接说出姓名和社会关系。可是此刻肖剑的脑子里怎么也想不起来有戴斌这个老"朋友"。

"肖探长，你难道忘记了三年前，你在武进路市信鸽协会旁边的水饺店抓过我们吗？你拿枪砸开我们老大脑袋的狠劲我一辈子也忘不了。所以，你的脸我一定是记得的。"

三年前，哦，三年前的那场充满惊险刺激的战斗，肖剑怎么会忘记呢？

此刻，肖剑的思绪回到了三年前那个阳春四月。那天肖剑正在队里值班，半夜，036号线人打来电话报告，说是明天早上，一帮"轧铁轮子"的家伙约好在武进路市信鸽协会弄旁的水饺店碰头，然后上北站乘火车南下，一路盗抢作案。这"轧铁轮子"，指的是要乘火车流窜全国盗窃抢劫无恶不作。接报后，肖剑头皮发麻。这么猖狂！当即打电话向郭启明队长请示。郭队问："多少人？"肖剑答："据036号说，六七个人。"郭队又问："今晚队里还有几个人？"肖剑答："除了我跟老朱值班外，从警校分来的五位新警同志参加夜间巡逻后都留在了队里，现正准备休息。"郭启明迟疑片刻，说："肖剑，现在通知别的同志也不方便。这样，小肖，明天早晨抓捕行动由你全权负责指挥，伏击这批亡命之徒，决不能让他们流窜出境。"

肖剑一阵激动，可是又觉得没有把握："队长，我自己还是个刑侦新兵，能行吗？"

郭启明不高兴了，训斥道："不锻炼永远不行。小子，咱当兵出身的人永远不能说不行。知道吗？"

"是，请队长放心，保证完成任务。"

其实，当队长让他指挥明天这场特殊的战斗时，他喜忧参半。喜的是队领导这么信任他；忧的是刚入警两年，从未指挥过抓捕行动。但是，想到这些歹徒流窜作案的恶果，脊梁骨里蹿出一股豪气，临战退缩那还是男人吗？咱当过兵的人就喜欢打恶仗硬仗！但是，冷静下来细思量，明天他要指挥的是一群可以说一点儿实战经验都没有的学生兵；再说装备极其简陋，除了值班配备的一支五四式手枪和两副手铐外，几乎可以说是赤手空拳。而他们的对手，肖剑料定，这些亡命之徒个个身上揣着凶器。而且，电话中036号还补充了一句，他们中间有几个是从劳改农场逃出来的逃犯，越想越觉得任务艰巨。可是，既然答应了队长，开弓哪有回头箭？肖剑与老朱商量后，立即召集正准备休息的新警开会，通报了案情，传达了郭队长的指示。在地图前，将人员分成了三组，并将两副手铐分给另外两组，他自己留了手枪，毕竟在部队里他是玩枪的。

"为了速战速决，所有的人都换上便衣，听我的信号突然袭击，争取不让一名嫌犯漏网。"

新警激动地纷纷表示：师兄放心，我们决不给虹港刑队丢脸。

第二天清晨5时，肖剑和行动小组的六名战友各自骑自行车赶到武进路口教堂集合点，然后根据昨晚部署悄然布网：三组"沉"弄底张网以待；二组进水饺店瓮中捉鳖；一组的肖剑和小金在马路对面蹲候。

清晨，一辆清洁车驶过后，空寂的街道上仿佛像有人施了魔法一般，人、车逐渐流动起来。表针走向6点时，肖剑发现从东西两边陆陆续续走来了一些理着平头，穿蓝、绿军裤，背军用挎包的青年，他们看到弄口"市信鸽协会"牌子时，不约而同朝弄堂内那家水饺店走去。什么情况？这不是常见的复员军人打扮吗？不对，大清早复员军人怎么会在水饺店里聚会？细察，哦，肖剑猛然一惊，这些家伙走路时两腿左撇右捺，根本不像是受过严格训练的军人步姿。再看，有几个家伙叼着烟卷边走边贼眉鼠眼地四下张望，一个，两个，三个……啊，竟然来了11个。

就是这帮家伙。立刻行动！

肖剑当即穿过马路走近他们。巧了，那天肖剑的便装也是白衬衣配蓝军裤。可能这身装束为他赢得了贴近嫌犯的时间，当他扑向那疑似为首的大高个儿时，对方愣了几秒，这几秒为肖剑赢得先发优势。只见他一步蹿上，从背后插臂抓肩，一个反关节将高个子摁倒在地。那些个刚跨进店门的同伙，见此情景边号叫边返身冲了过来。

"你、你他妈的是谁呀?"那些歹徒纷纷从军挎包里抽出匕首、刮刀、土枪。

肖剑掏出手枪,打开保险,大喝一声:"刑警!都给我站住了,不然一枪毙一个!"

歹徒们愣住了。

"都给我蹲下。"趁歹徒惊甫未定,机灵的小金抽去了他们的裤腰带,将他们赶进了水饺店。

有两个歹徒见机不妙向弄底逃窜,哪料到,被埋伏在里面的第三组侦查员候个正着。

瞬间,不明就里的歹徒被打蒙了,所有抓获的歹徒全部被塞进小小的水饺店。肖剑点人头,呵,11人一个不少。两副手铐最多铐四只手腕,也就是四个人,其余案犯怎么办呢?没关系,抽出他们的鞋带绑住拇指,保证一个动不了。伏击成功的信号已经发出,可是,等待增援的时间是漫长的。降伏是暂时的,几分钟后,突然,那个为首的高个儿大喊道:"弟兄们,他们只有六个人,怕他们个鸟!拼了!"没等他"拼"字出口,肖剑抬手一枪柄,一道血流即刻从那家伙的头顶淌下,当下击垮了这家伙的嚣张气焰!

"信不,谁敢乱动,我打死他!"狭路相逢勇者胜!此刻,肖剑怒目圆睁正气凛然。

看到他们老大头顶流出的血,喽啰们干瞪着眼无可奈何地老老实实又蹲下了。

……

戴斌说:"那时我刚入伙,跟了老大跑了几次码头,都是望风的。最后送了我三年劳教,这是我第一次吃官司。"

不知怎么的,当肖剑听了戴斌这句话后竟然有些莫名怅然。谁都有人生难忘的第一次。这家伙人生难忘的第一次竟然拜他所"赐"!

戴斌被民警押上了去看守所的囚车。临上车，他还愤愤地盯了肖剑一眼。

肖剑说："对不起，你人生难忘的第二次又是我'赐'给你的。希望我们不要有第三次。"

徐敬礼、国清他们要留肖剑喝庆功酒。他推了。因为肖剑此刻倦得连眼皮子都快抬不起来了。

回局的路上，坐在车斗里的支瑛问肖剑："师父，你是怎么判断案犯会重返犹太区作案的呢？"

"哦，赌运气呗！"肖剑戏谑地答道。

支瑛瞥了肖剑一眼，噘嘴无语。

驾着飞驰的三轮摩托，肖剑拼命睁开眼睛不让倦怠的眼皮耷拉。

G

斗转星移，白驹过隙。时光进入90年代第三个年头。

生活好了，老百姓大都盼望过年，唯独警察"怕"过年。不是怕过年加班累，也不是因为吃不上年夜饭心里酸，对刑警来说，如果有命案没有侦破，那么，这个年肯定过得无滋无味。

临近年关，对肖剑来说更是压力山大。

年前，公安体制改革，分局刑侦队改为刑事侦查支队，而郭启明队长却光荣离休了。离休前，根据他的提名，肖剑被任命为分局刑侦支队副支队长。哇，这么年轻就当上副支队长了。同事们祝贺，亲友骄傲，肖剑也有些小窃喜。职务算不了什么，但至少证明他在刑警这一行里干得还不错。他父亲当年就是一位老公安，从来没有表扬过他。但是，那天，他父亲见了肖剑后却主动与他打招呼："回来了。"肖剑"嗯"了一声。"当领导了，更要尽心竭力干好工作。"老爷子难得口吐金言。肖剑答："是。"说实在的，窃喜后，更多是忧虑，因为队里分工，他除了分管情报队外，还分管重案队。听着是分管两个侦查队，可是内行的人都知道，仅一个重案队就够他忙乎的，一旦案件破不了，那么案件就挂在了重案队，一年下来，一个队将会演化出三四个专案组，而作为副支队长每起案子侦查都少不了费心伤脑。特别是郭启明老队长在离休欢送会上颇为伤感地说："当了20年队长，欠债不多。唯一遗憾的是那起发生在潼关路上的命案没有侦破。唉，我没有机会了，只好拜托各位年轻同志了。"

其实，这起久侦未破的命案，不仅是郭老前辈的遗憾，也是这支曾经被上级命名为"尖刀刑侦队"的心结。

那究竟是一起什么案件呢？

去年9月13日凌晨，潼关路菜场女营业员康雅琴，凌晨4点30分从家里骑自行车到单位上早班，到了5点菜场开市，这名女营业员还没到单位。经理不放心，打电话到她家，家长说，雅琴早就出门了。几乎同时，案发地派出所接到一位早起买菜的大妈报案，说在潼关路菜场拐角一栋住宅楼的门廊下，发现一个姑娘倒在台阶上。经过现场勘查，法医验定：被害人系窒息而亡。值得引起重视的是，死者的眼睛被人为烫灼。这是一起性质恶劣的命案。虹港刑队全力以赴忙了整整两个月，却未能破案。其中，有一小细节让郭队长难得骂娘。菜场经理违反约定，竟然在当天公司干部会议上泄露了被害人康雅琴不幸遇害的消息。于是，当刑警在审查内部嫌疑人时，失去了极好的甄别条件。以后，尽管对有关嫌疑人采取了侦测措施，可是毕竟天机泄露，时不再来。于是，这起案件拖了一年多未见起色。虽然这只是一起隔年积案，但是对刑警来说，没能侦破的案子更令人揪心。尤其是肖剑，他仍然会时不时翻阅案卷琢磨一番。

元旦后，区委政法委要组织法制宣讲团赴劳改农场开展法制宣传。带队的是老局长、区委政法委书记温聚才。队里安排肖剑参加，目的是借此东风，深入发动服刑人员检举揭发，扩大犯罪线索来源。肖剑让重案队将历年未破的重特大案件整理了一份材料，其中重点是代号为"9·13"的那起未破命案。这次随他出行的仍然是支瑛。如今，她不仅是重案队副队长，而且他俩的关系从同事正向恋爱关系发展。当政委老邢劝肖剑带支瑛去农场时，肖剑欣然答应了。别看邢政委平时话不多，可是对全队200多号人的心思及家庭情况，门儿清。

经过五个多小时的长途奔波，法制宣讲团一行顺利到达了位于皖南山区的劳改农场。当天下午，区委政法委书记温聚才以宣讲大好形势作为法制学习开班动员。哇，老温真能侃，从全国改革开放大好形势讲到上海，又从上海讲到虹港区，从虹港区点到每个街镇新面貌。两个半小时的报告，几百名服刑人员竟然没有一个打瞌睡的。肖剑在这批服刑人员名单中，发现了好几个熟悉的名字，其中就有两次被他送进班房的戴斌。

晚饭后，宣讲团成员分头找服刑人员谈话，转交这些人员家人或者亲友的信和慰问品，了解他们在农场劳动改造的情况，动员他们深挖余罪、检举揭发犯罪线索，争取立功赎罪，勉励他们好好劳动改造，早日走出大墙，迎接美好新生活。

肖剑和支瑛则有的放矢地找了几名服刑人员谈话。这些服刑人员大都认识肖剑，因为当年是肖剑将他们"送"进了牢房。当然，临近新春佳节，曾经的承办员带来亲属的慰问，服刑人员还是很感动。当晚，最后一位谈话对象是戴斌。别人都有亲属委托带来的慰问品，而唯独他没有。支瑛临时去农场小卖部买了两盒饼干送给他。

戴斌推门进来了。

四年未见，戴斌没有大变，一头鬈曲的短发，鹰钩鼻、深眼窝、长方脸，只是那双略带忧郁的眼睛更深沉了。虽然身板有点儿单薄，但从他那袒露在外的颈脖上的肌肉传出信息，几年不见，他长结实了。

"小戴,你好!"肖剑主动上前打了招呼。

"肖探长,不,肖支队长,祝贺荣升!"

"哎,你的信息还是蛮灵通的嘛。"

"不奇怪,我们经常有新犯人进来,谁还不知道承办的职务和名字啊!"戴斌依然是一副桀骜不驯的样子,只是话中带刺更尖刻了。

肖剑做了让座的手势,戴斌也不客气,大大咧咧地坐下了。支瑛沏了一杯茶送上,顿时,茶的清香弥漫整个房间。农场产出的原生态绿茶真的不错。

四年前,戴斌因抢劫罪被判10年徒刑。屈指算下来,余刑还有5年零10个月。谈话从聊天开始。

"怎么样?习惯这里的生活吗?"肖剑问。

"没有习惯不习惯的,我们是劳改犯,没有选择的权利。"戴斌端起茶杯呷了一口。

"但是我看你精神状态很不错嘛。"

"说吧,肖队长,你们这次来一定是有目的的吧。"戴斌说。

肖剑也不回避:"当然,春节将临,我们一来是代表家乡父老乡亲来看望你们,尽管你们犯了法走错了道,但是,仍然是我们虹港区的人。二来也是想了解一些有关情况。"

"什么情况?哦,应该是案件线索吧。"

"是的。"

"呵呵,我们整天被关在戒备森严的劳改农场,能有什么犯罪线索可提供呢?"戴斌瞟了肖剑一眼,而后转头压着喉咙嘟哝出一句,"没有什么好说的。"

"好,那就聊你自己的事。"肖剑将话题拉了回来。

"我?我有什么好谈的,自从判刑后,我既没有上诉也不想逃跑。老老实实接受改造,争取评上劳动改造积极分子减刑,早日出去，这是我如今最大的人生目标。"

"你的表现，农场管教干部都给我们介绍了。据说你已经得了两年先进，再评上一年就有条件减刑了。"支瑛和颜悦色地说。

听到赞扬和鼓励的话，戴斌有些羞涩地笑了起来。

"说吧，当年你抢劫所得的赃款赃物都到哪里去了？"肖剑冷不丁问。

"啊，这些陈年烂谷子的事当年我都交代过了。"

"你是怎么交代的？"

"出去半个月，当然是吃喝嫖赌都花掉了。"

"不对，你根本没有挥霍，而是——"见戴斌两眼紧张地盯着自己，肖剑知道这招有效，"你吃的是泡面，抽的是牡丹烟，哪里花得掉4000多元赃款？那可是一笔巨款。"

"你怎么知道的？"

"笑话，我们当然要依法去你家里搜查。墙角边一堆方便面桶、一缸子烟蒂，你当我们刑警眼睛是瞎的？"

"我、我真的花掉了。"吞吞吐吐的戴斌，脖子拧得像麻花。

"都给那个叫李芳姑娘的母亲交住院费了吧？"肖剑说。

戴斌知道坐在他面前的这两个刑警绝非等闲之辈，更不会打无准备之仗。但是，转而一想，如果姓肖的要追究他的法律责任，那还会等到四年后的今天吗？事已然如此，也没有必要隐瞒了。憋了这么些年的心事，他也想找个人吐吐。

"小芳是我小学到中学的同学。我从小父母离异。我跟了父亲，母亲带走了刚会走路的妹妹。'文化大革命'后，父亲娶了我后妈。这是个恶妇，她待她那个女儿捧如星月，而对我不是打就是骂，当然，我也有逆反心理，从不叫她一声妈。我爸生病死后，她把我赶出家门。只有小芳一家没嫌弃我，我们两家住得近，我经常去她家蹭饭。那年她妈肾炎发作住院，正好我那后妈也生病卧床，居委会给农场拍电报，农场见我平时表现好，又到了解教期,所以就批准我回家探亲。"

"你妈不是死了吗?"

"我说的是气话。回家后,她的病又好了,见我烦,第二天,拎了包就去深圳她女儿那里了。当我知道小芳她妈住院缺钱,我就动了抢劫的念头。唉,滴水之恩涌泉相报。吃官司也认命了。可惜,这点儿钱也没能救活小芳妈的命,她还是死了。"

"那现在你和李芳怎么样了?"支瑛问。

"她、她成家了。"

"怎么会是这样呢?"

"那人是她公司的主管,是他帮小芳结清了她妈最后的医疗费以及所欠的债。嘿,我一个罪犯能帮得上什么?"戴斌两眼直愣愣地盯着自己身上的蓝色号衣的衣襟,边说边摇着头。

肖剑真的没想到,坐在对面这个两次被他送进监房的对手,竟然有这段悲催的故事。痛苦的回忆,使得戴斌的手不停地颤抖。

"对不起,触动到你的伤心事。"支瑛真诚地道歉。

"没关系,像我们这种人是不配有爱情的。现在我完全释然了。爱一个人并不是要占有她,而应该是希望她能幸福。如果,当年小芳因为爱我而一直等到现在,你们说,我会采取什么行动?"

"越狱逃跑吗?"支瑛问。

戴斌答非所问:"10年刑期,我会死在这里的。"会客室里的空气凝固了片刻,戴斌自解地笑了笑,"我想过逃跑,可是,当他们俩来农场探望我的时候,我终于打消了越狱的念头。我见到了那个人,他戴了副眼镜,蛮斯文的。从他能来农场当面向我解释追求小芳的缘由时,我就原谅他了。人家是'模子',阿拉也不是小肚鸡肠的戆男。人不错,或许比我更适合小芳。所以,当小芳告诉我,她要跟他结婚时,我只说了一句话:祝你们幸福。"

肖剑被他的故事感动了。眼前这个曾经凶神恶煞的抢劫犯,在暗恋的姑娘选择别人的时候,竟然有如此豁达的心态,令人不得不敬佩。"怪不得，当年你将那块名表留下，是给她的吧。"

"是的，唉，别提了，这块表也是定我罪的证物。一切都过去了。当然，这些年农场管教也开导了我不少，当年我的那些胡作非为，都建立在别人痛苦之上的。唉，最对不起的是我的父亲。"

"你父亲？"

"他在我读小学的时候病故了。临走前，他拉着我的手嘱咐我要走正道。可我——"戴斌抽泣着流下了眼泪，"我四岁的时候父母离婚了，我母亲是犹太人，听我父亲说，二战时，德军大肆屠杀犹太人，在一位中国夫人的帮助下，我外祖父一家从波兰逃到上海，定居在霍山路上。外祖父在长阳路上开了一爿洗染店，我祖父是洗染店的职员。日子总算安稳了下来。解放后，得到犹太人在中东建国的消息后，外祖父将洗染店转让给了我祖父，唯一的要求是将正在读书的母亲托付给我祖父。因为当时以色列刚建国生活很艰苦，所以外祖父说，等他立足后再接我母亲过去。我祖父当然是答应下来。这样，我父母从小一起长大，相知、相恋，一直到相爱结婚。"

"那你外祖父后来怎么没有接你母亲去以色列？"

"曾经来中国接过。可是那时，我父母已经结婚了，而祖父不同意我父亲去以色列。这样母亲只好留在了中国。"

"你母亲叫什么名字？"支瑛问。

"施莉娜。"戴斌答。

"不，应该是萨利娜！"支瑛情绪有点儿激动，"施莉娜是解放后户籍登记的名字。"

"你怎么知道的？"戴斌讶异地瞪大了眼睛问道。

"你原名也不叫戴斌。"

"哦，那我的名字——"

"你原来是不是叫戴维斯？"

这段对话极富戏剧性，连肖剑都目瞪口呆了。

"我的名字是上学时改的。"戴斌睨视着支瑛的眼睛充满着疑问。

支瑛缓了口气，说："别忘了，当年，我也是你的承办员，当然对你的底细查个明白了。"

这么解释，戴斌释然了。可是肖剑从来没有听支瑛说起过。他瞥了支瑛一眼，支瑛没搭理。

天色已晚，肖剑约戴斌明天再谈。门外警卫将戴斌带回监房。虽然没有挖到犯罪线索，但是，至少他们取得了戴斌的信任。还有一点得到了证实，戴斌之所以对犹太区这么熟悉，原来这小子曾经在这里居住过。所以，戴斌他将最后的作案地点设计在最熟悉的街区，这也是当年肖剑根据现场勘查设置伏击点的依据。

在回农场招待所的路上，一言不发的肖剑突然对支瑛说："明天一早我们到管教科查戴斌，去年9月13日，这小子在哪里？"

支瑛讶异地看着肖剑："难道你怀疑去年潼关路那起命案凶手是他？"

"在案子未侦破前，一切皆有可能。"看着那繁星点点的夜空，肖剑做了几个扩胸运动，"那起案子的案发地不就在与犹太住宅区接壤的地界上吗？"

H

第二天上午，吃罢早饭，肖剑他俩找到了农场管教科。正在办公室的杨科长热情地接待了他们。当得知肖剑来意后，杨科长对戴斌的表现大加赞赏，甚至说是农场树立的劳动改造的典型。当肖剑问去年9月戴斌有没有离开过农场时，杨科长断然否定："没有，肯定没有。他怎么可能逃跑呢？逃跑，我们又怎么可能评他为年度劳动改造积极分子呢？肖支队长，我可以保证，他一直在农场，没有脱离我们的视线。"

眼看交谈无法进行下去了。这时，办公室里一位女民警突然想起了什么："哎，科长，戴斌是局新岸艺术团的团员，去年9月他不是被市监狱局调到局里参加国庆文艺汇演排练吗？"

"市监狱局就在提篮桥地区。"支瑛脱口而出。

"啊，"杨科长拍了拍脑袋，"我怎么把这茬儿忘记了？可是，文艺排练演出都是在内部礼堂，这些参加排练演出的服刑人员应该都在我们的监控之下，怎么可能出得去呢？"

"啊呀，科长，既然肖支队他们怀疑戴斌，而且时间上也对得上，我的意见还是查一查为好。"

"好吧，听我们小梅同志的。"

当即，杨科长打电话给局管教处，管教处负责去年文艺汇演的黄干事肯定地回答："没有批准一个犯人出监狱，最多是让他们的家人来监狱探望。"

作案是需要时间和空间的。一个不可能出现在现场的人，那么，任何对他的怀疑都将不成立。肖剑对戴斌的怀疑破灭了。但是，他还是认为要找戴斌再谈一次，因为他总感觉到戴斌能跟他聊些什么。这种感觉是刑警特有的第六感觉，还是昨晚那场触及灵魂深处的谈话给他带来的期许，肖剑自己也说不清楚。

下午，他和支瑛再次找了戴斌。地点还是昨晚谈话的小会客室。

戴斌走进来了，还是那副满不在乎的样子。他似乎在掩盖昨晚向两个"陌生"人吐露心声后的窘迫。依然是肖剑上前主动向他打了招呼："戴斌，睡好了没有？"戴斌漫不经心地回答："还行吧。"没等肖剑让座，他自己拉过椅子坐下了。

支瑛依然沏了一杯香气扑鼻的绿茶，放在了茶几上。不知怎么的，支瑛看戴斌的眼神有些怜悯抑或是怜惜。

"小戴，我们想了解去年9月，你参加市监狱局文艺汇报演出排练的情况。"肖剑说。

"呵，这有什么好说的？可能认为我长得帅，所以——你们懂的。"

"别臭美了，据我们了解，那是因为你的长相符合一个小品角色的需要，所以才让你参加了新岸艺术团。"支瑛的话像一把锉刀，锉去了戴斌的锐角。

"在监狱局排练的时候，你有没有出去？"

"出去？当然是出去过。"

"去了哪些地方？"

"国庆文艺汇演后，我们又去了周浦、宝山、青浦等监狱。"戴斌一脸诚实。

"你知道，肖支队长问的不是这个。这些我们已掌握了。"支瑛气恼地打断戴斌的话。

"那你们要我说什么？"戴斌狡黠地眨了眨眼睛。

"你有没有去过潼关路？"肖剑问。

"潼关路，没有。不，我说的是去年9月我没有去过。以前，我肯定是去过的。吓死我了。"

"哦，你为什么说去年9月没有去过？戴斌，你在回避什么？"

"我、我听说潼关路发生了一起杀人案。"

"哦，你是怎么知道的？"

"这、这，我是听管教说的。"

"管教？管教怎么会说这种事呢？哪个管教？"

"唉，这么长时间了，我怎么会记得那么清楚呢。反正是听人说的。"

"夜里，一匹游荡在犹太住宅区的野狼，忽然，他看到了一个猎物，于是张着獠牙向猎物的颈脖咬去——"肖剑倾身盯着戴斌，用梦游般的语调描述一个曾经发生过的场景。

"不、不，这不是我干的！请相信我。"

"那是谁干的？你都知道些什么？"肖剑穷追不舍。

"我真的不知道。但是我坦白,去年我在上海排练节目的时候,小芳她抱着宝宝来监狱探望过我。后来,不知怎么说到了康雅琴,哦,她也是我们俩的同学。小芳说,雅琴她是被人谋害的,死得很惨。我当时说了一句:这是她的宿命。"

一语成谶!

"为什么这么说?"肖剑问。

"不知道,反正她这个人这么混江湖肯定是没有好归宿的。"

"怎么个混法儿?"

"好了,都告诉你们吧!她是我们老大的拍拖。说女朋友似乎雅些。可是,她的男人肯定不止老大一个。"

"哦,这些你是怎么知道的?"

"不奇怪,我最初就是老大带出道的。因此,老大那点儿破事,没有我不知道的。"

"你老大?"

"就是被你在水饺店打开瓢儿的那个人!"

"哦。"

"是的,他曾经为'大白鹅',噢,雅琴的绰号叫'大白鹅',不惜花钱给她买高档手表、戒指、衣服,几乎天天下馆子。老大对她真的很痴心。老大吃官司后,还经常写信给她,可是长时间分离,她跟老大的感情薄了,听说,她在外头又有花头了。"

肖剑一直没有打断戴斌的叙说,他的脑海里,将获取的信息,不断与"9·13"命案所有的信息相碰撞。

被害人是老大的相好;

老大为被害人花了许多钱;

被害人另找新欢;

老大依然痴情被害人;

老大记恨在心,有可能——

"去年9月,老大在哪里?"当肖剑问出这句话时,他有些后悔。照例这种问题不应该问戴斌，而应该去农场管教科调查更妥当。可是，话赶到这儿了。

"老大去年因为越狱逃跑，所以加刑两年，被送到了青海劳改农场。"

"逃跑？什么时间？"

"好像是去年9月吧。"

"哦！"肖剑猛然吃了一惊。

"反正农场宣判他加刑是10月的事了。噢，当时一起逃出去的还有——"忽然，戴斌收住了话头，肖剑顺着戴斌的眼神看到窗外闪过一个人影。

吱呀一声，会客室的门被推开，进来的是管教科杨科长。

"啊呀，肖支队长，你们工作抓得太紧了，值得我们学习。谈得怎么样？是不是打扰你们了？小戴，要好好配合哟。"

戴斌站起身毕恭毕敬地答："是，我一定好好配合。"

"这就对了，如果检举揭发有立功行为，今年再争取评先进是没有问题的。"

杨科长进门一通嘟囔，将原本紧张的谈话一冲而散。支瑛瞪大了眼看着他，杨科长拍了下脑门，说："啊呀，看我这人记性太差了，肖支队、支小姐，今晚我们场领导在食堂请宣讲团各位共进工作晚餐，请务必光临。"

肖剑皱了皱眉头，既然是工作晚餐，有必要搞得那么正规吗？但是，他还是礼貌地感谢了杨科长的盛情相邀。杨科长并没有离开会客室的意思。支瑛向肖剑使了个眼色，肖剑抬腕看表，原来已经下午4点50分了。杨科长趁机解释："肖支队，我们山区不比大城市，这里老百姓的作息时间是根据日照来安排的。当地有句俗语，鸡鸣起床，天黑上炕。什么意思？第一句好理解，后面一句指的是不等开灯便上床，节省电费。入冬了，天黑得早，所以我们晚饭的时间定在5点。"明白了，入乡随俗，肖剑请杨科长将戴斌带回监房。说实话,肖剑实在不愿出席这种毫无意义的晚宴,他的心里已经被刚刚获取的信息所填满。此刻,支瑛看出肖剑的心思,用肩头柔柔地撞了他一下,说:"这是农场同志一片心意,咱们今后工作都要靠他们的支持配合。"肖剑顿悟,他笑了笑:"你说得对,咱走吧。"

肖剑和支瑛赶到食堂时,农场领导正在热情洋溢地致辞。

吃罢晚饭,肖剑对支瑛说:"今晚不再找人谈话了,我们再仔细地研究一下'9·13'案件材料,捋清思路再决定下一步工作方向。"支瑛点头同意。

I

戴斌着实吓了一跳,他怎么就这样将老大出卖了呢?

这姓肖的看似白面书生样,实际是个"诡计多端"的家伙。虽然在谈话前,他每次都筑好了心理防线,可是一旦接触,便会被姓肖的那种神出鬼没突然袭击的谈话方式所击溃。这不,今天,要不是杨科长来得及时,可能他还会将那年老大带着一帮兄弟为了"大白鹅"与东北帮大打出手,伤了对方三个人的事也喷了。想到这里,不禁打了个寒战。

回到监房,吃了晚饭,狱友们看电视的看电视,写信的写信,各干各的事。戴斌则躺在床上,拿了一本小说看了起来——其实他什么都没有看进去。

雅琴的死,究竟与老大有没有关系?

他和小芳、雅琴当年是中学的同学,老大比他们高两届,是学校出名的小霸王。高中没有考上,老大便在社会上混开了。从打架斗殴、抢同学的零用钱,发展到"扑"赌博台面、"轧铁轮子",越做越大。在东区提到老大"野狼"的绰号,谁都买账。而雅琴就是在学校时跟上了老大的。雅琴高中辍学后,跟着老大混迹江湖，已然是一对江湖上的"神雕侠侣"。老大被抓后，吃了官司，起初两人还互通书信不离不弃。那年，老大越狱逃出劳改农场召集一帮兄弟准备南下闯荡时就住在雅琴家。后来，信鸽协会弄口那一仗，彻底摧毁了老大的计划。戴斌被送劳教，而老大被判了十年。去年9月，老大在杨浦五角场扒窃被抓，加刑后被送去了青海。

可老大究竟有没有杀害雅琴呢？戴斌真的不知道。突然，戴斌想到了他——"猴子"！去年，老大越狱逃跑的同案犯不是"猴子"吗？

"猴子"姓孙，名侯成。在团伙里面谁都知道，"猴子"是老大贴身跟班，也是老大的军师。"猴子"亲口告诉他，去年他和老大在五角场作案时失风，老大被抓，他逃得快，没有被警察当场抓走。过了国庆节，"猴子"主动到派出所投案自首，得到政府的宽大处理，被押回农场。可是，奇怪的是"猴子"竟然没有提到雅琴遇害的事！想到这里，戴斌忽然觉得这其中一定隐藏着什么。逃出去后，老大不可能不找雅琴。找雅琴，"猴子"一定是传话带信的"交通员"，那么，雅琴遇害，"猴子"不可能不知道。

难道雅琴是他们杀害的？

想到这里，戴斌吓出了一身冷汗！

正在想得灵魂出窍时，突然，一个身影挨了过来："戴斌，你小子在想什么呢？"问话的正是"猴子"。

"想什么？想老婆！"戴斌没好气地答道。

"老婆？你老婆不是跟人走了吗？还想个屁！""猴子"眨着三角眼，又凑近了身，"是跟姓肖的两次谈话触及灵魂了吧？"

"谈话？谈什么话？"

"别装腔作势了！老子都清楚，那个姓肖的队长连续找你谈话，你们一定是谈到了老大的事，对吗？"

"谈老大的事？没空儿。他们是问我当年那些赃款赃物的去向。"

"猴子"勾起手指敲了一下戴斌的额头："你骗鬼哪！刚才，姓杨的科长把我找去了，问我去年逃跑在外的事。他妈的，这不是翻烧饼吗？当时，我已经向他们都交代清楚了，怎么现在又追究起来？说，是不是你捣的粪坑？"

"喂，别血口喷人，你们逃跑在外的事我怎么知道？是你猴哥跟我说的，还是管教向我'汇报'的？嘿，这两头我都不够级别呢。"

"你、你倒是推得一干二净，一定是你向那个姓肖的说些什么被杨科长听到了，所以他才着急忙慌地找我'聊天'，聊、聊个屁！老子又不是三岁小毛孩儿，一哄二吓三骗就摊牌的人。猴哥我撒出去的尿，比农场门前那条大河淌的水还多。哼，谁要是撬我和老大，老子要他的命！"

"猴子"连蒙带恐吓，听到门外响起熄灯号，才悻悻离开了戴斌的铺位。

戴斌猛然一惊！他没有想到，他跟肖剑他们的谈话内容，这么快就泄露出去了。更让他震惊的是，说到去年9月的事，"猴子"竟然有如此大的反应。莫非真的踩到了他的尾巴？

这时，戴斌突然想起，去年农场公判会上那句宣判词："由于孙侯成主动向公安机关投案自首，并有检举揭发立功表现，故免予追究刑事责任。还押农场劳动改造。"

"他为什么要主动投案自首？他检举揭发了谁呢？"

戴斌真的想得头痛脑涨。他突然想起了肖剑，这个中之谜，应该请这位神通广大的神探来解析。

明天一早就去找他。

J

晚上，作为曾经参与案件侦查的肖剑和支瑛，再次梳理了"9·13"案件调查信息。

康雅琴两年前顶替她母亲进菜场工作,能遵守劳动纪律,尽管有爱慕虚荣的现象,但总体还是一名称职的职工。案发前,与公司运输队姓蔡的职工在谈恋爱。

案发当天,刑警找蔡某谈话,他坚称当天早上,踏三轮车去真如蔬菜批发市场运菜。似乎没有作案时间,但是,专案组还是认为他有重大作案嫌疑。一是蔡某踏三轮车运输时间不受单位控制。据菜场收货单记录,当天他比平时晚了40分钟回单位。他自辩,昨晚看球赛睡过头了。经现场实验,40分钟足可以作案。二是蔡某在接受刑警讯问时,神色慌张,甚至可以说是惊慌失措。他自辩,听到康雅琴遇害,自己十分悲伤,所以魂不守舍。问他是怎么知道案发的。他说是队长告诉他的。经核查,泄密人是潼关路菜场经理。当天上午公司开会,会上,经理违反保密约定,竟然泄露了康雅琴被害的消息。由此,无法甄别犯罪嫌疑人蔡某自辩的真伪。

现场在一幢欧式公寓沿街的门廊下。被害人系被掐颈脖窒息死亡。颈脖处有表皮脱落,其他体肤完好,没有受到性侵害;被害人随身携带的财物没有被劫。该幢楼居民及案发时段经过此地的路人都没有听到呼救声。

据此,专案组判断是一起熟人所为的谋杀案。而嫌疑目标就是蔡某,由此围绕重点展开侦查。可是除了当天蔡某的反常表现外,没有找到蔡某谋杀的证据。于是,案件侦查陷入了泥潭。

"整个调查没有涉及康雅琴与'野狼'的关系。"支瑛喃喃地说。

肖剑点上一支烟,可是点着后又不吸。只见他望着袅袅升腾的青烟,若有所思地说:"这是我们工作中的重大失误啊。如果戴斌谈的情况是真实的,那么我们完全有理由怀疑'野狼'这个家伙。第一,他认识被害人,并曾经有特殊关系;第二,他有作案时间;第三,他有谋杀动机,康雅琴对他疏远,使他怀恨在心;

第四，他的扒窃作案，极有可能是欲盖弥彰之为。"

"哦，欲盖弥彰，怎么讲？"支瑛不解地问。

"如果康雅琴是'野狼'所害，那么，他扒窃作案显然是故意'自投罗网'，其目的不言自明。当然，这只是我的一种猜测。"

支瑛听得似懂非懂，但她没有打破砂锅问下去。她要留给自己慢慢琢磨。因为这种猜谜似的推理，正是一种乐趣。肖剑经常会出现这种跳跃性的思路。但是，这正是一个优秀的侦查员所应该具备的。由此及彼，由表及里，说的就是这个意思。

"肖剑，我们要不要立即再找戴斌谈话。我总觉得，他还有事没有完全说出来。"

"不，今天太晚了。我们一定要注意保护检举人的人身安全。这是干我们这行的工作纪律。"

支瑛佩服地点点头，惋惜地说："可惜'野狼'远在青海。"

肖剑说："不着急，明早我先找老杨了解一下，去年9月还有谁逃跑。你——"

"我去找戴斌。"支瑛心领神会地瞟了肖剑一眼。

第二天清早，在操场锻炼的肖剑正遇上跑步的温聚才老局长，肖剑边陪着跑步边向老局长汇报了"9·13"案件新发现的线索。老侦查员出身的温局长听了汇报后，只说了一句话："不要打草惊蛇！"

吃早饭的时候，肖剑主动坐到杨科长旁边。杨科长见面便一脸微笑："嘿，肖支队，这么巧。昨晚睡得怎么样？""农场空气好，睡得很香。"肖剑这话是真心的。两人边吃边聊。"这山区的负氧离子比城里要高出几倍呢。"杨科长自豪地说，"一晃你们来农场三天了，明天就要回上海了。多住几天嘛。"肖剑说："不了，家里还一堆事呢。已经给你们添麻烦了。哎，老杨，我有一事相问。"杨科长回应："啥事，尽管问。""去年9月农场有没有越狱的？"肖剑直奔主题。杨科长停下了筷子，看了看肖剑，说：

"有、有的。嘿,为此我还背了个行政警告处分。去年9月逃出去两名犯人,一个叫牛小弟,另一个是孙侯成,绰号叫'猴子'。"

"这个牛小弟的绰号是不是叫'野狼'?"

杨科长一惊:"是的。肖队长也熟悉他?"

"我曾经办过他的案子。"肖剑风轻云淡地答道。

"不知肖支队有什么案子查到他了?"

"哦,去年9月我们区发生了一起凶杀案,至今未破,这次来有深挖线索的目的,所以我想了解一下这方面的情况。"

"噢——"杨科长印证了昨天在会客室门外听到肖剑与戴斌对话谈到的内容。可是他昨晚已经找"猴子"谈过了,"猴子"向他保证,肯定没有事隐瞒。他是怕再捅出什么大案来,那么他这个管教科长可真的就要挪位子了。"肖支队,他俩逃跑在外的事,有关单位都已经审查过了。你们——"

肖剑知道杨科长的话中之意,可是他不能不查:"我想上午先看孙侯成去年逃跑的交代材料,然后提审他。"

杨科长尴尬地只得答应。

"老杨,如果你有空儿的话,请一起参加提审如何?"肖剑已经察觉出杨科长的心思了,所以要给他吃颗定心丸。如果参加审讯,即使审出天大的案子,老杨也不怕。因为,功劳簿上有他的名字。

杨科长笑着答应了。他已经注意到肖剑的用词,他找"猴子"不是谈话,而是提审。他先离开了食堂。

杨科长刚离开,支瑛匆匆走了过来。她向肖剑汇报了戴斌主动反映"野狼"和"猴子"有重大嫌疑的情况。肖剑兴奋地说了句:"有戏!"俩人放下碗筷,直奔管教科。

当一身警服的肖剑、支瑛走进提审室时,老杨已经端坐在审讯桌后面了。

不一会儿,孙侯成被两名看守带进了房间。杨科长首先介绍了肖剑和支瑛。

"认识，大名鼎鼎的肖探长，道上谁个不知谁个不晓。"色厉内荏的孙侯成反客为主，一副老熟人的腔调。

"侯兄别来无恙。"肖剑微微一笑，调侃了一句。

"说吧，今天既然坐上这把椅子，有事不妨直说。""猴子"抖动着嘴唇皮，大言不惭地说。

"孙侯成，你态度端正些。"老杨一拍桌子训斥道。孙侯成咧了咧嘴没言语。

"好吧，我今天只问你一件事。"肖剑说。

"啥事？"

"去年9月，你和老大越狱后，有没有见过康雅琴？"

"康雅琴？谁呀？"

"孙侯成，你这个回答蠢不蠢？你可以说没见过，但是，绝不能说不认识康雅琴。"

第一回合，"猴子"便输了一阵。

"好，就算是认识吧。"

"那你跟康雅琴是什么关系？"

"我、我跟她能有什么关系？""猴子"翻了翻白眼。

"没有关系？老大和你去年为什么要越狱？难道不是为了见康雅琴？"肖剑步步紧逼，他走到"猴子"身旁，"康雅琴不想见你们是吗？因为她有了新的生活。"

"你、你这是毫无根据的猜想。"

"不是猜想，而是事实。逃到上海后你住在哪里？"

"我、我到处流荡。"

"不，你就躲在五角场翔殷路上一家小旅馆里。这是你投案自首时自己交代的。"肖剑从案桌上拿起一份材料摊在"猴子"面前。

"是我交代的，那又怎么样？"

"你曾经用旅馆门口的公用电话打给康雅琴约她出来见面，有这回事吧?"

"猴子"翻了翻眼皮不敢否认。

"说吧。你们对康雅琴干了什么?青海并不远,我相信我能让'野狼'开口!姓孙的,难道你要抗拒交代顶雷吗?"

肖剑这句话彻底击溃了"猴子"事先筑起的抗拒审讯的防线。他是个聪明人,当然体味得到肖剑这番话后面的千钧分量。如果老大先开口,那么他只是一只沾了点毛的猴子,却要被追究抗拒交代的法律责任。如果他先坦白……唉,最多就是不仁不义罢了。再说,老大这次在劫难逃。上帝啊!还是抢"跑道"自保为上上策。想停当,心一横。

"好了,我交代,事是老大干的。我们逃跑的目的就是找'大白鹅',这个女人吃老大用老大,竟然要甩掉老大。老大进来这么些年还让外面的小弟关照她,可是她一次也没到农场来探望过。老大过不了这坎儿。逃到上海后,老大要我约她,她一口回绝,并警告我要向警察检举报案!你说老大能咽下这口气吗?那天凌晨我们守在潼关路,一直守到4点多,'大白鹅',哦,是康雅琴骑着自行车来了。见四下无人,我俩一前一后拦住了她,老大挟住她进了那个门廊,我在外望风。我听到他们争吵的声音,过了几分钟,老大走出来,拉着我就跑。我问他,人呢?老大恶狠狠地说,臭婊子,竟敢撬我,留她干啥!"

这时,老杨脸色惨变,说:"果然又干出惊天动地的事了!你几次三番向我保证的话,都是放屁吗?"

"哦,那老大五角场扒窃又是怎么回事?"支瑛问。

"那还用问吗?一定是你这位猴头军师出的主意吧。"

"猴子"摇了摇头:"好了,都逃不过你的眼睛。给我喝口水行吗?"

支瑛拿了一瓶矿泉水给"猴子","猴子"仰脖喝了干净。

"是的,杀人了,最好的避风港就是牢房。所以作案后,我们拦了一辆出租车即刻到了五角场。在路边摊儿喝了一碗豆浆后,我建议老大去菜场偷钱包,老大哪有这种手艺,当然,当场被人抓了。"

"那你呢?我见老大被抓后,悄悄回旅馆睡觉,以证明我一晚上都在旅馆休息。隔了几天,我见旅馆门口的道边停了一辆警车,心里抖豁,就主动到派出所投案自首了4。"

"你这是'投案自首'?你是为自己留了一条最好的退路!"杨科长愤愤地斥责道。

案子终于突破了。

宣讲团结束了农场的法制宣传,告别了农场。在回程的大巴车上,支瑛问肖剑:"你是怎么想到公用电话这个突破点的?"

"我在管教科调阅孙侯成的交代材料时,发现去年他逃狱后藏匿在翔殷路他表哥开的小旅馆里,而我们在调查'9·13'案件时,曾经查到两个从翔殷路公用电话亭打给被害人的无头电话。于是,我就将这两条线连在了一起。"支瑛露出了敬佩的眼神,但肖剑并没有露出欣喜的样子,"接下来,我们还有一场艰苦的战斗。"

"去青海审'野狼'!"

"不,队里已经派人去青海押回'野狼'了。我说的艰苦战斗是要审开'野狼'!"

K

一晃又五年过去了。

那天,刚出差回家的肖剑,饭后坐在沙发上看电视,电视里正在播报新闻。屏幕上出现了一场大火的画面。画面中,火光冲天,烟雾弥漫,一幢大楼正被大火无情地吞噬。红色的消防车接踵而至,消防战士拿着水枪前赴后继奋勇扑火。这时,他看到一个熟悉的身影背着一个白发老人从火光中冲了出来。

这个人的身影是那么熟悉，近镜特写：这个人浑身冒烟，连一头鬈发也几乎燃尽——

"戴斌！"正端上水果盘的支瑛喊了一声。

"真的是小戴。"肖剑看到了他脸上那条长长的伤疤。

只见他刚走出火场，一个趔趔趄趄跟跟跄跄地扑倒在地。老人被救起，他被救护人员抬上了救护车。

现场，在尖厉的警笛声和抢救的嘈杂声中，拿着话筒的记者激动地说："这是一位见义勇为的英雄。在灾难面前，他奋不顾身地冲了上去。据从火场逃出来的居民反映，这个人是经常来大楼送水的工人。大火发生时，他正在楼里送水。年轻力壮的他本可以逃生，可是他想到的是被困在火场里年老体弱的老人。在生死考验面前，他选择了舍己救人，他、他是一位真正的英雄！"记者哽咽地说，"具体情况，我们将会跟踪报道。"

肖剑和支瑛对视了一眼，不约而同地说："去医院。"

出租车上，肖剑回想起，五年前，他们离开农场回上海后，就戴斌在侦破"9·13"凶杀案件中提供的线索所起的作用，专门写了报告给劳改农场。不久，杨科长打来电话，通报了戴斌依法减刑两年的喜讯。肖剑委托老杨带话，希望戴斌进一步改造思想，早日回归社会。如果出狱后找工作有困难，他可以提供帮助。

曾经的对手，竟然成了"朋友"。

到了医院急救室，得知戴斌正在手术室里抢救，肖剑夫妇便来到手术室等候。不一会儿，戴斌单位的领导闻讯赶到了，一些看了电视报道后，为英雄事迹所感动的群众也纷纷赶来了。大家都为戴斌的生命担忧。

挂在手术室门楣上的电子钟，时针正一分一秒跳过。手术从晚上一直到次日凌晨。正在焦急等待时，手术室门打开了，走出来一位护士："病人家属来了吗？谁是病人的家属？"

没有人应答。

"护士小姐，病人怎么样了？"众口相问。

护士嗫嚅地说："我们已竭尽全力抢救了，可是、可是实在是烧伤面积太大，病人已经出现休克。所以，请家属进去见最后一面。"

"我是他妹妹。"突然，支瑛从长凳上站起身走了过去。

"你是他妹妹？"护士看了支瑛一眼，"好，请跟我来。"

肖剑出示了警官证也一起跟了进去。

手术台上，盖着的白床单渗出了鲜血，戴着吸氧面罩的病人已经毫无知觉地进入昏迷状态。

"戴斌，你醒一醒啊，我是你妹妹呀！"

肖剑猛然一惊。他想起在五年前那次审讯时，支瑛竟然能说出戴斌的原名及他母亲的名字。还有，支瑛那棕色的头发、直挺的鼻子、深凹的眼窝真的和戴斌有点儿像。可是，支瑛是老革命的女儿，怎么会是戴斌的妹妹呢？再说，支瑛从来没有提起过这事。肖剑记得婚礼的那一天，岳父大人将支瑛的手交给他的时候，意味深长地嘱咐了一句话："我这个闺女跟我亲得很哪。肖剑，你要好好待她。"如果是亲生父亲，谈何亲疏？通过承办戴斌案子，其实支瑛早就知道戴斌是她失散多年的哥哥了。只是无法相认而已。肖剑能体谅到这些年妻子内心的痛苦！一个执法者，怎么能有罪犯的亲属呢？

支瑛喊着戴斌的名字，眼泪如泉涌。

可能是亲人的呼叫声唤醒了戴斌，他那几乎被纱布缠满的脸上露出了一条眼缝。

"哥，我是你妹妹戴维娜！"

那条狭窄的缝里，终于闪出一道光来："妹、妹，你、是、小娜？"这声音细如游丝。

支瑛点点头，俯下身："哥哥，是妹妹不好，今天才勇敢地与你相认！我太自私了。"

"不、要、哭，我、终于找到你了。妈妈好吗？"

"她很好。"

"好、好——我可能见、见不到她了!"

"不,你会好起来的。"

戴斌艰难地眨了一眼,突然,他看到了肖剑。

"肖、肖队——我、们终于、又见面了。"

"不,戴斌,我们是朋友!"

肖剑轻轻抚摸着戴斌被烧得弯曲的手,簌簌掉下了泪!

戴斌走了。他走得很安详,也很光荣。远处飘来臧天朔那首苍凉的歌:

朋友啊朋友

你可曾想起了我

如果你正享受幸福

请你忘记我

……

溅血的风衣

王建幸

一

　　在气象台预报有暴风雨的第 12 小时后，这场让整个城市为之惊慌忙乱的风雨终于如期而至。原本挂在天幕上绛紫色的云霞，瞬间被一块硕大无比的黑布覆盖住了，随即，狂风大作，电闪雷鸣，雨，像决堤的洪水从天河冲出。

　　熙熙攘攘的城市顿时乱作一团。在狂奔的人流中，一个穿着米黄色风衣的女人，撑着一顶被狂风裹挟的雨伞艰难地向一栋大楼奔去。当离大楼门口约五米距离时，突然，一个穿深色外罩拉上防风帽的男子追上了她，手持锐器猛刺后又去抢她的背包，女子被强力拉了个趔趄，但她的手仍然死死地攥着那个条格纹的坤包。男子见路人围观，便慌忙跳上一辆停在路边的摩托车，一溜烟遁入雨帘之中。

　　突遭袭击的女子跟跟跄跄追了几步，喊出一声"抓强盗啊"，软绵绵的身子蹭着湿漉漉的外墙慢慢倒在了大楼门口，那顶粉红色花点的雨伞被一阵狂风吹向空中。几名路人奔来，见那女子的手捂住大腿部，一股鲜血从指缝中汨汨涌出，殷红的血迅速洇漫了那件米黄色风衣。

　　雨中，一位路人掏出手机打了"110"报警电话。几分钟后，隆隆的霹雳声中传来了尖厉的警笛声，警车停在了大楼门口。两名警察冒雨奔到女子身边，年纪稍大、肩章上挂着两杠两星的警察，伸出两指试了试女子鼻孔说："还有气，赶紧叫'120'救援。"蹲在一旁的年轻警察摘下肩上的无线手台一通呼叫，而经验丰富的中年警察返回警车，取来急救包以阻止被害人伤口的血不断涌出，可是受伤部位在臀部与大腿之间根本无法缠扎，只能简单做了急救处理。随后，他又询问了围观群众有关案发经过，便用车载无线台向局本部指挥中心提出刑警勘查现场的请求。

风依然劲吹，雨依然狂泻。巡警在现场拉起了黄色的警戒隔离绳。

在现场忙碌的警察根本没有察觉，在他们身后那幢风雨飘摇的大楼六层，一双涂着蔻色指甲油的手从飘拂的白纱帘中伸出，将窗门慢慢关闭。

二

市区 CBD 商务区高楼鳞次栉比，沿江的一幢大楼第 28 层一间宽敞的办公室里，一个穿着吊带裤、留着刺猬头、两坨横肉挂在腮边的男子抽着雪茄在室内不停地来回踱步，此刻他的心情犹如玻璃幕墙外的狂风暴雨纷纷乱乱。走到佛龛前，他突然想起忙乱中竟然忘记焚香敬神了。一拍冒着油汗的脑门，连忙从佛龛上抽出三支香，掏出打火机小心翼翼地一支一支点上，然后，闭目合掌连鞠三躬，嘴里念念有词："请佛饶恕，因为恶人告状，自己是不得已而为之，阿弥陀佛。"祷告后，刚想上前插香，手又缩了回来，翻了翻浮肿的水泡眼，猛吸了两口叼在嘴角边的雪茄，喷出一团白烟，又恭恭敬敬地站立在佛像前，嘴里又一番念叨。

忽然一声炸雷，惊得他跌坐在了地上，连雪茄也落掉了，溅起的火星燃着羊毛地毯发出一股刺鼻的焦味。男子本能地伸脚踩灭了火星。正在这时,电话铃声倏地响起。他竖起耳朵听得明白,真的是办公桌上的电话铃响。于是,他骨碌起身扑到桌前,拎起电话,气喘吁吁地说:"喂,我是老胡。"

"老大,事已办妥。"一个低沉的声音蹿进了耳窝。

"哦……好……好,人怎么样了?"他从桌上抽了几张纸巾,边擦油汗边急切地问道。

"放心吧,一切按原定计划操作。"低沉的声音显然有点儿不耐烦了。

"这就好。接下来的事你负责办好。"这口吻又恢复了往日的气势。

对方没有回答,便挂了电话。

"这小子。"他看了看话筒不满地嘟哝了一句。

一颗惴惴不安的心此刻才慢慢地放下。他掏出手机拨了一串号吩咐道:"喂,小李,下班了。"

穿上西装,拎着那只咖啡色万宝龙公事包,直接从办公室乘电梯下楼。大厅值班的保安向他敬礼。走出玻璃旋转门,司机李龙殷勤地躬身为他拉开了车门,他屁股一挪便坐进了那辆奔驰SUV车里。

"老板,去哪里?"李龙问。

"去半岛。"

半岛饭店是这座城市最豪华的饭店,可是对他来说,这就是他家的食堂。

车从灯火辉煌的CBD商务区穿过越江隧道来到对岸,他拿着手机不停地拨电话:"唉,他妈的,这女人不知在干什么,怎么不接电话?"他蹙紧了眉头,"喂,小李,你知道她最近在忙什么吗?"

"她好久没有要车了。"李龙知道老板问的是陈媛媛,瞥了一眼后视镜答道,"所以,我也不知道她最近的动向。"

他恼怒地将手机重重地摔在座垫上,不料,手机竟然响了,他一看来电显示,"哼"了一声,赶紧摁了接听键:"喂,媛媛,我的心肝,你终于出现了,我们一道去半岛吃晚饭好吗?"

"你是谁?"电话那头是一个男人声音。

"你……你……你是谁?"媛媛的手机里怎么会出现男人的声音?他惊得张大嘴倒吸了口凉气。

"我是西区公安分局刑侦支队探长雷海波。"

"公安局?刑侦队……喂,出什么事了?"

"凭什么告诉你,你究竟是谁?"显然,那个姓雷的探长不耐烦了。

"我……我姓胡,是……是陈媛媛的朋友。"

"朋友?"

"喂,警官先生,究竟发生了什么事?"

"对不起,既然是陈小姐的朋友,那么麻烦你马上到西区分局来一趟,见面相告。"

电话挂了,他却蒙了。公安局?没有想到这么快就要和警察打交道了。唉,这个女人真的不让他省心!谁叫他看上这朵扎手的玫瑰。

三

西区公安分局刑侦支队支队长石升接到指挥中心通知带领属下赶到现场时,肆虐的狂风已成强弩之末,钢鞭似的雨条经过狂风锻压变成了霏霏细丝。被害女子刚被嘟嘟鸣叫的120救护车送走。

石升马上吩咐重案组探长雷海波、女侦查员姜菡去医院。而后,他带领一帮侦技人员勘查现场。

现场位于西区一条幽静的街面上,虽然这条街白天行人稀少,但是,到了夜晚却是灯红酒绿热闹非凡,不仅仅是因为这条街曾经是本市著名的文人聚居地，那些文人雅士都有晚上泡酒吧的习惯，还因为这条街上有一家著名的艺术学院和从这座学院大门走出的俊男靓女，是他们的艺术气质和泡吧的爱好滋润了这条长街上的酒吧咖啡店。

现场旁的这栋12层大楼就是历史的见证。

抬眼正前方，大楼门边钉着一块铜牌，上刻：市历史保护建筑；中间刻着四个大字：枕石公寓；落款：市人民政府。

望着眼前这幢奶黄色的大楼，石升不禁倒吸了口凉气，他知道，本市一些蜚声海内外的作家、画家、演员、歌唱家、导演等文化名人、老艺术家大都住在这幢楼里。还好案件发生在楼外面，要是发生在楼里，那可就惊天动地了。石升心里直犯嘀咕。见支队长在琢磨这幢大楼，一旁的绰号叫"小诸葛"的金志阳探长凑上前附耳调侃："支队长，您知道'枕石'这两字啥意思吗？"石升吊起三角眼睖了金志阳一眼："小子，应该是石枕才对。"金志阳心里暗暗发笑，摇头晃脑介绍道："是枕石，不是石枕。'枕石'这两字可大有来头，它出自曹操《秋胡行》'遨游八极，枕石漱流饮泉'句，意为隐居生活。市政府将这座大楼安排给一些老艺术家居住，非常契合这幢大楼的内涵。"别看金志阳戴了副黑框眼镜，梳了个鸡冠头，一副时尚的样子，他肚子里还真有点儿货，这点在支队无人可及。被奚落的石升倒也不生气，说："小金子，我把询问目击者的活儿交给你，出不出线索，全看你的了。"石升推了一把金志阳的肩膀，"还不快干活儿去？"

金志阳敬了个礼唤了同伴就走了。石升同技术人员一会儿前一会儿后，一会儿走到路口一会儿蹲在画着白粉的被害人倒下处观察，并在本子上记录着什么。他又问了110出警民警几个问题，并布置他俩收集现场周围所有的监控录像，随后才躲出警戒圈点上一根烟，刚抽了两口，兜里的手机剧烈振动，石升连忙掏出一看，是雷海波打来的。

"雷子，被害人情况怎么样了？"

"支队长，被害人死了。"

"啊，怎么死了？"

"歹徒戳穿了她大腿动脉血管，出血过多，抢救无效，死了。"

"死了？"石升怔了怔，"死者情况查明了没有？"

"她包里有张身份证。陈媛媛，女，29岁，住延安西路麦丰里18号。对了，支队长，有一个重要情况向你报告，刚才，有一个叫胡利桓的人拨打被害人的手机，约她去半岛饭店吃饭，我要他配合调查，这会儿估计快到局里了。"

"胡利桓？他和被害人是什么关系？"

"他说是朋友关系。电话里我也不便细问，我们是否立即回局接待这位客人？"

石升沉默片刻，说："好吧，你和姜菡先接触一下，我马上回来。"石升向正在勘查现场的技术员关照了几句，驾车回局里了。

四

整洁简约的刑侦支队询问室里，雷海波正在同一位穿西装50岁出头的中年男子谈话，姜菡在一旁守着电脑做笔录。石升轻轻地推开门，刚想进去，又觉不妥，便站在了门外。

"胡先生，你和陈媛媛是什么关系？"

"电话里我不是已经告诉过你了吗？朋友关系，警官，请你记住了，朋友关系。"胡利桓的态度有些傲慢。

"如果不介意的话，请问，你们是怎么认识的？"

"真是莫名其妙，朋友关系你们警察也要管吗？"胡利桓微倾身体嗓门有点儿放高，"喂，雷警官，陈媛媛到底出什么事了？"

"陈媛媛她死了！"

"死了？"胡利桓"嗖"地站了起来，那对弹出的金鱼眼似乎要跳出眼眶,"她……她死了?怎么死的?"

"被人杀害的。"

"啊……在什么地方?在家里?"

"不是,在香山路艺术学院对面的人行道上。"

"是不是枕石公寓楼前?"

"是的,看起来胡先生对那一带很熟。"

"嘿,做……做房地产的自然对本市地块情况有所了解,有所了解。"胡利桓掏出纸巾擦了擦额头上渗出的汗,"凶……凶手抓住了吗?"

一直站在门边听着的石升,这时才想起,坐在询问室里的这位西装革履的男子是东海房地产开发集团董事长胡利桓。那年他和他同上奖台领受市先进工作者的称号奖牌,还有,电视上这个人好像也露过几回面,无非是介绍自己开发的楼盘,抑或是捐些钱做公益送几台空调冰箱去养老院诸如此类的事。没有料到今天会坐在询问室里。石升想了想还是没有进去。有时候换人询问并不有利于谈话,反而破坏了原有谈话双方业已建立起来的某种默契。

"没有。当时狂风暴雨雷鸣电闪,街上人奔车窜的,谁也没有想到在这条市中心大街上会发生这种事。等过路群众反应过来,歹徒已经逃离现场。"

"那么凶手为什么要杀她?"胡利桓小心翼翼地问道。

"这正是我们今天请你来协助调查的原因啊。"

门外的石升赞许地点了点,雷海波越来越老练了,兜了一圈又回到了谈话的主题。

"警官先生,我怎么知道凶手为什么要杀她呢?好吧,我明白你想了解什么。老实告诉你们,我和陈媛媛不是一般的男女关系,这个就不必细述了,大家都懂的。作为生意人有个拿得出手的女人也属正常。她曾经是我的公关秘书,后来有了这种关系后,我觉得在公司里做会很尴尬，索性就让她回了家。我太了解她了，她就是一个没心没肺无忧无虑整天琢磨吃喝玩乐如何打扮的女人。谁要害她真是瞎了眼了。唉，作孽啊！"胡利桓猛然抽了自己一个耳光。

"你这是干什么？"雷海波一惊。

"唉，是我对她关心不够啊。"

"这与你有何关系？"

"当初我要是坚持派个司机兼保镖跟着她，就不会出这种事了。"胡利桓一副懊悔的样子，其实他天天防着别人接近陈媛媛。

谈话快要结束时，站在门外的石升先避开了，他要赶紧召集侦查人员汇总现场勘查及访问调查情况。在走道上揣在裤兜里的手机"扑棱"响了一声，摸出手机打开微信，原来是女儿给他发来的，点开看，上面写了一段文字：老爸，我同学刚给我发了一段信息，说是本市最著名的文艺街上发生血案，这是真的吗？如果是真的，大侦探，您可要为民除害哦。加油！下面是一张手机拍的还算清晰的照片，照片里是一个穿深色衣服拉上防风帽的男子逃离，一个穿风衣的女子张嘴似乎在叫喊，背景是那幢奶黄色的枕石大楼⋯⋯这是重要的目击证据，他连忙回信：女儿，拜托你搜索这张照片的拍摄者，老爸要联络他。谢谢！

五

第一次侦查会议在刑侦支队会议室召开。

会议自然由石升主持。石升年前刚从市公安局刑侦总队调任西区分局刑侦支队任职，之前，他是总队重案支队副支队长。坊间传说，曾经是他师弟的肖剑被提任副总队长，而且分管他们支队，为了让新上任的肖副总便于开展工作，所以他就主动要求下基层了。但是，从另一个角度来看，石升来西区提任完全是重用，因为西区不仅是市党政机关所在地,而且还是政要名人聚居地。虽然这个区很少发生恶性案件,但是,一旦发生,那是"惊天动地"的了。

上任没有几天,竟然发生这种恶性案件,果然给他这位老刑侦颜色看了。刚才,分局长钟雪江打电话给他,问起案件进展情况。他答复,正在调查中。钟雪江解释:"石支队长,我正在区里开会,领导问起下午发生的案子了,你说信息传得快不快。"听了这话,石升明白,钟雪江这是给他施加破案的压力。不迅速破案行吗?

想到"迅速破案"这四个字,他的眉头蹙成个"川"字。

"各位,我们抓紧时间汇总一下情况,统一思想好干活儿。下面先介绍现场勘查情况。"

刑科所主任周志桐握着手电指示棒在墙上的投影幕上指点:"现场位于香山路1290号至1298号,被害人在1298号处被歹徒袭击,她因护包而被歹徒拖了几步,最后由于失血体力不支,倒在了1290号的墙边。很遗憾,由于暴风雨的破坏,现场未提取到有价值的痕迹。"周主任顿了顿,"下面请王法医介绍尸检情况。"

"本次检验是在'808'法医所高级法医阎申明教授主持下进行。死者,女性,身长164厘米,年龄30岁左右,发育良好,无生育史,亦没发现有器质性疾病。经解剖,死者身上虽有不少挫伤之处,但是致命伤处是在右臀部下一处4厘米×8厘米的刀伤。从创口宽度及边缘形态看,我们的意见,这是一把匕首之类的凶器所为。此外,根据尸体温度测算,案发时间在17时15分左右。"

"还有没有补充?"石升问。

王法医喝了口茶,说:"哦,为了有利于侦查工作,我们提出以下意见:根据伤口部位,一是认定凶手系从后面蹿上行刺;二是由此推断凶手身高在174厘米左右。"

法医的报告简明扼要。

"金志阳,你小子躲什么?轮到你了。"石升指着金志阳点名,"你们现场访问情况怎么样了?"

"哎,石支队,我们还有几个兄弟没回来呢,是不是等他们回来再汇报?"

"等什么等?你先把工作情况拣重要的方面做汇报。"

"那好吧。"金志阳伸了伸舌头,"我们共访问了过路群众24人,其中目击者13人,深度目击者3人。"

"新鲜,啥叫深度目击者啊?"有人不解。

"深度就是看到案发大部分过程。当然,这三人中,有一人系深度中的深度。"

"喂,严肃点儿。"

"有一位正巧在路对面人行道等候43路公交车的姓牟的大爷,他看到了全过程。"

"哦,快说。"石升催促道。

"大爷回忆,他是下午5时从家里出来,走到车站应该是下午5时10分左右,刚站定,只见一辆摩托车疾速驶来。大爷为什么对摩托车那么敏感呢?因为他年轻时是邮电局送电报的,特别喜欢摩托车,尽管狂风暴雨,他的两只眼睛一刻也没有离开这辆驶来的摩托车。"

"喂,这是讲故事的时候吗?"石升用笔杆敲了敲桌面,"简明扼要些。"

"是。只见那辆摩托车靠路边突然停下,从后座跳下了一个穿着黑衣的青年,追到一个穿着米黄色风衣的女子背后就是一刀,女子回头好像是责问什么,那个小青年拉她背包,那个女的则拼命护住不放,两人僵持不下,这时摩托车上的人大喊:'快走!'青年放弃了抢包,跳上摩托车飞驰而去,女子跌跌撞撞走了几步倒下了。大爷急忙奔过去,见女子昏迷不醒,遂打了110报警。其他目击者陈述与牟大爷所见大同小异,基本雷同。"

"那幢枕石大楼居民访问了没有？"

"报告队长，有一组兄弟还没有回来，正在大楼里挨家挨户访问呢。"

石升摆手示意金志阳坐下，眼瞟向雷海波。

"被害人陈媛媛，女，1985年出生，曾是一名歌手，一年前进入东海房地产开发集团。"雷海波拿着笔记本汇报。

"哦，死者是东海房地产开发集团的员工？"有人好奇地问道。

"是的。据公司董事长胡利桓先生介绍，陈小姐主要负责对外联络协调工作。不过最近一段时间因健康原因在家休养。"

"她生前与他人有何利害冲突？"

"目前还没有发现，需要进一步调查。"

"下面我想听听大家对这起案件性质的判断。"石升诚恳地说。

说到案件性质的判断，这可是开展侦查工作的前提。刑侦业内有句俗话：性质不清，方向不明；方向不明，措施失灵。

"好吧，我先谈一下想法。"金志阳走到现场录像视频前，"这是一起典型的行凶抢劫案，歹徒利用暴风骤雨恶劣天气伺机作案。先行凶后劫财，说明嫌疑人是个穷凶极恶之徒，但是他没有料到被害人会反抗，再说有群众围上来，所以只得落荒而逃。"

"我有不同的看法。"一名老侦查员慢条斯理地说，"哪有在这种人来车往的地段拦路抢劫的？我干了20年的刑警，可从来没有遇见过。"

"可是，根据目击者的陈述加上法医的尸检报告，这分明是一起随机作案的抢劫案啊。"

"我同意金探长的分析。不要忘了，当时是狂风暴雨，尽管人来车往，但是，谁还有心思东张西望，避风躲雨都来不及了，不是有20多名过路群众吗？真正看见作案全过程的不也只是两三个人吗？"

"说是拦路抢劫，歹徒并没有抢走财物啊，反而将被害人捅死了,这个犯罪的成本也委实太大了吧?难道真的是一起没有因果关系的突发性案件吗?"一个戴着眼镜的小伙子文绉绉地说。一听这语言结构就知道是从刑警学院刚分配来的大学生,但是其分析却不无道理。

一时会议室里热闹非凡,你一句我一言,两种意见相左争执不下。这时,石升站起身,会议室里这才安静下来。

"同志们,这是一起颇为奇特的案件。"石升开场白即吸引了大家的目光,"首先,这是一起性质恶劣的案件。特别是在全市人民防汛抗台时,竟然有人趁火打劫,这是很恶劣的。其次,关于案件定性问题,我初步同意金志阳的意见,按行凶抢劫案开展工作。再次,为了进一步准确定性,我们也不要放弃对被害人生前的社会关系、利害矛盾的调查,以免挂一漏万。"

石升的意见不偏不倚显得十分周全。有人在窃窃私语:"既可能随机作案又可能内部因果激化,这可是捣糨糊啊。"石升只当充耳不闻。他自己也晓得,分析线条是不清晰的,甚至是模棱两可的。会上的两种相左的意见各有各的理,竟然在他脑子里搅成一锅粥。虽然刚才他发言的第二点是同意"拦路抢劫"的初步判断,其实,他内心觉得这起案件不同于一般拦路抢劫案,很蹊跷,但一时又缺乏明确的思路来阐明案件性质。说不明白,会上只能发表以上看法。因为,现在他是刑侦支队一把手,一招失误则满盘皆输。他这个新上任的支队长可输不起。这时他想到了肖剑。要是肖剑在的话,这纷乱的线头总会被他理得清清楚楚。

会议结束后,石升留下了雷海波和金志阳,再细化工作方案:"小金子,你继续负责现场访问及面上排摸线索的查证。"金志阳领首领受任务。"雷子,你们探组专门调查陈媛媛的社会关系,特别是那个姓胡的,我总觉得这个人在演戏。"雷海波若有所思地点了点头。

"哎,支队长,你不是同意我的观点,这是一起典型的拦路抢劫案吗？"金志阳不解地问。

"是啊，可也不能排除案件的背后有因果关系啊。"

金志阳明白石升这分明是在狡辩，如果有因果关系的话，案件性质应该是报复行凶杀人，作为曾经是刑侦总队重案支队副支队长的石升不会这么糊涂吧。既然是因果关系，那么面上的排查根本没有必要，而石升却还要部署自己负责这一摊，岂不是劳民伤财在做无用功吗？石升似乎看透了金志阳的心思，拍了拍他的肩胛说："好了，小金子，面上这些工作都是有用的。说不定线索还是从你这里先突破呢。"石升狡黠地眨了眨眼睛，然后，从裤袋里掏出手机点开微信，金志阳看到屏幕上是一张照片，这是案发时现场照。"看出问题没有？"金志阳凑上前看了看，突然发现照片中那栋枕石公寓有扇窗开着，因为照片拍摄时正是电闪雷鸣，所有的玻璃窗是反光的，唯有这扇开着的窗户是黑黢黢的，放大照片，窗内竟然有个模糊的人影在观看下面。石升说："这是我女儿的同学正好路过拍的。建议你们从这扇窗开始调查。"

六

走出西区公安分局大门，胡利桓乱跳的心不仅没有平复反而跳得更加剧烈了。

陈媛媛死了，自己最心爱的小蜜竟然在大街上无缘无故地被人杀了，真是天大的新闻！如果传出去，他这个商界老大的脸面往哪儿搁啊。当然他心中还是有些悲伤，毕竟共同生活了一段时间，而且陈媛媛不像林芬那么强势。可是，他此刻比悲伤更为纠结的是：时间、地点都对，可是人不对。难道那帮小子张冠李戴认错人了？这绝不可能，事先不仅看了照片，还专门让阿杰陪着跟踪过，怎么会认错呢？刚才在公安局，那个姓雷的探长告诉他案发现场是在香山路上的枕石公寓附近时，他差点儿跳起来，没有这么巧的事吧？她不就住在这幢楼里吗？难道上帝在惩罚他？想到这里，他一脚踏空一个趔趄差点儿摔倒。

出了分局大门坐进车，胡利桓便没有好气地抱怨道："他妈的，今天真是晦气十足。"李龙从后视镜里窥见老板已经坐稳便踩上油门启动："老板，现在还去半岛吗？""去个鬼，回公司。"刚开出一段路，胡利桓的手机响了。他点开一看，连忙将耳麦塞进耳朵："喂，领导，有何吩咐？"

"你是不是刚从公安局出来？"

"啊……您知道了？"

"现在是否在车上？准备去公司吗？"

"是、是，您真是料事如神。"

"怎么搞出这么大的动静，有没有脑子？我想你应该冷静处理好后面的事，免得后患无穷。"

不等他回话，对方挂机了。

又是吓出一身冷汗。他咬牙切齿实在憋不住了，抓起手机拨出一组号码："喂，阿杰，你马上来一下。"

"大哥，我正在外面落实你交办的事呢。"

"少废话，赶紧。"

"哪里？"

"老地方。"

"啥事这么急？"

"少啰唆，见面再说。"

挂了电话，胡利桓对李龙说："我临时要见一个客户，你把我送到西海岸宾馆。"李龙应了一声，车掉头向西驶去。

车到西海岸宾馆，胡利桓走进一栋小楼，李龙将车停在了离小楼不远处熄了火，暗中观察，只见胡利桓返身出楼招了一辆出租车，离开了宾馆。

"哼，现在连我都防着一手。"坐在林荫道旁一块石头上的李龙点了一支烟,思考良久,拿起手机。电话铃响了一阵,对方终于接听了。

"喂,林姐,你知道陈媛媛死了吗?"对方没有说话,"她就倒在你家大楼前。我想他们是不会放过你的,赶紧走吧。"对方依旧没有说话,可是李龙知道她听明白了,便将电话挂了。

随即,这辆奔驰车开出了西海岸宾馆。

七

啊,果然是陈媛媛。

她从同事那里急急忙忙回到家,听得电闪雷鸣,她去关窗,正在这时,她看见楼下惊恐的一幕:一个穿深色衣服拉上防风帽的男子正在抢一个女子的包,从她的衣着打扮和身型上来看像是陈媛媛。她吓得尖叫起来,可惜她的尖叫声被雷电霹雳声所覆盖。后来她听到了警笛声……

风雨过后一洗雾霾,皓月出云碧空竟蓝。

枕石公寓里格外宁静,这种宁静与大楼外灯红酒绿曼歌笙曲是格格不入的。那恐怖的一幕虽然已经过去几个小时了,可是她依然沉浸在惊悸中,她万万没有想到,就在她的眼皮底下会发生这样的惨案。

天黑了,瘫坐在靠窗的地板上的她仍然浑身打战,冷,是一种从脊梁骨里蹿出来的冷。地板是湿漉漉的,可是她却浑然不觉。

媛媛在电话里说,要她待在家里,她有重要的东西交给她。她说她马上就到,可是竟在离她家只有一步之遥的地方出事了。不知为什么,此刻她的脑海里除了陈媛媛不断倒下的影像,与此重叠的竟然是胡利桓叼着雪茄狞笑的脸。难道这一幕真的是胡利桓导演的吗?

从窗外照进的月光将清一色的柚木家具涂抹得青亮。这是她的父亲留给她的家产。自从与他分手后,她不愿意再踏进那栋硕大豪华的别墅。当然,她并没有放弃这千万的豪宅。这里曾经有她的爱和梦。虽然事情已经过去一年多,可是她却一直对他的绝情耿耿于怀。可谓是爱之深恨之切!她无数次梦见胡利桓七孔流血倒在自己的脚下,可是噩梦醒来,剩下的只是冷汗浸湿了的枕巾和床单,还有就是空荡荡的屋子。她无法撼动他,他的势力实在太强大了。胡利桓经常挂在嘴边威胁人的一句话就是:"要想跟我玩,随便白道黑道哪条道!"

她确信,原本今天倒在楼下的那个人应该是她,可是怎么会是陈媛媛呢?这不通常理啊,自己才是他的眼中钉肉中刺呀。自从寄出那封信后,她一直提心吊胆。她太了解他了,看似一副憨厚的样子,其实心狠手辣,要不然他也成就不了这番事业。

难道他们认错人了?

啊,她冷静地分析,如果她不是昨天向公司请了年假的话,今天从公司下班就是这个时间回家,而且枕石公寓没有停车位,车必须停在对面的停车场,这段路是必经之路;还有,媛媛和她虽然年龄相差十岁,但是从背影上看几乎一模一样……特别是刚才李龙的电话犹如一道闪电,如果他们发现杀错了对象,岂不是……林芬越想越害怕,一个激灵站了起来,拿起旅行包胡乱塞了几件替换衣服,匆匆忙忙逃离了宁静的枕石公寓。

八

金志阳拿着手机按图索骥找了半天,终于确定案发时开着窗户的是枕石公寓的 602 室。按了好一阵电铃,又拍了门,里面没有人应答,倒是把对门的邻居惊动了。

"小伙子,你找谁?"一位老太太开门探出半张脸。

"大妈,我是公安局的。"金志阳亮了亮警官证,"请问这屋里有人吗?"

"最近,好像大小姐住在里面。"

"大小姐?"

"哦,就是林先生的大女儿林芬。"

"那她现在是否在家?"

"这我就不晓得了。不过刚才我好像听到门碰拢的声音。莫不是阿芬她出门了?哎,警察先生,我年纪老了,或许没有听清爽,请谅解。"

金志阳信老太太的耳朵是好的,因为刚才他们轻轻的敲门声她也能听清楚。显然,屋主人林芬不在家。

"除了林芬,这家还有其他人吗?"

"女主人是前年去世的,林教授是今年春上刚仙逝,大小姐有一个弟弟在美国定居。其他亲属我就不了解了。"

"您知道林芬在哪家单位工作吗?"

"这个,我只知道她在一家房地产公司工作,以前听她母亲讲过,好像是财务经理,钞票老多哦。"

"房地产公司?"金志阳一愣,那个陈媛媛不就是东海房地产公司的吗?他接着问:"哪家房地产公司?"

"抱歉,这个我真不晓得了。"

金志阳有些沮丧,但是想想也无所谓,不就是少了个目击者吗?

正在这时,雷海波打电话告诉他,枕石公寓602室林芬是死者的重要关系人,务必请她协助调查。金志阳大吃一惊。原来雷海波从陈媛媛的手机通话记录里,查到死者生前最后一个通话机主的名字叫林芬。结果打过去,手机关机。通过电信部门查实名登记,发现这位姓林的女士身份证登记的家庭住址竟然是枕石公寓602室。

"她就是那扇窗里的目击者,可惜我们来晚了一步。"金志阳不无惋惜地告诉雷海波。

"她去哪里了?"

"不清楚。不过我们应该马上报告石支队长。"

显然,这是一个重要情况。

电话里,石升听了汇报后沉默片刻说:"看起来,这起案件并不是我们想象那么简单!你俩先回局里。"

在雷海波和金志阳没有赶回来之前,石升考虑再三,还是拎起桌上的电话打给了肖剑。他隐约感觉到这案件背后有重要隐情,具体是什么他一时也讲不清楚。尽管他忌妒肖剑的才能,但是,曾经一起工作的经历告诉他,肖剑确实有独特的思维方式,通常讲第六感觉特别好。去年五月也是一个风雨交加夜,嘉松影视城发生一起盗窃保险箱案,结果肖剑由此及彼深追细查竟然带破了发生在马来西亚的一起谋杀案!这不能不让人佩服不已。

电话中,他开门见山介绍案情,肖剑听后笑着说:"石头,你不找我,我也要找你。"

"找我,什么事?"

"就是这起案子。好了,本来我想睡个好觉明天来,既然师兄有令,俺立即报到。"

九

出租车将胡利桓送到了郊外一处农庄。几乎是前后脚,一身黑衣衫裤的阿杰也开车赶到了。

"大哥,这深更半夜的,急吼吼地将我唤来干啥?"

"急吼吼,都是你干的好事!走,进屋讲。"

两人边说边走进了湖中心一亭阁里,这是胡利桓商量重要事情的白虎堂。

没有服务员,阿杰倒了两杯茶,掏出雪茄烟敬了胡利桓一支,胡利桓接了过来。

"说吧,究竟什么事?"阿杰跷起二郎腿一副满不在乎的样子,打着了打火机。胡利桓厌恶地皱了皱眉头,凑上前点着烟,抽了一口。

"你找的是什么杀手?竟然连目标也搞错了。"

"什么?不是姓林的那个女人吗?"

"什么地方?"

"还不是她每天下班必经之路,枕石大楼门口吗?"

胡利桓抬起手掴了阿杰一记耳光:"他妈的,你们瞎了眼了,姓林的连皮毛都没碰着反而把陈媛媛捅死了。"

"什么?"捂着嘴的阿杰这下也慌了,"媛媛死了。她怎么会在那里?"

"你他妈的真能干,把你小嫂子捅死了,要不是你是我的亲兄弟,我真想一把掐死你。"

"这究竟是怎么回事?我的脑袋也涨了,哥,我马上去修理那两个兔崽子,还是大狱里出来的,连这点儿小事都办不好。"

"这两个瘟神送走了没有?"

"这不,我刚要付另一半钱给他俩就接到你的电话,现在还晾在宾馆里呢。"

"好吧,先留住他们,当务之急,马上找到那个姓林的,否则,后患无穷!"

"还要做掉姓林的?"

"废话,这事关我们的身家性命!"胡利桓抽了口烟,可能抽猛了,呛了几声,"记住,要像空气一样让她消失。"

"是。哥,你放心,我亲自去办。"

"事成之后,你躲远些,这张卡你拿去,我打了一百万美金,足够你在国外待一阵子了。"

阿杰刚要离开,胡利桓又叫住了他:"回来,你怎么找姓林的?"

"这还不容易,去她家。"

"傻瓜，这么大的动静在她家楼下，还有手机上到处是案件的信息，我估计她已经逃走了。我想起来了，有一次我和媛媛说，外面有人放野火写信举报我，可能就是林芬这女人！媛媛却劝我不要同林芬搞僵，和为贵，两败俱伤又何必呢？我当时没细想，现在想起来，这话很有另一番意思，说不定她俩是认识的。媛媛喜欢唱歌，而林芬她老爸就是音乐学院教声乐的教授，媛媛一定早就认识林芬了，唉，媛媛今天会不会去她家？"胡利桓的思路大幅度跳跃，显然是被今天的事刺激的。

"哥，咱不回忆那事了，当务之急是找那个姓林的，你先指条明道，究竟到哪里去找那女人呢？"

"你小子是猪脑子啊，打一圈电话发几个红包托朋友查嘛，看看她是上天了还是入地了，然后……还要我教你吗？"

十

肖剑连夜赶到西区分局。在来的路上，他又查看了现场，好在夜深人静，朗朗的月光下，倒是看得分明。到西区分局后，他又看了现场勘查报告、尸检报告、调查材料，包括那份胡利桓的询问笔录。接着肖剑召集石升他们几个骨干侦查人员深入研究案件。

石升将一天的调查情况做了报告，就几个关键问题提出讨论：

一、案件性质；

二、侦查方向；

三、侦查措施。

肖剑笑了笑说："师兄，你真是性急啊。我总不能空着肚子为你干活儿吧。先弄碗泡面怎样？"

姜菡说："肖总，我马上去食堂给你下面。"

肖剑这才走到写字板前，画了一张现场图，然后不紧不慢地条分缕析:"我们先就事论事,从被害人陈媛媛的手机最后一个电话的通话时间看,是她主叫林芬,然后就从家里出发去林芬家,尽管路程不长,约五公里,但是,这么大的暴风雨,她一定是开车去的。"

"是的,她的车停在现场对面的停车场里。"雷海波说,"那么,由此,我们可以推定她应该是去枕石公寓。因为这幢上世纪造的老公寓没有地下车库,沿路也不能停车,所以她只能把车停在对面的停车场。如果是第一次去的人,还不一定能找到停车点。"

肖剑点了点头表示赞同:"那么,她去枕石公寓找谁?极有可能是林芬。两点佐证:一是事先有电话联系,二是有行走路线。只是我们现在不知道她为什么选择这样的天气去林家。推断一定是有重要事情,而不是其他无关紧要事。但是,她万万没有想到在这不足百米的路上竟遇不测。"

姜菡端上了一锅热气腾腾的面条。肖剑说:"大伙儿一起吃一点儿吧。"雷海波盛了一碗端上:"肖总,我们不饿,你先填肚子。"其实,他和金志阳等一帮侦查员已经听入迷了。

肖剑吃了两口放下碗继续分析:"现在我们来看歹徒这一方。尽管道路监控录像受风雨影响很模糊,但是仍然能确定案发时间,看清基本轮廓。这辆摩托车是 17 时 05 分由西向东行驶而来,经过被害人身位,然后在她身后约五米处刹住车停下。从车上跳下一个穿黑衣的男子,尾随被害人突然行刺,注意,行凶后,歹徒有一个很细微的动作,请将这段录像慢放。"

视频上,歹徒戳了被害人一刀后先是向后撤,忽然又返身去抢被害人的包。

"这个细节说明一个重要的问题,他的第一目的是捅被害人,而不是抢劫。如果是抢劫为目的,那么他应该趁人不备突然夺包,而不是先动刀。再说,这个时间段和地点也不是抢劫作案的最佳条件。尽管暴风骤雨，你们不也找到了 24 名过路群众吗？从笔录上看，其中大部分是下班回家的人。"

"啊，肖总的意见这是一起有预谋的杀人案？""小诸葛"金志阳听出肖剑话中之意。

真是奇妙的推断。

"如果预谋成立，那么，我认为这还是一起误杀案！"肖剑接着说。

"啊……"这回连石升也惊讶得张大了嘴，"肖剑，尽管我很佩服你的逻辑推理能力，但是，这种误杀的结论却是惊为天论。"

"师兄不必奉承。我们千万不要忘记，这个结论的成立是建立在已有调查事实基础上的。陈媛媛生前与人没有明显的矛盾纠葛，要是有的话，我以为只有胡的发妻最有可能报复陈媛媛。"

雷海波说："这个我问过胡利桓，他说，他和他老婆是娃娃亲，属于包办婚姻，因为家中老人全靠她照顾，他才一直没有同她离婚。这些年来她知道胡利桓在城里养小的，但是，一个 50 多岁的农村妇女她又能怎么样呢？"肖剑继续分析："再看陈媛媛与胡利桓的关系。他们尽管是姘居关系，但是据了解，至少目前没有利害冲突。"

"那有没有可能，有人是为了报复胡利桓而杀他情妇呢？"石升提出另一种设想。

"这个有可能，但是杀了陈媛媛就真的能达到报复胡利桓的目的了吗？我看未必，对那些花天酒地的有钱人来说女人只是一件外套！雷子，刚才你找胡利桓谈话时，他悲伤吗？"

"没看出来。"

"如果要报复的话，敲诈要比谋杀来得实惠。"肖剑调侃道，"还有，更无法解释的是歹徒根据什么判断目标一定会在这个时候到这条路上呢？"

"那凶手的目标是谁？"雷海波问。

"这就是我们要讨论的重点。"肖剑踱了几步,"我带来一个信息。石头,为什么我在电话里说,你不找我,我也要找你呢?你打来电话前,市局秦局长刚交办了一个任务,要我们'808'通过技术鉴定来协助纪检部门确定一位重要的举报人。"肖剑从公文包里掏出一份打印材料,"就是这份举报某官员受贿的材料。我现在讲的事,务请在座的保密,因为它涉及严重的权钱交易。而材料中,除了举报贿赂者是东海房地产开发集团的头儿,还附上了贿赂转账的票据复印件。正因为我看到了你们上报这起案件的信息,被害人系东海房地产开发集团的员工,所以我才介入这起案件的侦破。"

"你是怀疑此案与举报事件有关?"

"目前没有证据证明,但是凭我的感觉,一定有某种联系,而且与胡利桓有关系,因为他就是举报信中东海房地产开发集团的董事长。"

"难道是陈媛媛举报的?"雷海波脱口而出。

"不太可能,不说她和胡利桓那种利益和感情的关系。据市纪委初步调查,举报贿赂的内容和时间都在陈媛媛进公司之前。如此翔实的证据材料,一定是曾经在该公司关键岗位工作过的人,譬如财务部门。"

"会不会是林芬!"

"哦,她是谁?"肖剑问。

"案发时,我们发现枕石公寓602室的窗户开着,当我们找上门时,她离家出去了。据守候在那里的侦查员报告,现在她还没有回来。对门邻居反映,她曾经在房地产公司当财务总监。"金志阳兴奋地说。

"这就接近案件真相了,马上查实。"肖剑说。金志阳机灵地跑出了会议室。

"林芬曾在该公司财务部门工作过,那么,我们有理由判断,他们的目标是她,而不是陈媛媛。"肖剑继续说道。

"如果目标是林芬的话,那么她就是检举人,这就对了,她的举报触动那些人的中枢神经了,所以他们狗急跳墙企图杀人灭口。"石升赞同肖剑的推断。

金志阳奔进来报告:"我联系上枕石公寓的管段民警,据他介绍,林芬曾经在东海房地产公司任财务总监,一年前,她离开了该公司,据说与老板发生矛盾。"

"什么矛盾?"石升问。

"具体什么情况他不清楚。"

案情峰回路转,可是肖剑的脸却阴沉了下来:"她一定是看到了陈媛媛被刺后,逃命去了。同时,我判断,我们的对手也一定在找她,因为他们雇佣的杀手误杀了对象。至于为什么会阴差阳错,我现在一时还无法得出结论,难道陈媛媛与林芬长得很像吗?"

最后肖剑决定,为了保护林芬,必须采取非常措施,立即通令机场、车站、码头、各出境道口、宾(旅)馆,以及全市派出所"协查"林芬。同时,连夜调查林芬所有的社会关系,以赶在杀手前面发现她的踪影。

当然,从现在开始,胡利桓被专案组列入重点侦控对象。

十一

列车如闪电般行驶在原野中。

随着列车驶出滨海市,林芬她那颗惊恐不安的心稍稍有了些平定。

胡利桓,你这个负心汉狠心狼!我要与你斗到底。靠在柔软椅背上的林芬此刻竟然毫无睡意。

往事如烟,一幕幕从眼前掠过……

她出身于音乐世家，从小耳濡目染喜欢上了作曲唱歌，高中毕业那年却没考上音乐学院。第二年，当会计的母亲劝她改考立信会计学校。中专毕业后，她应聘去了房地局，后被分配去了工程队，胡利桓就是工程队队长。

当年，市政府实事工程要改造棚房简屋，胡利桓主动请缨承包东区一大片棚户居民的动迁拆旧工程。20世纪90年代初，老百姓对政府实事工程是十分配合的，几个大工程下来，他不仅被评上先进模范，捞了一票政治资本，而且通过拆旧卖砖木废钢筋还挖到了第一桶金，没有几年便拉出队伍成立了自己的房地产开发公司。说是房地产开发公司，其实那时他还没有实力造楼，只是借旧区改造之名，通过上层关系圈地卖地迅速积累了资本。2000年后见房价飞涨，他在市中心造了一批高档住宅楼，以百分之两百的利润大赚了一把，可是就在巅峰时，他又从房地产转到了风控战略投资，从高科技研发到艺术品收藏拍卖，胡利桓的生意有如神助风生水起始终挺立商界潮头。

他发了，跟他一起打天下的她也从施工队的小会计变为集团财务总监。他的老婆在农村老家，平时单身一人，她经常照顾他的生活，一来二去，日久生情，她自然成了他的情人。想不到有一天他对她说，我们分手吧。她惊诧得不相信自己的耳朵。"你说什么？"她责问道。他抽着雪茄耷拉着眼皮说："天下没有不散的宴席，再僵持下去，你觉得有意思吗？我们还是好聚好散。喏，除了你现在住的那栋别墅以外，我还存了一笔钱给你，包你三辈子也用不完。"他跷着二郎腿，喷着浓浓的雪茄烟雾，将一张信用卡扔到她跟前。她哭着闹着诉说这20年来与他一起风风雨雨打拼的艰难历程，可是，他根本听不进去，站起身冷冷地说："这一切不都是你自作自受吗？如今公司上下都要看你的眼色行事，连我都做不了主，你这不是太过分了吗？好了，你自己好自为之吧！"

什么自作自受？他的事业发达了，路子也更野了，在外花天酒地不说，还经常一个电话要她汇钱到一些莫名其妙的账户里，而且大多数是一些女人名字的账户，更过分的是他竟然将上千万的别墅送人。她怕他出事，好言劝说无效，于是暗中调查。被他发现后，他大发雷霆，甚至有一次还打了她，警告她不许管他的事。到了后来他竟然不再踏进家门。男人有钱就变坏。她知道，再也无法挽回他们之间的感情了。好吧，与其在一起痛苦不如分开。他们分手了，她也跳槽去了另一家房地产公司任财务总监。可是干了没多久，这家公司就解聘了她，理由是冠冕堂皇的。但是，她心里明白还是姓胡的阴影让她无路可走。被逼急了的她产生了报复他的念头。

离职时，她多了个心眼儿，将一些可疑的票据往来都复制了一份。反正失业了，她有大把的时间去调查核实，结果她发现胡利桓转出去好些钱，包括半送半卖的别墅、豪宅，这些大都是给了那些握有权力的人。

检举，说说容易，但是真的要走这一步，她倒是犹豫不决了。这时，陈媛媛出现了。她知道胡利桓早已有了新欢，但她并不知道是陈媛媛。说来也巧，陈媛媛出道前曾是她父亲的学生，她俩一起学声乐。当时，陈媛媛还是在酒吧里唱夜场的歌手，后来唱出名气了。陈媛媛一口一声姐地劝她原谅老胡，劝她不要拆老胡的台。陈媛媛几乎隔三岔五约她出去，不是吃饭就是逛街，甚至送了她不少礼物。这些更增加了她的犹豫。

可是，一个月前，胡利桓突然约她喝茶，还劈头盖脸面目狰狞地警告她，如果再在背后捅刀子，他要她好看。真是莫名其妙，她根本无法申辩。她也不想申辩，对这种狼心狗肺的臭男人，唯一能做的就是让他下地狱！于是，她把那些材料寄了出去。

可是就在昨天下午，陈媛媛打电话说有重要的东西给她，要她千万不要出门，一定在家等她。她原本已经向单位请了假准备去西安，一来探望姨妈，二来散散心。陈媛媛打电话时，她正在同事家托付那只朝夕相处可爱的小京巴狗。当她急急忙忙赶回家正要关窗时，突然，从窗口看见陈媛媛从马路对面奔来，接着她看见了惊恐的一幕。

列车趾高气扬地在飞速行驶，她的脑子里再次闪出陈媛媛的身影。

风衣，那件飘拂的米黄色风衣，在风雨中是那么显眼。她也有一件，一星期前，她俩在嘉里顿广场"巴宝莉"专卖店一起买的。不，严格地说是陈媛媛刷卡送她的。陈媛媛还说，姐，咱俩穿上这件风衣，像不像姐妹花？她确实挺喜欢这件米黄色风衣的。这些天，她一直穿着这件风衣上下班……她猛然醒悟，啊，一定是那件别致的米黄色风衣让凶手认错了人！

此刻，她的那件米黄色风衣正挂在座位上方的挂钩上。风衣，晃眼的风衣！

她倏地站起想取下风衣，忽然觉得脑后有一双眼睛正盯着她，不禁一股寒意流过全身，僵硬的她浑身颤抖，这时她仿佛听到咯吱咯吱的脚步声正向她走来。

"请出示车票！"

"哦……"

"例行查票，请出示车票。"一名列车员毫无表情地立在她面前。

她机械地递过了车票，列车员拿起票看了看，说："对不起，女士，这张车票有问题，请跟我们去列车长办公室。"

"哎，我是在车站售票处买的，怎么会错呢？"她竭力分辩。

可是列车员不为所动，伸出手做出一个请走的动作。

她被列车员带走了。

十二

"哥，货已到手，请指示。"一条短信发在胡利桓的手机上。

胡利桓连看了两遍:"妈的,姓林的你休想逃出我老胡的手掌!"他怕节外生枝,随即发出"一切谨慎为上"的指令。

但是,他万万没有想到,这两条短信同时被专案组截获。"不好,林芬有危险。"负责监控的姜菡喊了一声。

"马上搜索信号源。"肖剑下令道。

不一会儿,姜菡报告:"信号很差,但是可以确定是在一列向西北方向行驶的列车上。"

"向西北方向行驶……"肖剑拎起电话打到了铁路公安局,请求协查这个方向的列车上是否有一名叫林芬的旅客。

约十分钟后,铁路公安方面传来信息:目前正在这个方向的有 D306 次动车,22 时从本市发车,次日上午到西安,目前已过南京站,下一站停靠徐州。车上有一位姓林的女乘客。乘警正在寻找。

但是林芬已经被歹徒控制,肖剑预感到耽搁一分钟就多一分危险。他一方面请铁路公安全力配合,千万要保护林芬的安全;同时他向秦局长请求出动直升机赶赴徐州拦截。秦局长同意营救方案。雷海波带领四名刑警直奔警航大队。

果然,D306 次乘警在林芬乘坐的车厢里没有找到她。据同车厢的旅客反映,20 分钟前她被一名列车员带走。

完全证实了歹徒那条短信是真实的。查 D306 动车时刻表,列车将在凌晨 3 点 23 分到达徐州。截获短信时间是凌晨 1 时 13 分,这时列车已经过了南京站,说明歹徒押着林芬还在车上。

到徐州还有不到两小时。

"他们极有可能在软卧车厢里,因为只有软卧车厢相对隐蔽。如稍有不慎,被劫持的林芬就有危险。"肖剑的眼睛里充满着焦虑。

石升则一支接一支抽着烟:"哎,我倒有个最简便的办法。"

"快说!什么办法?"

"我现在就去找胡利桓向他摊牌,责令他下令取消杀林行动。"

"石头,我不是没有想过这一招,但是事情没有那么简单,责令他取消行动,他一定会百般狡辩和抵赖的。因为他一旦同意了我们的要求,他以及他背后那座肮脏贪腐大楼就会轰然倒下!你以为他会顾及林芬的生命吗?说不定此刻这帮腐败分子还在弹冠相庆呢!"

"我已经命令金志阳24小时监视他的行动。"石升说,"只要救出林芬,这帮穷凶极恶的家伙离死期就不远了。"

"师兄啊,我现在担心的是不到徐州歹徒就动手,因为他们决不会押着被害人下车的。"

"有道理。那你的意见是……"

"我们立即调整方案,主动出击,救出林芬。这是摧毁这个犯罪团伙的关键之战!我马上协调铁路方面。"肖剑坚定的目光射向寂静的夜空。

列车快速通过江淮平原。在4号包厢里,歹徒将捆绑的林芬塞在座位底下。

"阿杰,怎么办?"一名歹徒问。

"干掉她算了,免得提心吊胆。"另一名歹徒附和道。

"混账,现在干掉她,我们能逃脱吗?"阿杰训斥道,"你们是铁道游击队?会跳车?"

"那怎么办?"

"慌什么?我查过了,再过40分钟就到徐州车站了,车到站前十分钟,我们就……"阿杰做了个割喉动作,"然后神不知鬼不觉地下车。"

"高!实在是高!"

三名歹徒竟然得意地笑了起来。

"哎,我突然想起这女人的行李还没有拿到手,一定还在她座位上的行李架上。"阿杰不无忧虑地说。

"拿什么行李？别贪图小财了！"

"妈的，懂个屁！万一她把证据带在身边，那一定在行李中。"阿杰扫视了两个傻蛋，"你们谁去拿？"

"不不，还是你再扮一次列车员取一下为好。我们去拿万一被人发现还以为是小偷呢。"

阿杰想了想觉得有道理，于是他再次穿上了列车员的制服，移门走了出去。

听到歹徒之间的交谈，林芬急了，因为她确实把备份的材料放在旅行包里，但是，此时被捆绑的她又有什么办法呢？唯一的希望是真正的列车员能发现她的失踪。

列车不知什么时候降速停靠在了小站上。正走到前面车厢的阿杰突然被人从后面一个抱腰摔在了走道上，随即被两名特警反剪双手戴上了手铐。这时，阿杰才看清周围全是荷枪实弹的警察。问清楚包厢情况后，警察押着他走到了4号软卧包厢。"开门，我回来了。"阿杰轻声叫门。"动作倒蛮快的嘛。"一名歹徒刚移开门即被雷海波一脚踹翻，另一名歹徒见势不妙拔出匕首负隅顽抗，被拥上的特警一枪托砸晕在地。

直升机载着雷海波行动小组，以及被营救的林芬顺利返航！

十三

林芬提供的翔实材料，使得胡利桓与那些权力人肮脏的交易昭然若揭。

第二天上午，当胡利桓刚走出家门时，两名刑警迅速上前将他擒住，石升吊起三角眼向他出示了刑事拘留证。

一个月后，市纪委、市公安局联合召开新闻发布会，肖剑向各家媒体介绍了香山路案件侦破始末。市纪委负责人在通报这起腐败案后严正警告：手莫伸，伸手必被捉！有关本案中触犯法律的官员，将移交司法机关依法惩处。

有记者问，除了林芬向市纪委举报胡利桓外，之前写举报信的是谁？

为了保护检举人的安全，本文无可奉告。

但是，这里我只提供一点儿小小的线索，他是陈媛媛的中学同学，并且是青梅竹马的暗恋者。当看见自己倾慕的百灵鸟被好色的老板当金丝雀关进鸟笼中，他恨之入骨，发誓要将这个花天酒地的家伙送进地狱！他曾是胡利桓的"心腹"，自然比林芬知晓的事多得多。

结案之后不久，有一天，石升在家请肖剑喝酒以谢出手帮助之情。酒过三巡，石升问肖剑："有一事你这个神探能解答吗？"

"啥事？师兄请讲。"

"案发那天，陈媛媛究竟有什么重要的东西要送到林芬家？"

肖剑抿了口老酒，说："我也想过这事，但陈媛媛随身的那个包到最后都没找到。不过，这姑娘死得真冤哪！"